HEYNE BÜCHER

HAFFMANS KRIMINALROMANE
BEI HEYNE

KINKY FRIEDMAN

Gürteltier und Spitzenhäubchen

ROMAN

Aus dem Amerikanischen
von
Ulrich Blumenbach

WILHELM HEYNE VERLAG
MÜNCHEN

HAFFMANS KRIMINALROMANE BEI HEYNE
Herausgegeben von Gerd Haffmans und Bernhard Matt
Nr. 05/156. Im Mai 1997

Die Originalausgabe
»Armadillos and Old Lace«
erschien 1994 bei Simon & Schuster Inc., New York

Dieses Buch ist
von ganzem Herzen
Lottie Cotton
gewidmet

Einzig berechtigte Taschenbuchausgabe
Wilhelm Heyne Verlag GmbH & Co. KG, München
Printed in Germany 1997
Konzeption und Gestaltung: Urs Jakob
Umschlagillustration: Nikolaus Heidelbach
Umschlaggestaltung: Atelier Ingrid Schütz, München
Gesamtherstellung: Ebner Ulm

ISBN 3-453-12612-2

There were ten pretty girls
in the village school
There were ten pretty girls
in the village school
Some were short, some were tall
And the boy loved them all
But you can't marry ten pretty girls.

ALTER VOLKSTANZ AUS TEXAS

I

An meinem letzten Abend in New York, bevor ich die Katze sattelte, mir meine alte Gitarre griff und für den Sommer zur Familienranch in Texas aufbrach, schwor ich mir wie jedes Frühjahr beim Geräusch des Kofferzuschnappens, nie wieder in die Stadt zurückzukehren. Jeden Herbst fand ich mich auf unerklärliche Weise im Big Apple wieder. Früher oder später würde ich mich entscheiden müssen, ob Texas oder New York meine eigentliche Heimat ist. Und in diesem Augenblick ruhiger Besinnlichkeit finde ich hoffentlich eine Antwort auf die große und bange Frage, die die Menschheit in ihrer ganzen Geschichte umgetrieben hat: Was suche ich im Leben – Pferdeäpfel oder Taubenkot?

In einem meiner Lieblingsläden, Big Wong's auf der Mott Street in Chinatown, hatten ein paar von den Jungs eine kleine Abschiedsfete vorbereitet. Wir saßen an einem großen runden Tisch so nah an der Küche, daß wir den Koch irgend etwas aus der Hongkonger Hitparade pfeifen hörten. McGovern, der große irische Klatschkolumnist der ›Daily News‹ und Meister der wundersamen Hintergrundrecherche, hatte aus dem kleinen Lebensmittelgeschäft gegenüber rund zwanzig Sixpacks in Papiertüten mitgebracht. Ratso, meinen farbenprächtigen Flohmarktfreund, Herausgeber des ›National Lampoon‹ und von Wind und Wetter gegerbten Doktor Watson, hatte es ganz schön entmutigt, als der Kellner ihm mitgeteilt hatte: »Kein gegrilltes Schwein mehr.«

»Kein gegrilltes Schwein mehr«, murmelte Ratso vor sich

hin. Das Restaurant schloß um zehn, und die Stunde rückte näher.

»Es ist nicht leicht, bei Big Wong's kontinentale Speisezeiten einzuhalten«, sagte McGovern. »Wenn man hier nach acht ankommt, ist man ganz schön angearscht.«

Rambam, ein Detektiv, der an einigen meiner Fälle mitgearbeitet hatte und in allen Bundesstaaten gesucht wurde, die mit I anfingen, starrte wie versteinert an die Wand gegenüber und trank sein Bier. Die anderen Gäste hatten uns mit den leeren Flaschen und der Rechnung sitzengelassen. Am Nebentisch schaufelten sich die ganz in Weiß gekleideten Kellner und Küchenhilfen schweigend alles rein, was in der Küche übriggeblieben war. Ihre Kleidung verlieh dem Abend einen anstaltartigen Beigeschmack. Alles in allem eine sehr ruhige Angelegenheit.

Ein bißchen Ruhe würde mir auch gut tun, dachte ich. Meinen Country-music-Gigs stand ich in letzter Zeit einigermaßen ambivalent gegenüber, und ich war zu dem Schluß gekommen, daß jemand, der das Wort »ambivalent« verwendet, wohl von vornherein kein Countrysänger hätte werden sollen. Als Musiker auf Tournee zu gehen war immer mörderisch, aber es gab Zeiten, da konnte ich eingehen, wenn ich zu Hause blieb.

Im Lauf der letzten Jahre hatte ich mein glückliches hebräisches Händchen als Amateurdetektiv in der Stadt betätigt, mit dem Resultat, daß weder Verbrecher noch Bullen meine Freunde waren. In puncto Chancengleichheit ließ ich mir also nichts vorwerfen.

Schlimmer noch, die Verbrechen aufklärende Lebensweise hatte millionenfach Tod, Zerstörung, Herzeleid und Skandal mit sich gebracht und eine unbarmherzige, andauernde, die Lebensgeister betäubende Eintönigkeit – obwohl einige Fälle durchaus ihren Reiz hatten. Bei meinem letzten Abenteuer, das McGovern *Elvis, Jesus & Coca-Cola* getauft hatte, ging es darum, einen verschwundenen Film über Elvis-Imitatoren wieder aufzuspüren, den mein Freund Tom Baker gedreht hatte, bevor er letztens selbst dem Herrn gegenübertrat. Wegen dieses Falls hatte ich ein oder zwei Freundinnen verloren, je nach Betrachtungsweise.

Ich betrachtete meine Komplizen am Tisch und fragte mich, ob ihnen eigentlich klar war, wieviel Substanz *Elvis, Jesus & Coca-Cola* mich gekostet hatte. Wenn ich New York diesmal verließ, würde ich vielleicht nie mehr zurückkommen. Oder erst, wenn Jesus seine eigene Briefmarke hat.

»Seit ich dich kenne, hast du noch nie einen ordentlichen Job gehabt«, sagte Rambam. »Wie kommst du darauf, daß du so dringend Urlaub brauchst?«

»Das ist kein Urlaub«, sagte ich und zitierte meine Schwester Marcie. »Das ist ein Lifestyle.«

»Der Kinkstah arbeitet«, sagte Ratso und erhob sich für einen Moment aus den Niederungen des Schweinefleischdilemmas, um zu meiner Verteidigung herbeizueilen. »Er hat gerade eine sehr zermürbende Tour hinter sich. Apropos, ob die wohl Schwein in Mürbeteig haben?«

»Glaubt mir«, sagte ich, »am Muttertag als Vorgruppe für Henny Youngman in einer Sportbar in New Jersey aufzutreten, ist harte Arbeit. Ich war nach der Show so gerädert von den siebenhundert Videobildschirmen, daß ich auf allen vieren gegen die Wand gekrabbelt bin und meine Gitarre zerbrochen habe.«

»Das ist eine Schande«, sagte Rambam. »Und ein Omen. Gott will, daß du losgehst und dir eine richtige Arbeit suchst.«

»Damit dich nichts mehr von uns armen Arschlöchern unterscheidet«, sagte McGovern. Er gab ein lautes, herzhaftes, irisches Lachen von sich, das in dem kleinen Raum widerhallte. Ein paar von unseren Tischnachbarn sahen kurz von ihrer Fischkopfsuppe auf.

»Warum«, fragte Ratso, »bekommen Küchenhilfen bloß immer bessere Speisen als wir?«

»Rassismus«, sagte McGovern.

Während Ratso mit seinem unheimlichen Falschspiel anfing, Geld auf den Haufen legte, von dem unsere Zeche beglichen werden sollte, und dann wieder etwas wegnahm, lehnte ich mich zurück und sah mich am Tisch um. McGovern, Ratso und Rambam waren zwar in Form und Inhalt völlig verschieden, aber allesamt New Yorker bis ins Kerngehäuse des Big Apple. Leute wie sie fand man so gut wie nie im Texas Hill Country. Und dabei wollten wir es auch lassen.

»Nimmst du die Katze mit?« fragte McGovern. Ratso versteckte einen Zwanziger von der Tischmitte in der Hand und ersetzte ihn durch einen Fünfer.

»Na klar«, sagte ich. »Letztes Jahr hab' ich die Katze bei Winnie gelassen, und als ich zurückkam, hatte die sie in eine streitsüchtige Feministin verwandelt.« Winnie Katz betreibt die Lesbentanzschule über meinem Loft.

»Das wäre ja auch die erste Muschi, von der Winnie die Finger gelassen hätte«, sagte Rambam.

Der Katze würde es in Texas gefallen, konnte ich mir vorstellen. Sie würde auf einer wunderschönen Ranch in einem von Hügeln umgebenen kleinen grünen Tal leben. Da gab es Bäche und Eichen, Pappeln und Zedern, und auf den Felsen konnte sie Eidechsen jagen. Man hatte jene geistige Ellenbogenfreiheit, die man in der Stadt so vermißte. Dort konnte sich eine Katze selbst verwirklichen. Doch, es würde ihr gefallen. Allerdings würde ihr auch ein Exponat portugiesischer Architektur aus dem 12. Jahrhundert gefallen, wenn man eine Dose Thunfisch davorstellt.

Als wir an jenem Abend Big Wong's verließen und die Mott Street hochliefen, spürte ich die heiße texanische Sonne schon fast auf meinen Schultern brennen und hörte, wie die sanfte Brise die Zweige der Platane gegen meinen alten grünen Caravan schlug wie die Flügel eines Cowboy-Engels. Am Himmel über Manhattan könnte man nicht einmal eine Sternschnuppe erkennen, um sich etwas zu wünschen. Damit wartete ich lieber, bis ich in Texas war.

»Was ich an den Chinesen so mag«, sagte Ratso, als er sich auf der bevölkerten, gleichgültigen Straße umsah, »ist, daß sie die Juden nicht für den Mord an Jesus verantwortlich machen.«

»Mag sein«, sagte Rambam, »aber ich glaube, sie wissen, daß wir die Balken fürs Kreuz geliefert haben.«

Da ich mir eine anzünden wollte und gleichzeitig lachen mußte, kam ich dem Ersticken an meiner Zigarre gefährlich nahe. Ich überlegte kurz, ob es wohl eine Art Heimlichbehandlung für Amerikaner gab, die beim Lachen an ihrer Zigarre erstickt waren. Wohl eher nicht, dachte ich. So viele Leute gab es nicht, die Zigarren rauchten, und die paar, die es taten, hatten wahrscheinlich nicht viel zu lachen. Natürlich konnte man auch nicht rauchen und nicht lachen. Dann wurde man wahrscheinlich von einer Busbücherei überfahren.

Die Grenze zwischen Lachen und Ersticken ist natürlich hauchdünn. Beides klingt fast gleich, sieht fast gleich aus, und der Betroffene fühlt sich oft genug genauso. Der einzige Unterschied ist, daß man beim Lachen irgendwann aufhört, wenn man aber erstickt, lacht man bis in alle Ewigkeit.

Offenbar lachte ich bloß. Ich sagte meinen drei Gefährten Lebewohl, als wir uns an der Canal Street durch den Verkehr schlängelten. McGovern umarmte mich ungestüm, und Rambam nahm meine Schulter in seinen stählernen Griff. Ratso schüttelte mir die Hand und erwischte eine meiner Zigarren. Dann lieh er sich meinen Zigarrenabschneider. Als nächstes schnorrte er ein Streichholz.

»Ich bin ein Full-service-Freund«, sagte ich.

»Na, zumindest kommst du da unten etwas zur Ruhe, Kinkstah«, sagte Ratso. »In Texas ist ja nicht viel los.«

»Das stimmt«, sagte ich. »Bei uns ist alles weit und leer.«

»Besonders zwischen den Ohren der Leute«, sagte Ratso.

2

Als das Flugzeug am nächsten Morgen wie ein Flamencotänzer über die New Yorker Skyline hüpfte, sah ich zu, wie die beiden Türme des World Trade Center zu den Bauklötzen eines Kindes und die Freiheitsstatue zum Überraschungspreis einer Schachtel Cracker Jack zusammenschrumpften. McGovern schlief wahrscheinlich noch irgendwo da unten und träumte von altmodischen Seidenroben, die durch Ballsäle der Phantasie rauschten.

Auch Ratso war irgendwo da unten. Warf sich wahrscheinlich in seinem vollgestopften Lagerhaus von Wohnung hin und her und hatte Albträume wegen der 500 Interviews, die ihm in nächster Zeit bevorstanden, wenn er sein neues Buch über Abbie Hoffman zum Abschluß bringen wollte. Auch Abbie war da unten, dachte ich. Hatte endlich seinen Frieden. Irgendwo hinten links.

Rambam hatte bestimmt die ganze Nacht lang irgendwen beschattet. Und jetzt saß er wahrscheinlich in einem geparkten Wagen, schlürfte Kaffee und behielt eine Tür oder ein Fenster oder eine Gasse im Auge. Es ist gut, diese Dinge im Auge zu behalten, denn im Gegensatz zu den meisten anderen Angelegenheiten der menschlichen Erfahrungswelt kommt gelegentlich etwas Bedeutungsvolles aus ihnen heraus.

Der Katze hatte die Vorstellung noch nie sonderlich behagt, das Loft an der Vandam Street zu verlassen, wo wir zusammen mehr Winter überstanden hatten als der Säbelzahntiger. Wie viele New Yorker glaubte die Katze nicht, daß außerhalb der Stadtgrenzen von Manhattan irgendwelches Leben existierte. Ich konnte mir gut vorstellen, in welcher Verfassung sie nach einem vierstündigen Flug in einem Käfig im Gepäckabteil zwischen einem Golden Retriever und einer verhätschelten Boa Constrictor sein würde. Vor dem Abflug hatte ich ihr ein halbes Katzenvalium gegeben. Die andere Hälfte hatte ich selbst genommen. Wenn meine Hälfte nicht bald anschlug, mußte ich mit Heroinzäpfchen nachrüsten.

Ich beobachtete, wie New York kleiner wurde und dann vollständig unter der Wolkendecke verschwand. Ich dachte daran, wie viele Probleme und Streßkongresse ich zurückließ. Die Freunde. Die Geliebten. Den kleinen schwarzen Puppenkopf, der ganz allein oben auf dem Kühlschrank saß. Wie oft hatte ich ihn an dem bunten Fallschirm und mit dem in seinen Mund geklemmten Hausschlüssel aus dem Fenster geworfen, Besuchern und Nervensägen in die emsigen Hände? Wie oft war er zu mir zurückgekehrt, immer noch mit dem ehrlichsten Lächeln im Gesicht, das in ganz New York City aufzutreiben war? Scheiß drauf, dachte ich. Vielleicht finde ich ja in Texas ein Püppchen.

Eine Zeitlang nippte ich an einer Bloody Mary, dann schloß ich die Augen und ließ meine Gedanken wie Lagerfeuerrauch durch Raum und Zeit treiben. Wir waren noch lange nicht in Texas, aber ich konnte die Ranch schon sehen. Meine Leute hatten das Anwesen vor vierzig Jahren gekauft, und im Sommer nutzten sie es als Ferienlager für Jungen und Mädchen. Ich war selbst als Camper dort gewesen und später als Helfer, der am Flußufer Aufsicht führte. Inzwischen fühlte ich mich allerdings etwas zu a-l-t, um allzu intensiv mit den Kindern zu interagieren. Heute reichte mein Verantwortungsspektrum von der allmorgendlichen Tour, bei der die Schmutzwäsche mit dem Pick-up in der Stadt abgeliefert wurde, über das gelegentliche Vergiften von Feuerameisenhaufen bis zum Füttern der Kolibris und dem vereinzelten Vortrag eines Lieds am Lagerfeuer oder beim abendlichen Hoedown. Es war harte Arbeit.

Die Ranch hieß Echo Hill. Ich hatte nur glückliche Erinnerungen an all die Jahre, die ich dort verbracht hatte. Jetzt hatte ich zum erstenmal – wie der Widerhall in einem Traum – ganz leichte Vorahnungen, als meine Rückkehr ins Hill Country unmittelbar bevorstand. Ein nur halb bewußtes Unbehagen, das ich der Tatsache zuschrieb, daß der Typ neben mir wie ein verrückter pakistanischer Wissenschaftler aussah. Hätte ich damals schon gewußt, was mich in Texas erwartete, dann hätte ich den Piloten am Rüssel gepackt und ihm befohlen zu wenden.

Ich erwachte aus einem unruhigen Schlaf und mußte, da ich das Mittagessen verpennt hatte, mit einer weiteren Bloody Mary und einer nahrhaften Selleriestange vorliebnehmen. Ich brauchte soviel Sellerie, wie ich nur kriegen konnte. Der angesammelte Streß vom Leben in New York bedrückte mich noch schwer. Ich fühlte mich vage beunruhigt von einem Beiwagen voll aufziehender Verhängnisse, als ich auf das von einigen New Yorkern so genannte »Drüberfliegland« hinausschaute. Amerika, nehme ich an. Das Land, in dem der Sellerie wächst.

Ich tröstete mich mit einer alten texanischen Maxime: Ob dein Ziel nun Himmel oder Hölle heißt, erst mal mußt du in Dallas-Fort Worth umsteigen.

3

Am späten Nachmittag kam ich endlich in San Antonio an, aber die Luft war immer noch heißer als eine geklaute Tamale. Sie erinnerte mich an meine Zeit im Friedenskorps, als ich in den Dschungeln von Borneo als landwirtschaftlicher Berater arbeitete. Ich sollte unter den Eingeborenen flußaufwärts Saatgut verteilen. Allerdings schickte mir das Friedenskorps in zweieinhalb Jahren kein einziges Samenkorn. Schließlich mußte ich mich damit begnügen, meinen eigenen Samen zu verteilen, was ein ziemlich unangenehmes Nachspiel hatte. Aber ich liebte die Tropen und beschwerte mich nur selten über das Wetter in Texas. Sonst wüßte ja niemand mehr, wie er ein Gespräch anfangen sollte.

Ich schaffte es ohne weiteres durch den Korridor zum Ausgang und von dort ins Terminal, vorbei an Cowboyhüten aus Stroh, Gürtelschnallen in der Größe von Autonummernschildern und glücklichen Latino-Familien. Am Flughafen Dallas-Fort Worth, wo ich das Flugzeug kurz verlassen hatte, um eine Zigarre zu rauchen, hatten alle Frauen diesen blonden, verhärmten Gesichtsausdruck, halb Morgan Fairchild, halb Gottesanbeterin. Und auch die Männer in DFW schienen flugs auf ein Gebet hereingekommen zu sein. Sie sahen wohlgenährt und einigermaßen schmierig aus, allesamt weltliche Jimmy Swaggarts. Am Flughafen San Antonio sahen die Leute wie echte Texaner aus. Selbst der Hare Krishna hatte ein nettes »Y'all« parat.

Früher, dachte ich, während ich an langen Reihen von Fernsehsesseln entlangging, von denen jeder einzelne auf *Glücksrad* eingestellt war, verrieten einem die Greyhound-Busbahnhöfe allerhand über den Charakter einer Stadt. Heute sind's die Flugplätze. Busstationen verraten einem nur noch etwas über den Charakter der örtlichen Charaktere, und in den meisten Orten gibt es davon heutzutage nur noch verdammt wenige. Ich war nicht mal sicher, ob ich selbst einer war.

An der Gepäckausgabe wartete ich eine Zeitspanne, die etwa vergleichbar sein dürfte mit der Dauer des Heiligen Römischen Reiches.

»Heute geht's ja mal wieder rund«, sagte ich zu einem Mann,

der sich entweder als Zuhälter oder als arischer Golfer herausgeputzt hatte.

»Können Sie laut sagen«, sagte er. »Als ich letztes Mal nach New Jersey geflogen bin, hat die Fluglinie mein ganzes Gepäck nach Las Vegas geschickt.«

»Klingt, als hätte Ihr Kulturbeutel sich besser amüsiert als Sie«, meinte ich.

Wir warteten.

Endlich flanierte ich mit Koffer, Gitarre und Haustiertragekorb wie ein verlorener Mariachi auf den sonnenüberfluteten Bürgersteig von San Antonio hinaus und hielt Ausschau nach jemandem mit ECHO HILL-T-Shirt. Auch die Katze hielt Ausschau. Der Trip war ihr anscheinend nicht besonders gut bekommen, und im Moment sah sie gereizt genug aus, um ganz Texas die Augen auszukratzen.

Wenn sich in New York jemand bei einer Verabredung verspätet, ist das Anlaß zu einer Menge Streß und Gezeter. Aber Texas liegt nahe genug an Mexiko, um durch eine Art kultureller Osmose einen gesunden Sinn fürs *mañana* abgekriegt zu haben. In der guten alten Zeit auf der Ranch pflegte mein Bruder Roger immer die Essensreste, die jemand auf seinem Teller liegengelassen hatte, auf den Hof zu schmeißen. »Irgendwas wird's schon holen«, sagte er.

Und genauso war mir klar, daß mich jemand holen würde. Die Katze schien meine Zuversicht nicht zu teilen. Sie gab laute, böse Geräusche von sich und kratzte unangenehm an den Gitterstäben. Wiederholt hielten Passanten an und begafften uns.

»Mach mir keine Szene«, sagte ich. »In einer guten Stunde sind wir auf der Ranch.«

Die Katze klagte weiterhin übertrieben traurig und rüttelte am Käfig. Die neue Vizepräsidentin der Gesellschaft vorwitziger junger Frauen kam vorbei und beugte sich über den Tragekorb.

»Ist er gemein zu dir?« fragte sie die Katze. »Hat er dich gezwungen, in diesem kleinen Käfig zu fliegen?«

»Wir stehen beide unter dem Einfluß von Medikamenten«, sagte ich. »Wir kommen grade von einer Entdeckungsreise ins Arschloch des oberen Pavians zurück.«

Sie verzog sich mit einer Spitzenschnute Jahrgang 1937.

Ich zog eine Zigarre aus den Patronenschlaufen meiner leichten, sommerlichen Jagdweste, begann mit dem Vorspiel, und als die erforderlichen Maßnahmen abgeschlossen waren, gab ich mir mit einem Küchenstreichholz Feuer. Die Zigarrenspitze immer ein gutes Stück über die Flamme. Ich setzte mich auf eine Betonbank, *watched the wheels go round*, wie John Lennon gesagt hätte. Dann stand ich auf und vertrat mir ein bißchen die Beine, bis ein Dodge Dart mich fast bei lebendigem Leibe seziert hätte. Am Dodge sah ich einen Aufkleber mit den Worten ICH BREMSE AUCH FÜR FRAUEN.

Plötzlich hörte ich eine Hupe, und jemand schrie »Kinkster!« Ich glotzte hinüber und sah einen mir bekannten grauen Pick-up, aus dem ein mir bekannter Grinsekopf heraussah. Wagen und Kopf waren staubbedeckt. Es war Ben Stroud, einer der Ranch-Helfer.

»Du bist zu früh gekommen«, sagte Ben.

»Das hat sie letzte Nacht auch gesagt«, meinte ich, legte Gitarre und Koffer auf die Ladefläche, setzte mich neben Ben, der ein Yoo-Hoo trank, und stellte die Katze neben mich. Ben war nicht groß, aber breit und laut. In Texas muß man breit und laut sein. Selbst wenn man ein autistischer Knirps ist. *Gerade* wenn man ein autistischer Knirps ist.

»Wie läuft's auf der Ranch?« fragte ich.

»Im Moment werden noch die Helfer eingeschläfert«, sagte Ben. »Die Kinder kommen erst in ein paar Tagen.«

Ich lehnte mich im Fahrerhäuschen zurück und stellte mir kurz die Rancher vor, wie wir sie nannten, die von Staubwolken umhüllt aus ihren Charterbussen stiegen. Die alte Glocke vor dem Büro der Ranch läutete. Die kleine Helfergruppe, alle in ECHO HILL-T-Shirts, wuselte durcheinander, während sie in der Nachmittagssonne auf Anweisungen wartete. Onkel Tom, mein Dad, führte wie immer die Busse herein, lief vor ihnen her und fuchtelte so selbstsicher und manieriert mit den Armen herum, als hätte er eine ganze Kavalleriebrigade hinter sich. Onkel Tom trug einen hellblauen Tropenhelm, der aussah, als hätte er ihn jemandem aus einer Geschichte von Rudyard Kipling geklaut. Tom, der von den Ranchern, Helfern und mir geliebt und verehrt wurde, hing sehr an althergebrachten Traditionen. Manchmal machte er den Eindruck, als hätte er sich selbst aus einer Geschichte von Rudyard Kipling geklaut.

»Tom hat mich zum Direktor für Auswärtige Angelegenheiten befördert«, sagte Ben. »Das heißt, ich liefer jeden Morgen die schmutzige Wäsche in der Stadt ab und bring ihm seine Zeitung mit.«

»Hey«, sagte ich, »das war doch immer mein Job! Jetzt bin ich ein Fall von Jugendarbeitslosigkeit.«

»Ach, da wär ich mir nicht so sicher. Du greifst mir eben unter die Arme. Außerdem glaub mir, du wirst mit anderen Sachen ganz gut zu tun haben. Gestern hat Pat Knox bei Onkel Tom angerufen. Sie will dich sprechen. Hört sich nach irgend'nem ziemlich geheimnisvollen Scheiß an.«

Pat Knox war die quicklebendige kleine Friedensrichterin in Kerr County, die mir vor einigen Jahren nach einem heißen Wahlkampf diesen Job vor der Nase weggeschnappt hatte. Einer der anderen erfolglosen Kandidaten hatte zwei Wochen vor der Wahl den Familien-Collie mit dem Beil zu Hackfleisch verarbeitet. Er hatte trotzdem noch 800 Stimmen bekommen.

»Was zum Teufel will denn ausgerechnet Pat Knox von mir?« fragte ich. »Hat die nicht genug damit zu tun, Leute zu verheiraten und Totenscheine auszustellen?«

»Ich glaube, genau darüber will sie mit dir reden.«

»Übers Heiraten?«

»Nein«, sagte Ben. »Über Tote.«

Der Transporter bretterte durch die anmutigen, sanft sich wiegenden grünen Hügel über die I-10 in Richtung Westen. Am Himmel vor uns sahen wir im Gegenlicht einer brillanten, langsam untergehenden Sonne eine ungeheure Menge kreisender Geier. Sie bewegten sich methodisch, zeitlos, wie von einem grausigen, unentrinnbaren Zweck erfüllt.

»Du bist verrückt, wenn du dich da reinziehen läßt«, sagte Ben.

»Vielleicht bin ich verrückt«, sagte ich. »Weißt du, was Carl Gustav Jung gesagt hat? ›Bringt mir einen Gesunden, und ich werde ihn heilen!‹«

»Vielleicht«, sagte Ben, »kann Carl Gustav Jung uns ja bei der Wäsche helfen.«

4

Als wir auf die I-10 die halbe Strecke nach Kerrville geschafft hatten, bog Ben nach links auf eine Landstraße ab. Die Katze und ich machten eine Reihe von Déjà-vus durch, als wir auf dem Weg zur Ranch einige Kleinstädte durchquerten. Pipe Creek: hatte seinen Namen von einem Siedler, der vor über hundert Jahren nach einem Indianerangriff in seine brennende Hütte zurückgerannt war, um seine Lieblingspfeife zu retten. Bandera: »die Cowboy-Hauptstadt der Welt«, wo Ben und ich im Old Spanish Trail Restaurant eine Pause einlegten und im John-Wayne-Room unser Abendessen verzehrten. Die Dekoration vom John-Wayne-Room besteht, abgesehen von einem alten, als Salatbar genutzten Planwagen und zwei kaputten Flippern, aus 57 Photos, Gemälden, Skizzen und Skulpturen von John Wayne. Diese themenorientierte Herangehensweise führte bei den Stammgästen zu einer gewissen Macho-Ausrichtung und förderte nicht gerade die Verdauung des gelegentlichen, auf Durchreise befindlichen Schmetterlingsjägers aus Teaneck, New Jersey.

Ich nahm den Mexikoteller, und Ben bestellte »The Duke«, ein chicken-fried Steak von den Dimensionen eines gelbweiß gestreiften Strandsonnenschirms. Die meisten anderen Gäste trugen Cowboyhüte aus Stroh und Gürtelschnallen in der Größe von Nummernschildern. Vielleicht wollten sie zum Flughafen San Antonio.

Als wir aus dem O. S. T. herauskamen, senkte sich die Abenddämmerung über die alte Westernstadt. Wir fuhren den Highway 16 nach Medina hoch. Ich bot der Katze die Reste vom »Duke« an, aber sie hatte ihre Bedenken. Schweigend erreichten wir Medina.

Medina war eine sehr kleine Stadt, die schon seit über hundert Jahren vor sich hin starb, aber diese Vorstellung ließ sie gleichsam gedeihen. Irgendwann in den Tagen des Alten Testaments hatte man dort beschlossen, keine Alkoholika auszuschenken. War bloß fraglich, ob diese Devise zum langen Niedergang der Stadt geführt hatte, oder ob sie dafür verantwortlich war, daß Gott sich die Gnade hatte entlocken lassen, der Stadt über so lange Zeit ein so erfolgreiches Sterben zu erlauben.

»Pause für n Drink?« fragte ich Ben.

»Willst du mich aufn Arm nehmen? Ich nehme an, daß ich hier nicht mal mein Yoo-Hoo recyclen darf.«

Ich dachte kurz daran, was unser alter Freund Earl Buckelew, der seit über siebzig Jahren in der Gegend lebte, mal über diese Stadt gesagt hatte: »Medina ist so trocken wie ein Popcornfurz.«

»Diese Stadt ist so klein«, erklärte ich der Katze, »daß du sie gar nicht siehst, wenn du bloß mal blinzelst.«

Die Katze blinzelte.

Medina war verschwunden.

Wir fuhren noch ein paar Meilen die 16 entlang, bogen dann links ab, rollten in einer Staubwolke über ein Viehgitter, eine Landstraße hinunter und in die untergehende Sonne auf Echo Hill zu. Die Ranch lag etwa zweieinhalb Meilen von der kleinen Touristenstraße entfernt, aber seit wir Pipe Creek hinter uns hatten, waren wir in einer Welt, die die meisten New Yorker nie zu Gesicht bekamen. Sie glaubten, die Hirsche, die Hasen, die Waschbären, die Sonne, die den Himmel im Westen in Brand setzt, die Zypressen, die ihre knotigen Wurzeln in den kleinen Bächen badeten, der gelbe Mond, der schüchtern über die Hügel linst – sie glaubten, alle diese Dinge gäbe es in Wirklichkeit nur in Disneyfilmen oder Kinderbüchern. Ich schloß einen Moment die Augen und schlug im Kopf eine neue Seite auf. Als ich die Augen wieder öffnete, war noch alles da. Nur New York war verschwunden.

Wir durchquerten spritzend ein Rinnsal auf dem Weg, brachten zwei weitere Viehgitter hinter uns und bogen ab, als ein Schild auf die Echo Hill Ranch hinwies. Ben fuhr eine kleine Zufahrt entlang und setzte mich mit der Katze und unserer Habe vor einem uralten grünen Caravan ab, der aussah, als sei er einst Gegenstand eines fehlgeschlagenen Timesharing-Vertrags zwischen John Steinbeck und Jack Kerouac gewesen. Der rührte sich, geographisch gesehen, garantiert nicht mehr von der Stelle. Ich fühlte mich so zu Hause, wie ein Jet-set-Zigeuner sich überhaupt zu Hause fühlen kann.

Ich öffnete die Tür des Caravans, wischte ein paar Spinnweben beiseite und schaltete die Lampe ein. Eine fröhliche kleine Waschbärenfamilie hatte anscheinend den Winter dort verbracht.

»Wenn sie bleiben wollen«, ließ ich die Katze wissen, »müssen sie Miete zahlen.«

Die Katze sagte nichts, aber sie fand das offensichtlich

nicht witzig. Eigentlich vertrat ich schon lange die Theorie, daß die Katze alle Lebewesen außer mir haßte. Was mich anging, waren ihre Gefühle ambivalent. Und hier paßte das Wort.

Ich öffnete den Käfig, und die Katze sah sich argwöhnisch um. Einen Augenblick später tapste sie heraus, und ihr Blick schien angewidert durch den Caravan zu schweifen. Jeden Sommer war er ein Stück baufälliger geworden, und in naher Zukunft würde sogar ich einsehen müssen, daß der Mensch nicht vom Schimmel allein lebt. Die Katze blieb noch ein paar Sekunden und schoß dann wie eine Silvesterrakete durch die offene Tür nach draußen.

»Was hast du denn erwartet?« rief ich ihr nach. »Einen Bungalow?«

Sie würde zurückkommen, dachte ich. Gewisse Katzen und gewisse Frauen kommen immer zurück. Das Problem ist bloß, daß man nie ganz sicher sein kann, welche das sind.

Ich legte mich für einen kurzen Power-Schlummer in mein Feldbett, bevor ich zum Sommerhaus hochging und Tom und die anderen begrüßte. Ben hatte gesagt, Tom schläferte im Speisesaal die Helfer ein. Ich fand, das konnte ich auch eine Zeitlang mit mir im Caravan machen. Mich an das Geräusch der Grillen statt des Verkehrs gewöhnen. Bevor mir die Augen zufielen, merkte ich noch, daß an der Wand gegenüber die großen gerahmten Bilder von Hank Williams und Mahatma Gandhi immer noch einträchtig nebeneinanderhingen. Sie waren ein bißchen verstaubt und etwas schräg, aber wer war das nicht, der je Großes geleistet hat? Sie starrten auf mich herab, und ich erwiderte ihren kühlen Blick. Dann schloß ich kurz die Augen, und von den Nachbildern der beiden Gesichter schienen kleine karmische Kolibris auf mein Kissen herniederzuflattern.

Als ich die Augen wieder aufschlug, lächelte Hank mich mit seinem traurigen, vergeistigten, urheberrechtsgeschützten schiefen Grinsen an, und Gandhis Augen blinzelten wie der hilflose bestirnte Himmel über uns. Kurz bevor ich einschlief, fiel mir aus unerfindlichen Gründen ein, was John Lennon die Beatles während ihres kometenhaften Aufstiegs zum Ruhm wiederholt gefragt hatte: »Haben wir das Vorsingen bestanden, Jungs?«

5

Ich erwachte aus meinem Power-Schlummer und stellte fest, daß die Katze nicht zurückgekommen war. Ich zog meine Stiefel an und machte mich auf den Weg zum Sommerhaus. Den texanischen Nachthimmel hatte jemand mit einer schimmernden Sternendecke bezogen. Ich stapfte den kleinen Hügel empor und auf die Lichter des Sommerhauses zu. Mein Vater saß in einem uralten Lehnstuhl aus Redwood auf dem Rasen vor dem Haus und blickte in die Dunkelheit. In siebzig Jahren hatte er sich so manches gewünscht, und einige Wünsche waren in Erfüllung gegangen.

Tausende von Jungen und Mädchen hatte er im Laufe der Jahre hier aufwachsen sehen. Viele von ihnen waren in die Erwachsenenwelt hinausgezogen, durchdrungen von einer nicht recht greifbaren Gabe, die meine Mutter, Tante Min, den »Echo Hill Way« genannt hatte. In dieser ganzen Zeit war die Welt nicht gerade anders oder gar besser geworden. Aber die Welt, wie sie für die meisten Menschen aussah, endete am Viehzaun von Echo Hill. Hier galt jeder etwas. Alle hatten Spaß. Alle schafften es, endlich einmal im Leben zum First Base zu gelangen. Gewiß, viele von ihnen würde es später erwischen, aber sie hatten wenigstens eine Chance gehabt.

Viele der frühen Architekten des »Echo Hill Way« fehlten jetzt und wurden vermißt. Meine Mutter war 1985 gestorben.

Onkel Floyd Potter, an der High-School mein Biologielehrer und lange Jahre unser Mann für Naturkunde, war kurz danach zu Jesus gegangen. Floyds Frau, Tante Joan, hatte bei der Leitung des Camps mitgeholfen, seit ich denken konnte. Ihr Geburtstag, der 18. August, fiel mit dem Hochzeitstag von Min und Tom zusammen. Sie alle hatten sich sehr nah gestanden. So nah wie die Pappeln unten am Fluß.

Auch Slim war dahingeschieden, wie manche Leute umgangssprachlich das Sterben nennen. Slim hatte Geschirr gespült, den »Käfersaft« serviert und warmes Jaxbier getrunken, während er vor seinem alten Radio zuhörte, wie die Astros Millionen von Ballspielen verloren. Tod ist immer eine Sache der Umgangsformen.

Doc und Tante Hilda Phelps waren als erste von uns gegangen. Ich glaube, sie waren schon immer alt gewesen. Doc und Tom waren seit ihren gemeinsamen Tagen bei der Air Force befreundet. Doc hatte ihm und Min beim Aufbau der Ranch geholfen. Hilda, seine australische Frau, hatte in Echo Hill Basteln unterrichtet und mir, als ich sechs Jahre alt war, »Waltzing Matilda« beigebracht. Jahrelang sang ich das Lied als »Waltzing with Hilda«.

In Echo Hill gab es viele Geister, aber die meisten waren gute Geister. Sie paßten ganz bezaubernd zu dem Staub und dem Lagerfeuerrauch, dem Fluß und den Sternen.

Tom war fast das einzige, was aus den alten Tagen übriggeblieben war. Er schaute hinaus auf das wunderschöne Tal, in dem sich jetzt nur die Pferde und Hirsche bewegten. Fröhlich funkelten die Lichter einzelner Hütten. Lachen klang vom Speisesaal herüber, wo meine Schwester Marcie noch mit einigen Helfern zusammensaß. Es war kaum zu glauben, daß hier in wenigen Tagen über hundert Kinder herumtoben würden. Es war kaum zu glauben, daß vierzig Jahre vergangen waren und Echo Hill immer noch dasselbe war. Nur die Namen wurden geändert, um die Unschuldigen zu beschützen.

Ich öffnete das Tor und schritt den Pfad hoch. Sam, Toms kurzsichtiger jüdischer Schäferhund, bellte wütend, rannte auf mich zu und hätte mich um ein Haar in den Hintern gebissen, als er mich endlich erkannte und wie ein Kohlenkasten grinste.

»Sambo!« rief Tom. »Such dir jemanden, der genauso groß ist wie du.«

»Dieser Hund frißt wie ein Mastschwein«, sagte ich, als ich meinen Vater umarmte, »wir werden ihm bald einen Golfwagen besorgen müssen.«

»Sam geht's prima«, sagte Tom. »Alle großen Säugetiere setzen im Winter etwas Speck an.«

Auf Sam ließ Tom nichts kommen. Sam war aber wirklich ein wunderbarer Hund. Tom hatte ihn ein Jahr nach dem Tod meiner Mutter aus dem Tierheim bekommen, und Sam war ein echter Freund geworden. Er war ein außergewöhnlicher, vielleicht etwas übereifriger Wachhund, der die meisten Besucher zu Tode erschreckte, aber er liebte Kinder. Die einzigen, die er haßte, waren Jungen in der Pubertät, Uniformierte und Mexikaner. »Was soll ich machen?« meinte Tom mal, nachdem Sam einen mexikanischen Handlanger auf das Dach des Pick-ups gescheucht hatte. »Der Hund ist Rassist.«

Auch Tom hatte im Lauf des Jahres etwas zugenommen, seinen sich bereits wölbenden Bauch noch vergrößert, aber immer noch schlug er so gut wie alle Ankömmlinge im Tennis. Abgesehen von dieser einfach riesigen Wampe, die er nicht wahrhaben wollte, sah er sehr fit und vital aus.

Wir unterhielten uns eine Zeitlang über die Ranch, das Personal und den bevorstehenden Sommer. Gegen Ende wandte sich das Gespräch einer anderen Angelegenheit zu.

»Da war heute eine ziemlich komische Nachricht von Pat Knox für dich auf dem Anrufbeantworter. Ich glaube ja immer noch, daß sie dir den größten Gefallen deines Lebens getan hat, als sie deine Wahl zum Friedensrichter von Kerrville verhinderte.«

»Ja«, meinte ich. »Das hätte eklig werden können. Echt gut, daß meine Kerrversen Genossen mich in die Privatwirtschaft zurückgescheucht haben.«

»Was hättest du bei dem Job gemacht, wenn du die Wahl gewonnen hättest?«

»So ziemlich das gleiche, was ich jetzt auch mache«, sagte ich.

»Das hatt ich befürchtet«, sagte Tom.

Ich holte eine Zigarre heraus, hackte ihr die Spitze ab und vollbrachte die Zündung. Ich paffte gelassen vor mich hin und betrachtete die Ebene vor uns.

»Sieht die Ranch nicht herrlich aus?« fragte Tom.

»Aber immer«, sagte ich und starrte an der ruhigen, friedlichen Reihe Schlafbaracken entlang, die sich gegen den Ansturm kreischender, wilder Rancher zu wappnen schienen. »Was wollte Pat Knox eigentlich?«

»Ich hab keine Ahnung«, sagte Tom. »War echt komisch. Sie sagt, da sind Dinge vorgefallen, die sie sich einfach nicht erklären kann. Sie war völlig aus dem Häuschen. Sie sagte, sie müsse mit einem Mann mit deiner Begabung sprechen.«

»Im musikalischen Sinn?«

Tom lachte. »Nur wenn sie dich für eine Beerdigung engagieren will. Sie klang ziemlich ernst. Als sie diesen ›Mann mit deiner Begabung‹ erwähnte, hatte ich den Eindruck, sie meinte deine Exkursionen auf dem Feld der Verbrechensaufklärung in New York.«

Ich zog noch ein paarmal bedächtig an meiner Zigarre und sah zu, wie der Mond über dem Hügel emporstieg.

»Oder«, sagte ich, »sie braucht bloß jemanden, der ihr die schmutzige Wäsche wäscht.«

6

Als die Sonne am nächsten Morgen hell auf Echo Hill herabschien, den nahegelegenen Hügel, von dem das Camp seinen Namen hatte, rief ich Pat Knox an. Es war ein so herrlicher Tag, daß man den Eindruck gewann, nichts auf der Welt könne aus den Fugen sein – abgesehen von der Katze, die nicht zurückgekommen war. Aber Echo Hill war nicht die Welt. Mit einem Becher Kaffee und glimmender Zigarre saß ich an dem winzigen Tisch meines Caravans und unterhielt mich mit der Sekretärin im Büro der Friedensrichterin von Revier eins, Kerrville, Texas.

»Oh«, sagte die Sekretärin, »da wird sie sich ja mächtig freuen. Mit Ihnen wollte sie schon die ganze Zeit sprechen. Sie braucht Ihre Unterstützung.«

»Unterstützung?« fragte ich. »Wird Kerrville belagert?« Ich dachte an meinen Wahlkampfslogan in jenem verhängnisvollen Rennen gegen ihren Boß: »Mit mir gibt es keinen Krieg mit Fredericksburg.« Fredericksburg war eine kleine deutsche Stadt zwanzig Meilen die Straße runter, wo man sich immer noch Seite an Seite mit kleinen Nazis die Stiefel schnürte.

»Wir werden nicht direkt *belagert,* Schatz«, sagte sie, »außer man zählt die Yankees, die Yuppies, die Spekulanten, die Ruheständler –«

»Genau zu denen hatte ich mich gezählt«, sagte ich.

»Ich glaube, der Richterin schwebt etwas anderes vor«, sagte sie.

Ich blieb am Apparat und wartete. Ich fragte mich, was eigentlich los war. Vielleicht hatte Richterin Knox soeben die Nachricht erhalten, daß neun Kriegsschiffe die Blockade der Konföderierten durchbrochen hatten. Ich goß mir gerade einen neuen Kaffee ein, als Ihre Ehren ans Telephon kamen.

»Kannst du heute in die Stadt kommen?« fragte sie. »Ich möchte nicht am Telephon darüber sprechen. Wir könnten abgehört werden.«

»Spione in Kerrville?« fragte ich. »Haben die kleine Satellitenschüsseln an den Cowboyhüten?«

Die rührige kleine Richterin fand das ganz und gar nicht komisch. »Es ist ernst«, sagte sie. »Wenn sich meine Vermutung über das, was hier los ist, als richtig erweist, wird diese verschlafene kleine Stadt ein böses Erwachen erleben.«

Ich erlebte ebenfalls ein ziemlich böses Erwachen, dachte ich. Mein erster Tag zu Hause in Texas, die Katze weggelaufen, ich versuche, meinen zweiten Becher Kaffee zu trinken, und schon verwickelt man mich in eine Art auswärtiges Ränkespiel. Ich würde definitiv nicht zu den glücklichen Campern gehören, die bald über die Ranch herfielen. Da die Katze weg war, konnte ich nicht mal mit jemandem reden. Bevor man anfängt, sich mit einer abwesenden Katze zu unterhalten, kann man auch gleich Selbstgespräche führen.

Ich goß mir den dritten Kaffee ein, zündete die zweite Zigarre an und wanderte nach nebenan zu meiner kleinen Schwester. Marcie, die mit Tom zusammen das Camp leitete, wohnte in einem großen weißen Caravan, der aussah, als hätte er in einem früheren Leben Jim Rockford gehört. Marcie hatte mit der Vorbereitung des Saisonbeginns alle Hände voll zu tun und Mühe mit der Vorbereitung ihrer Augen auf den Tagesbeginn, da die Besprechung mit dem Personal ziemlich lange gedauert hatte. Sie zeigte keine sonderlich große Anteilnahme, als sie vom Verschwinden der Katze erfuhr.

»Deine Katze kommt bestimmt zurück«, sagte sie.

»Da wär ich nicht so sicher«, sagte ich. »Das ist noch nie passiert.«

»Vielleicht passiert's auch nie wieder«, sagte sie. »Besonders wenn Sambo sie erwischt.«

Während sie sich anzog, ging ich in Marcies Caravan auf und ab und vergaß, wie sehr der Rauch meiner Zigarren sie immer störte, wenn sie gerade aufgewacht war. Natürlich störte Marcie fast alles, wenn sie gerade aufgewacht war. Wie das bei Geschwistern oft der Fall ist, hielt sie mich für den ewig mürrischen, während sie selbst unentwegt eine fröhliche, angenehme Ausstrahlung an den Tag lege. Des öfteren konfrontierten wir beide Tom mit der wohldurchdachten Überlegung, er sei mürrischer als wir beide zusammen. Tom tat das entweder mit einem Lachen ab oder bestritt es mißmutig, je nachdem, wie mürrisch er gerade war. Wenn er es mit einem Lachen abtat, hinterließ er Marcie und mich meist ziemlich mürrisch.

»Es stimmt mich traurig«, sagte ich, »daß junge Menschen heutzutage keinen Kaffee trinken und daß sie kein Mitleid mit Katzen haben.«

»Es stimmt mich traurig«, sagte Marcie, »daß ich noch genau einen Tag habe, bevor dieses Lager aufmacht, und daß jemand durch meinen Caravan marschiert und eine Zigarre raucht, während ich mich anzuziehen versuche.«

»Es stimmt mich traurig«, sagte ich, »daß seitens der Lagerleitung keine größeren Anstrengungen unternommen wurden, mich in das Lagerprogramm zu integrieren.«

»Es stimmt mich traurig«, sagte Marcie, »daß du deinen Arsch nicht aus meinem Caravan rauskriegst.«

Ich kam am Sommerhaus an, als Tom gerade die Kolibritränken nachfüllte. Das Grundstück des Sommerhauses war von einem weißen Holzzaun umgeben, der die Pferde fernhalten sollte, was ihm selten gelang. Toms Aussage zufolge standen innerhalb der Einfriedung 87 Bäume. Einer von ihnen, ganz nah am Sommerhaus, war abgestorben. Genau diesen erkoren sich die Kolibris jedes Jahr als Basislager, wenn sie aus Südamerika oder wo zum Teufel Kolibris herkommen, nach Hill Country zurückkehrten. Sie trafen pünktlich am

15. März ein und blieben bis Ende August. Wir hatten echt Glück, daß sie keine Hausgäste waren.

Vor über dreißig Jahren hatte meine Mutter damit angefangen, die Kolibris zu füttern, indem sie Zucker in gefärbtem Wasser auflöste und in Glasträнken an die Dachvorsprünge über der Veranda hängte. Diese Aufgabe war dann auf Tom und mich übergegangen. Inzwischen hatten wir über fünfzig Kolibris, und zur Happy Hour war manchmal ganz schön was los. Ich hielt Tom für meinen Kolibrifütterassistenten. Er hielt mich für seinen Kolibrifütterassistenten. Irgendwie kamen wir miteinander klar.

Tom hängte die letzte Tränke an einen Nagel, und Ben Stroud lief hinter ihm her und versuchte, eine Besorgungsliste für die Stadt zu erstellen.

»Warum verfolgst du mich?« fragte Tom Ben.

Ben wußte, daß das eine ziemlich rhetorische Frage war, und gab keine Antwort. Statt dessen stellte er in der Manier von Talmud-Gelehrten eine Gegenfrage.

»Soll ich dir aus der Stadt eine Zeitung mitbringen?« fragte er. »Ich hole die Wäsche und die Softballs und die Donuts.«

»Toms Zeitung kann ich holen«, sagte ich zu Ben. »Ich fahr über Mittag nach Kerrville.«

»Nee, die bring ich schon mit«, sagte Ben. »Ich hab ne ganze Liste mit Erledigungen.«

Tom ging zu den Redwoodmöbeln hinüber, die älter waren als die meisten Helfer, und setzte sich in seinen Lieblingssessel. Ben lief hinterher, um ein oder zwei Sachen auf seiner Stadtliste abzuhaken.

»Warum verfolgst zu mich?« fragte Tom Ben.

Tom, Ben und ich saßen eine Weile da und unterhielten uns, aber dann mußten die beiden wieder an die Arbeit. Wie ein herrenloses Pferd streunte ich eine gute Stunde lang über die Ranch, sprach mit ein paar alten Helfern, die ihr Programm vorbereiteten, und traf unten im Picknickbereich auf

Marcie. Beide hatten wir die kleinen geschwisterlichen Kabbeleien vom frühen Morgen hinter uns gelassen.

»Hast du Lust, zum Mittagessen ins Del Norte mitzukommen?« fragte ich.

»Ich muß hierbleiben«, sagte sie. »Morgen macht das Camp auf, einer der Köche ist noch nicht aufgetaucht, und Tom ist heute morgen ausgerastet, als er kein Farbband für die Schreibmaschine finden konnte. Mit wem gehst du denn essen?«

»Der Ehrenwerten Pat Knox«, sagte ich.

»Pat Knox? Ist das nicht die, wegen der du bei der Wahl mit Pauken und Trompeten durchgerasselt bist?«

»Ich bin nicht nachtragend«, sagte ich.

Ich sattelte Dusty, den alten Chrysler Convertible von meiner Mutter mit den Holzverstrebungen, winkte meinem Vetter Bucky zu, der auf der East Flat Pferde zusammentrieb, und fuhr nach Kerrville. Ich fand, ich könne einen kleinen Drink vertragen, um meiner Lethargie ein Schnippchen zu schlagen. Außerdem merkte ich, daß das Campleben zwangsläufig meine Cocktailstunden verkürzte. Meine aus New York mitgebrachten Gewohnheiten und mein Lebensstil waren nicht sonderlich gesund für Grünpflanzen und Kinder. Nicht, daß ich unbedingt ein Vorbild sein wollte. Ich hatte bloß das Gefühl, wenn Kinder sich ihr Leben versauen wollten, sollten sie gefälligst selbst herausfinden, wie man das anstellt.

Dusty war ein sprechendes Auto. Meine Mutter hatte immer gesagt, sie sei ein gutes Auto für einsame Menschen. Ich war noch nicht lange genug wieder hier, um zu wissen, ob ich einsam war, aber ich war gespannt darauf, was Dusty zu sagen hatte. Als ich die Kiesstraße zum Highway hinüberfuhr, bewies Dusty ihre Sensibilität.

»Die Scheibenwaschanlage muß aufgefüllt werden«, sagte sie.

7

»Ich will mit dir über vier kleine alte Damen reden«, sagte Pat Knox mit tiefem Verschwörermurmeln. Wir saßen an einem Ecktisch im Restaurant Del Norte, einem Laden, den ich oft das beste Restaurant der Welt nannte. Auf jeden Fall war es das beste Restaurant in Kerrville.

»Vier kleine alte Damen?« fragte ich. »Wollen die, daß ich ihrem Nähkränzchen beitrete?«

»Nein«, sagte die kleine Richterin. »Sie sind tot.«

»Streich das Nähkränzchen.«

»Wenn du mich bloß veräppeln willst, kann ich gleich zu Sheriff Frances gehen. Die hat sich auch bloß lustig gemacht.«

Ich hatte nicht zum ersten Mal den Eindruck, daß Kerrville, Texas, eine seltsame Stadt war. Seit Jahrzehnten herrschte hier ein Milieu von Machos und Rednecks, das übervölkert war von Pick-ups mit gut bestückten Gewehrständern in der Heckscheibe. Und auf einmal hatte Kerrville einen weiblichen Sheriff und eine Friedensrichterin. Wo sollte das bloß enden?

Die Richterin sammelte ihre Würde und gezähmte Wut in ihren einsfünfzig. Ein beeindruckendes Bild, wie sie einen über den Tisch weg anstarrte. Ich schlürfte meinen Kaffee und hoffte, die Kellnerin würde mir mein chicken-fried Steak bringen, bevor Pat Knox ihre perlmuttbesetzte Beretta aus der Ledertasche zog.

»Als ich dich damals im Wahlkampf kennengelernt habe«, sagte sie, »mochte ich dich nicht.«

»Durchaus verständlich«, sagte ich. »Ich habe eine Art oberflächlichen Charme, der ungefähr drei Minuten lang anhält, wenn ich Leute kennenlerne. Danach geht's meistens bergab.«

»Ich muß rund fünf Minuten geblieben sein«, sagte sie,

während sie in ihre Ledertasche griff. Ich war auf alles gefaßt.

Wie das Schicksal es so wollte, zog sie nur einen Stapel Unterlagen heraus, aber in ihrem Blick lag immer noch die Beretta.

»Erst viel später, Richard«, sagte sie und nannte mich beim Vornamen, »traf ich dich beim Wahlkampf eines Tages in der Bank und mußte einsehen, daß du ein wahrer Gentleman bist.«

»Irren ist menschlich«, sagte ich.

»Ich glaube nicht, daß ich mich geirrt habe«, sagte sie.

Ich hatte mich so an die Art und Weise gewöhnt, wie die NYPD-Typen mit einem umsprangen, daß ich fast nicht gemerkt hätte, daß diese kleine Frau mir Komplimente machte und mich um Hilfe bat. Ich wußte nicht recht, wie ich ihr helfen sollte, ja eigentlich war ich nicht mal sicher, wo das Problem lag, aber ich schämte mich ein bißchen, so ein Klugscheißer gewesen zu sein. Vielleicht kitzelten alle Gesetzeshüter das aus mir heraus.

Die Kellnerin kam mit unseren Gerichten, als Pat mir eben eine Karte vom Texas Hill County zeigte, mit vier kleinen, über ein ziemlich großes Gebiet verteilten Kreuzen.

»Jedes Kreuz markiert eine abgelegene Stelle, wo eine dieser alten Damen – alle vier waren verwitwet – lebte. Und starb.«

Höflich studierte ich die Karte, während ich auf mein chikken-fried Steak lossäbelte.

»Für Sheriff Frances waren diese Tode Unfälle, Selbstmorde oder hatten natürliche Ursachen. Sie findet, aus vier Todesfällen in fünf Monaten läßt sich noch kein System ableiten, und ich kann nicht mal behaupten, daß ich ihr da widersprechen würde. Ich bin aber leider nicht befugt, eine offizielle Untersuchung einzuleiten.«

Ich schob ein Stück chicken-fried Steak in den Mund. Das wird in Texas viel zu oft bestellt, und meistens ist es nicht der

Rede wert, besonders wenn man Wert auf seine Rede legt. Ich fragte mich, worauf Pat hinauswollte. Sollten wir uns ihre Arbeit teilen? Das wäre ganz schön dreist, nachdem sie mich bei der Wahl bezwungen hatte.

»Die erste Frau ist in der Nähe von Bandera in der Badewanne ertrunken –«

»Unfälle im Haushalt, Nummer 437«, sagte ich.

»Die zweite verbrannte in der Nähe von Pipe Creek in ihrer Wohnung.«

»Ist sie zurückgelaufen, um ihre Pfeife zu retten?«

Pat Knox sah mich voller Enttäuschung an. Der Blick veränderte sich rasch zum flachen, harten Ausdruck eines Heckenschützen.

»Der dritte Todesfall ereignete sich nahe Mountain Home. Das Opfer wurde erschossen. Die Waffe fand man neben der Leiche.«

»Das war der Selbstmord?«

»Ihr New Yorker seid echt schwer auf Zack.«

»Immer langsam mit den jungen Gäulen«, sagte ich. »Ich stamm aus Texas.«

»Fast hätt ich's nicht gemerkt.«

»Und es ist keine Schande, wenn man aus Texas stammt«, sagte ich. »Eine Schande ist es erst, wenn man dahin zurück muß.«

Ihre Ehren lachte kurz. Ich versicherte ihr, ich mache bloß Spaß. Sie las weiter aus ihrem Buch der Toten vor, und ich aß weiter von meinem chicken-fried Steak, das hoffentlich tot war.

»Der vierte Todesfall ereignete sich ein kleines Stück außerhalb der Stadt auf der Straße nach Ingram. Die Frau brauchte eine Sauerstoffflasche, und anscheinend hat sich die Gaspatrone gelöst. Das wär's.«

»Das wär's?«

»Nun sind drei von ihnen gar nicht in diesem County

gestorben, liegen also genaugenommen außerhalb meiner Zuständigkeit –«

»Meiner auch.«

»Stimmt. Aber ich habe mich mit anderen Friedensrichtern und Familienmitgliedern unterhalten. Ich habe meine eigene kleine Ermittlung durchgeführt – das mach ich immer. Tatorte, Blutspritzer, Photos. Ich hab mir über all das Notizen gemacht.«

Ich hörte nur noch halb zu. Ich überlegte, daß eine Handvoll toter alter Leute im verrückten alten New York ungefähr so viel Aufmerksamkeit erregt hätte, wie wenn in China ein Reissack umfällt. Das reichte nicht mal für ein ordentliches Tischgespräch. Wieder fragte ich mich, warum die Richterin mich angerufen hatte. Wollte sie mir zeigen, wie schwer ihr Job und wie überarbeitet sie war? Wollte sie mir bloß unter die Nase reiben, daß ich die Wahl verloren hatte?

»Okay, Pat, also worauf läuft das alles hinaus? Wie lautet die Schlagzeile?«

»Ich weiß, daß sie umgebracht wurden.«

Klasse, dachte ich. Die ganze Chose entpuppt sich als Schauerroman. Pat Knox als Jungfrau von Orléans. Pat Knox als Kassandra, die Trojas Krieger warnt. Pat Knox als Martha Mitchell, die aussagt, Geheimagenten hätten sie gekidnappt und mit einer Subkutanspritze in den Hintern gepiekst. Wer hört auf solche Leute? Keiner. Erst wenn ein kleines Einbruchskommando in Watergate einen Präsidenten zu Fall bringt. Erst wenn das trojanische Pferd in der Stadt ist. Erst wenn wir alle die Stimmen hören, die am Anfang nur in Johannas Kopf waren.

»Ich glaube dir«, sagte ich.

Die Richterin seufzte tief. »Das ist noch nicht alles«, sagte sie. »Als Kind bin ich Zeugin sexueller Mißhandlungen geworden, die jahrelang bei der Familie nebenan stattfanden.

Seitdem funktioniere ich fast wie ein Medium, wenn eine Aura von sexuellem Mißbrauch in der Luft liegt.«

Ich nahm einen Schluck Kaffee und wartete.

»Ich weiß, es klingt verrückt«, sagte sie. »Aber ich glaube, daß sie außerdem vergewaltigt wurden.«

»Pat«, sagte ich, »Sheriff Frances ist hier in der Gegend sehr beliebt und nach allem, was man hört, sehr tüchtig. Schließlich hat sie, wie dir bekannt sein dürfte, gerade erst einen dreifachen Mord aufgeklärt. Vielleicht ist ihre Untersuchung längst im Gange, und sie hat bloß keine Lust, dich da reinzuziehen.« Ich konnte mir durchaus vorstellen, warum Sheriff Frances abgeneigt sein mochte, die Friedensrichterin gewissermaßen an ihre Brust zu drücken.

»Ich will verdammt hoffen, daß du recht hast«, sagte sie, »mir bereitet die Sache nämlich echt Magenschmerzen.«

»Denk immer daran, was Mark Twain gesagt hat: ›Ich hatte im Leben viele Probleme, aber die meisten sind gar nicht passiert.‹«

Die Richterin sah nicht gerade überzeugt aus. Sie packte ihre Mappe, erhob sich und bedeutete mir damit, daß unser kleiner Lunch vorbei war.

»Versuch das mal Nigger Jim klarzumachen«, sagte sie.

8

Am nächsten Abend standen zehn kleine Mädchen im Mondschein vor dem grünen Caravan. Es war kurz vor Cinderella-Zeit. Alle zehn trugen Pyjamas, und die meisten hatten ihre Kameras dabei. Sie hofften, Dilly photographieren zu können. Er war auch da. Dilly war mein Hausgürteltier.

Manche Leute sagen, Gürteltiere geben keine guten Gefährten ab, aber die sind ganz offensichtlich noch nie in den Genuß gekommen, eins hinter den Ohren zu kraulen oder zu hören, wie es in den frühen Morgenstunden an ihre Wohnwagentür klopft und einen Mitternachtsimbiß aus Milch, Schinkenspeck und Katzenfutter haben will. Mir ging ein Stich durchs Herz, als ich Dilly unter dem Ansturm der kichernden, ehrfürchtigen texanischen Bluebonnets das Katzenfutter hinausbrachte. Für einen Mann ohne Katze, dachte ich, hatte ich ganz schön viel Katzenfutter.

Dilly und die Bluebonnets schenkten meinem Schmerz jedoch wenig Beachtung. Dilly amüsierte sich prächtig, zeigte sich der Situation voll gewachsen und erhob sich wiederholt auf die Hinterpfoten. Immer, wenn er das tat, durchlaserten die Blitze der Paparazzi-Kameras das Dunkel der uns umgebenen Zedern.

Die kleine Szene hatte etwas Ergreifendes, fast Erhabenes. Gürteltiere gehören nämlich, wie praktisch jeder Texaner weiß, zu den allerschüchternsten Kreaturen, die ironischerweise das Schicksal haben, ihren Staat mit den lautesten und aufdringlichsten Menschen teilen zu müssen. Andererseits sind sie schon seit den Zeiten der Dinosaurier hier, und sie werden sich jetzt kaum noch von einer so dämlichen Rasse die Lebenslichtlein auspusten lassen.

Jenen Menschen, die mit dem Gürteltier keinen engeren Umgang pflegen, sei gesagt, daß dieses ein kleines, gepanzertes Wesen ist, ungefähr so groß wie ... na ja, wie eine Katze. Sein Schild wird, wie John D. MacDonald einst anmerkte, oft zu Körben verarbeitet und am Straßenrand verkauft. MacDonald verlieh ferner dem Wunsch Ausdruck, es möge irgendwo im Weltall einen Planeten geben, dessen Bewohner, feinsinnige Gürteltiere, Menschen aushöhlten und am Straßenrand als Körbe verkauften.

»Können Gürteltiere einem weh tun?« fragte Marisa.

»Nein«, sagte ich. »Das können nur Menschen.«

»Bekommt Dilly ein Baby?« fragte Michelle.

»Nein, Dilly ist ein Junge. Und Gürteltiere bekommen nie nur ein Baby; sie haben immer einen Wurf von vier. Und die vier sind immer entweder alles Jungen oder alles Mädchen.« Ich war ein echter Gürteltierologe.

»Dürfen wir Dilly streicheln?« fragte Alene.

»Na klar«, sagte ich. »Aber vorsichtig, sonst verjagt ihr ihn. Gürteltiere kommen Menschen fast nie so nah. Dilly ist ein ganz besonderes Gürteltier.«

Die Mädchen scharten sich um Dilly, und er schien sich in all der Aufmerksamkeit zu aalen. Die einen streichelten seine Hornplatte, die anderen kraulten ihn hinter den Ohren. Für die Photos mit den Mädchen warf er sich sogar in Pose, wie ein kleiner Geist, der aus der Vorzeit gekommen war, um die Welt vor sich selbst zu schützen. Aus irgendeinem Grund, der nur ein bißchen krankhaft war, mußte ich an das Christkind in der Krippe denken.

»Allerdings«, sagte ich, »hat man auch schon Gürteltiere gesehen, die Lepra übertragen haben.«

Die zwei Helfer erstarrten und wichen ein Stück zurück, aber die Bluebonnets verharrten in ihrem aufmerksamen Kreis um Dilly herum.

»Was ist Lepra?« fragte Jessica.

»Eine Krankheit, wo dir die Nase abfällt«, sagte ich.

Die Mädchen hörten auf, Dilly zu streicheln, und sahen mich mit jenem ernsten, halb ungläubigen Gesichtsausdruck an, den Kinder manchmal an sich haben, wenn sie argwöhnen, der Erwachsene, dem sie gerade zuhören, könne verrückt sein. Ich zuckte die Achseln.

»Keine Sorge«, sagte ich. »Menschen stecken sie nicht an. Nur andere Gürteltiere. Und außerdem war Dilly beim Tierarzt, und die Schwester hat seine Gesundheit durchgecheckt.«

Als wolle er seine hervorragende Kondition unter Beweis stellen, sprang Dilly einen guten halben Meter hoch und schoß dann in den Caravan, mit sechs kleinen Mädchen buchstäblich im Nacken. Wie ein junges Nashorn prallte er mit allem zusammen, was ihm in den Weg kam, und warf die verlassenen Schalen Katzenfutter und Wasser ebenso um wie meine Gitarre und eine kleine Lampe. Mit ungeheurer Geschwindigkeit zischte er über den Boden, hierhin und dorthin, und die kreischenden Bluebonnets rannten ihm abwechselnd nach und vor ihm weg. Schließlich schoß er zur Tür hinaus und verschwand in der Nacht, und ich fing an, den Trupp aus dem Caravan hinaus- und in ihre Kojen zurückzuscheuchen.

»Was ist das?« fragte Briana und hielt ein Stück Papier hoch.

Ich warf einen Blick auf das Blatt. Es war eine Skizze von Kerr, Bandera und ein paar angrenzenden Counties. An verschiedenen Orten tauchten auf dem Blatt vier schwarze Kreuze auf.

»Wo hast du das her, Bri?«

»Das lag auf dem Boden«, sagte sie.

Ich betrachtete das Blatt noch einmal. Während die kleinen Mädchen im Mondschein um mich herum standen, schien diesmal ein fast mit Händen zu greifendes Böses von ihm auszugehen.

»Ist das die Karte zu einem verschwundenen Schatz?« rief Bri.

»Nein«, sagte ich. »Das ist Dillys Gesundheitszeugnis.«

Grob geschätzt um 2.09 Uhr morgens, mitten in einem ziemlich knorrigen Albtraum von kleinen Mädchen, die sich urplötzlich in kleine alte Damen verwandelten, erwachte ich plötzlich, als ich einen dumpfen Aufprall auf der kaputten Klimaanlage vor meinem Fenster hörte. Bruchteile von Sekunden später sprang die Katze durchs offene Fenster herein und landete, ob nun zufällig oder mit Absicht, auf meinen Hoden.

9

Ich erwachte am nächsten Morgen vom Läuten der alten Glocke am Büro und von den Klängen des Radiosenders ECHO, der von den Hügeln widerhallte. Der erste Discjokkey Alex Hoffmann, der manchmal auch Phallax Hoseman genannt wurde, hatte den Sender im Medienzimmer installiert. Sein erstes Stück war dummerweise »The Purple People Eater« gewesen. ECHO wurde inzwischen von den Ranchern bemannt und geleitet, die Musikauswahl zeigte aber immer noch Phallax' ziemlich eklektischen Einfluß und reichte von »Wipe-Out« über den frühen Bob Dylan bis hin zu »Happy Birthday from the Army« und »Schwinn 24« von einer eher unbekannten texanischen Band namens »King Arthur and the Carrots«. Auf Hosemans Geheiß spielte ECHO auch Harry Chapins »Cat's in the Cradle« mindestens zweihundertmal am Tag.

Die Katze schlief neben mir im Bett und ließ, abgesehen von einem ziemlich gereizten Funkeln in den Augen, keinerlei Absicht erkennen, gemeinsam mit mir den Tag anzutreten. Dem Zucken ihres linken Ohrs konnte man gleichwohl entnehmen, daß sie den Song »Purple People Eater« nicht mochte.

»Ich sag's Phallax, versprochen«, teilte ich ihr mit, zog meine Stiefel an, öffnete die quietschende Tür des grünen Caravans und starrte das große Bullaugenbild der Innenansicht einer Wassermelone an. Das Bild war vor vielen Jahren von einem begabten, leicht exzentrischen Helfer namens Jules LeMelle gemalt worden, der darauf bestanden hatte, er habe nur morgens um sechs Zeit für diese Arbeit. Also mußte ich ungefähr eine Woche lang zu schlafen versuchen, während ein schräger Typ neben mir Tür und Innenwand des Caravans mit einem psychedelischen Wassermelonenmotiv bemalte.

LeMelle war von mir inspiriert worden, als ich ihm vom

Festwagen einer Kappa-Alpha-Verbindung der University of Texas erzählte. Soweit ich mich erinnern konnte, war dieser Festwagen der riesige Nachbau einer Wassermelone, in dem kleine schwarze Kinder herumhüpften, die die Kerne verkörperten. Es war so lange her, daß ich fast meinte, es nur geträumt zu haben, nur wußte ich es eben besser. Es war wirklich passiert, ich hatte es Jules LeMelle erzählt, und er hatte psychedelische Wassermelonen an Innenwand und Tür meines Caravans gemalt. Bei geschlossener Tür gab die seit jeher grüne Außenfarbe des Caravans die perfekte, gigantische Wassermelonenschale ab für das hellrote Bullaugengemälde.

Während ich die kleine Straße zum Speisesaal hinauftrottete, um etwas von Rosies gutem Kaffee abzustauben, ging mir noch einmal eine schwache Erinnerung an den Kappa-Alpha-Festwagen durch den Kopf. In jenen Tagen war Rassismus noch offensichtlicher gewesen. Jules LeMelle übrigens auch. Ich fragte mich kurz, was wohl aus ihm geworden war. Ich fragte mich auch kurz, was bloß aus uns anderen geworden war.

Ich betrat den Speisesaal, dessen Dachsparren immer noch die alten Brandzeichen der Ranch zierten, die Tante Hilda dort vor vierzig Jahren angemalt hatte. Jetzt, wo die Kinder wieder da waren, sahen die Tische und Stühle alle hell und fröhlich aus. Den ganzen Winter über hatten sie einsam und verlassen herumgestanden. Säuberlich aufgereiht warteten da auch die großen mexikanischen Schachbretter, mit riesigen Königen und Damen, Läufern, Türmen, Springern und Bauern auf kleine Hände. An den Wänden hingen vergilbte alte Schwarzweißphotos. Eine Reihe kleiner Mädchen, die 1953 zusammen vor ihrer Schlafbaracke standen. Ich erkannte Bunny Slipakoff wieder, meine erste Freundin, die schüchtern auf der rechten Seite stand. Ich glaubte, daß es Bunny war.

Ich ging zu der überdimensionalen Holzfällerkaffeemaschine hinüber. An der Wand daneben hing das große Sandgemälde der Navajos, das Doc und Tante Hilda von ihrem Aufenthalt im Reservat mitgebracht hatten. Das Bild hing da schon, seit ich mich erinnern konnte. Jetzt waren Doc und Tante Hilda fort, und das Sandgemälde war noch immer da. Ich ließ mir einen Becher Kaffee einlaufen und setzte mich allein an einen der langen Tische. Während ich den Kaffee trank, ließ ich meine Blicke sanft über das Sandgemälde schweifen. Es war reich bestückt mit Sonnen und Sternen und Tänzern und Tieren und Regenbögen. Ich trank noch etwas Kaffee, und mir fiel auf, daß die Farben immer noch so kräftig waren wie in meiner Erinnerung. Vierzig Jahre sind eine lange Zeit für einen Regenbogen.

Ich sah über die Theke in die Küche, wo Elese am Tisch saß und orthodoxe Rabbinerköpfe oder so etwas aus Salat modellierte. Rosie, die Köchin aus Hawaii, kam aus der Küche in den Speisesaal heraus und bot mir von ihrem Schmalzgebäck an.

»Das ist das beste Angebot, das ich heute bekommen habe«, sagte ich.

»Das kann ich mir nicht vorstellen«, sagte Rosie. Sie war eine wunderbare Köchin, spielte Ukulele und konnte ganz ausgezeichnet Haare schneiden.

»Was gibt's heute zum Abendessen?«

»Hamburger«, sagte sie. »Unten am Picknickplatz.«

»Sambo ißt immer ungefähr zwölf davon«, sagte ich.

»Er mag meine Küche«, sagte Rosie. »Und ich finde es gar nicht nett, daß ein paar Helfer ihn ›Cujo‹ nennen.«

Rosie ging in die Küche zurück, und ich wanderte zum Handwerkskorral hinüber, wo Eric Roth, umgeben von rund zehn Kindern, den Brennofen überprüfte. In Echo Hill wurden schon immer Aschenbecher getöpfert. Auf dem ganzen Planeten gab es kaum noch einen Raucher, aber wir produzierten immer noch Hunderte von Aschenbechern aus Ton. Ich weiß nicht, wozu die leidgeprüften Eltern von heute sie benutzen. Vielleicht als Briefbeschwerer für ihre Scheidungsdokumente.

An einem weiter entfernten Tisch stand Tante Anita, umgeben von einer Horde eifriger Rancher. Heute brachte sie den Kleinen anscheinend bei, wie man den »Affenknoten« bindet, der sich immer großer Beliebtheit erfreut, aber eigentlich verlor Tante Anita nie den Faden, wenn sie etwas konstruieren wollte. Vielleicht, dachte ich, sollte ich sie mit Pat Knox bekannt machen.

Ich stand am Fenster vor dem Handwerkskorral und sah, daß Eric eine neue Assistentin hatte. Sie beugte sich über den Brennofen, und von meinem Standpunkt hinter ihr hatte ich den Eindruck, sie würde weit mehr als nur den Ton hart werden lassen. Sie sah aus, als sei sie auf einer himmlischen Töpferscheibe aufs entzückendste geformt worden.

»Pam ist aus Oklahoma«, sagte Eric, der meinem Blick gefolgt war.

»Ich bin Richard Kinky ›Big Dick‹ Friedman«, sagte ich, um mich vorzustellen. »Und ich hab noch keine Pam getroffen, die ich nicht gemocht hätte.«

Pam hatte kurze blonde Haare und grüne, manchmal verhangene Augen, die so schneidend in mich drangen wie der Staub, der über die Wüsteneien meiner Seele wehte.

»Und wofür steht das ›Big Dick‹?« fragte sie.

Unser kleiner Schlagabtausch wurde von Eddie Wolff unterbrochen, einem großen, netten Helfer und Cowboy, der wie ein riesiger, etwas überdrehter Teddybär, bei dem man lieber die Ohren spitzt, vom Büro herüberrief. Anscheinend ein Ferngespräch für mich. Da die Ranch so weit außerhalb der Stadt lag, war hier natürlich jeder Anruf ein Ferngespräch.

Ich ging ins Büro, nahm den Hörer ab und ließ mir von Pat Knox' Sekretärin sagen, sie werde mich mit der Richterin verbinden. Ich hatte ungefähr neun Stunden lang nicht an diese gedacht und mich dabei pudelwohl gefühlt.

»Hast du dir die Unterlagen mal angesehen, die ich dir gegeben habe?« fragte Pat.

»Ich hab angefangen«, log ich. »Hatte hier in letzter Zeit ziemlich viel um die Ohren; mußte meine Frisbeescheibe auspacken. Auf dem Parkplatz Kniebeugen machen.«

»Schwing die Keulen«, sagte sie. »Heute abend ist Vollmond. Da wird ne Menge schräger Typen aus ihren Löchern kriechen.«

Ich verließ das Büro, ging an zwei neuen Helfern vorbei, die ich noch nicht kannte und die das große »Welcome Ranchers«-Schild vom schwarzen Brett nahmen. Als ich die staubige Straße zum grünen Caravan entlangging, hörte ich, wie ein New Yorker Schutzengel mir etwas ins Ohr flüsterte. »Laß dich da nicht reinziehen«, sagte er.

Ich öffnete die Caravantür und sah die Katze in exakt derselben Position, in der ich sie verlassen hatte. Als ich zu dem kleinen Tisch hinüberging, öffnete sie die Augen.

»Pat Knox hat einen an der Waffel«, sagte ich.

Die Katze sah mich an, gähnte und schloß dann die Augen.

»Ganz deiner Meinung«, sagte ich.

10

Es war fast Gary-Cooper-Zeit, ich saß hinter dem Caravan in der glühenden Sonne, ackerte mich durch den Ordner, den Pat Knox mir mitgegeben hatte, und frönte dem *watching the river flow.* Ich sah noch kein Land, aber ich wurde wenigstens schön braun dabei. Ich trug nur Jesuslatschen, meine 25 Jahre alte Badehose und einen zunehmend verdrossenen Gesichtsausdruck.

»Ich verstehe den Sinn dieser Übung nicht«, sagte ich zu der Katze, die auf der hölzernen Kabeltrommel lag, die als Tisch diente.

Die Katze antwortete nicht. Sie verstand den Sinn der Übung auch nicht. Sie verstand nicht einmal, warum wir nach Texas gekommen waren.

»Wenn ich diese morbiden Obduktionsberichte und ihre lähmende Dämlichkeit noch lange lese«, sagte ich, »dann spring ich in den Fluß und ersäuf mich.«

Die Katze starrte erst mich an und dann auf den Fluß hinaus. Ihre friedfertige, zufriedene Miene schien zu sagen, daß sie das für gar keine so schlechte Idee hielt.

»Für uns ist das eigentlich kein Fluß«, belehrte ich sie. »Die Leute in der Gegend hier nennen das einen Crick oder Bach. Big Foot Wallace Crick, um genau zu sein. Nach Big Foot Wallace so benannt, einem berühmten Scout, der als Späher unter den Indianern lebte.«

Jetzt wirkte die Katze völlig gelangweilt. Das geringe Interesse, das sie der amerikanischen Urbevölkerung entgegenbrachte, beschränkte sich auf die Federn, die diese manchmal trug.

Widerwillig konzentrierte ich mich wieder auf Pat Knox' Akten. Nicht gerade mitreißende Sommerlektüre. Wie sie mir bereits dargelegt hatte, waren drei der vier Todesfälle außerhalb ihres Amtsbezirks passiert, und über die fanden sich hier auch keine Informationen aus erster Hand. Bloß kurze, mit Gerüchten gespickte kleine Geschichten, die man einem der Schlafsäle hätte vorlesen können, wenn man die Kinder in den Schlaf langweilen wollte. Aber schlimmer war, daß nach meinem Dafürhalten in keinem der drei Fälle auch nur der Hauch einer Nuance von Falschspiel zu spüren war. Am nächsten kam dem noch der erste Fall, die Dame, die in

Bandera in ihrer Badewanne ertrunken war. Eine Nachbarin der Verstorbenen hatte Pats Mutter Dot erzählt, sie könne beschwören, daß die Frau nie gebadet habe.

Der Tod im Feuer von Pipe Creek war nichts als Rauch und Blendwerk, und jedesmal, wenn ich in einen der Spiegel schaute, sah ich Pat Knox, die zurückstarrte wie die Irre von Chaillot.

»Sie hat *wirklich* einen an der Waffel«, sagte ich zu der Katze. Die Katze lag wie eine Tonfigur auf der Tischplatte.

»*Einer* von uns hat jedenfalls einen an der Waffel«, sagte ich.

Die Katze reagierte nicht.

Die Beschreibung der dritten Toten bei Mountain Home, wo eine Waffe neben der Leiche gefunden worden war, konnte wenigstens mit farbenprächtiger Ausdrucksweise seitens des achtzigjährigen Friedensrichters John Hill aufwarten. »Die Kugel«, hatte Hill dem Bericht zufolge gesagt, »hatte keinen Rückwärtsgang. Die ist hinten rein in ihren Kopf, wie wenn sie Augen gehabt hätte, aber verdammt noch mal, als sie vorne wieder rauskam, hatte sie ne Nase.«

Der vierte Todesfall, der einzige, der sich in Richterin Knox' Revier ereignet hatte, war der letzte und lag erst zwei Wochen zurück. Die Richterin hatte nicht allein ein beißendes Dokument komponiert, das so endlos war wie ein Homerisches Epos; es hätte auch griechisch sein können. Ihre Notizen sahen nach Matrosenklaue aus.

Die Katze stand auf, stellte sich auf die Papiere und sah ziemlich verdutzt auf sie hinab.

»Herrgott«, sagte ich. »Jemand hat mir den falschen Thoraabschnitt vorgelegt.«

Die Katze sagte nichts. Sie war äußerst weltlich eingestellt und ließ sich nur schwer in Debatten religiöser Natur verwikkeln. Das sprach wahrscheinlich für sie. Ich habe im Laufe meines Lebens so manche Katze erlebt, die bei dem Thema völlig außer sich geriet. Wenn man neun Leben hat, ist es natürlich auch egal, wenn man achtmal im falschen Glauben stirbt.

Die vor kurzem gestorbene Dame, die vierte in der vermeintlichen Kette, die sich wie die einzelnen, mit bunten Birnen bestückten Girlanden, die sie zur Weihnachtszeit in Medina immer über die Straße hängten, zwischen Pat Knox' Ohren erstreckte, war 75 Jahre alt gewesen und hatte eine besondere Sauerstoffmaske benötigt. Vielleicht hatte sich die Gaspatrone versehentlich gelockert, oder vielleicht hatte jemand mit Absicht ...

»Verdammt noch mal«, sagte ich. »Nimm die Pfote da weg!«

Die Katze funkelte mich an und tapste dann einigermaßen widerwillig vom Papier runter. Katzen haben ein unheimliches Talent, ganz genau den Fleck auf einem Blatt zu finden, den man grade lesen will. Sie finden ihn, und dann stellen, setzen oder legen sie sich ausschließlich auf den Abschnitt von Belang. Wenn Redakteure, Anwälte und Amateurdetektive bloß mehr Geduld hätten, bräuchten sie auch nicht mehr stapelweise unwichtige Unterlagen zu lesen. Sie müßten sich bloß noch Zigarren anzünden, zurücklehnen und abwarten, bis Katzen sich auf den gesuchten Dokumenten niederlassen.

In diesem Fall hätte das nicht geklappt. In den Akten der Richterin war nichts zu finden, was auf ein Muster, falsches Spiel oder, wie ich hinzufügen muß, sonderlich ausgeprägten Realitätssinn hingewiesen hätte. In der von der Katze verdeckten Passage hatte es lediglich geheißen, das Opfer, Prudence South, habe als Hobby kleine Katzenhüte gebastelt. Daß die Katze ausgerechnet diese Information zu verdunkeln versucht hatte, mochte kosmisches Kismet sein und für die Katze eine gewisse Bedeutung haben, sagte mir aber nichts. Außer, daß ich Pat Knox beim Sturm auf ihre Windmühlen verdammt allein lassen würde.

Ich legte die Papiere zu einem säuberlichen Stapel zusammen und beschwerte sie mit einem 80 Millionen Jahre alten Fossil.

»Wenn ich bloß so gut konserviert wäre«, sagte ich.

Die Katze antwortete nicht. Takt war nicht ihre starke Seite, aber sie würde sich hüten, über Leute in den besten Jahren zu scherzen.

Ich lehnte mich zurück, zündete mir eine Zigarre an, und eine Weile saßen wir beide friedlich hinter dem grünen Caravan in der Sonne des kleinen Tals, *watching the river flow*. Er floß unter einer kleinen roten Holzbrücke und an Platanen und Zypressen vorbei, vorbei auch an herrlichen Sandbänken aus Naturstein, über den Staudamm, den Earl Buckelew vor über fünfzig Jahren errichtet hatte, und hinab zu Big Foot Falls, natürlich ebenfalls nach Big Foot Wallace benannt.

Während ich so dasaß, überfiel meinen ziemlich verwitterten Geist ein starkes Gefühl des Friedens und der Ruhe. Die Plackereien von New York City, das nachdrückliche Gekritzel von Richterin Knox, meine eigene Herzenseinsamkeit fingen an, auf den Wellen des kleinen sonnenbeglänzten Flusses von mir fortzutreiben. Fast schien er mir etwas zuzuraunen, und ich erinnerte mich an das alte Lied, das meine Mutter so gerne am Lagerfeuer gesungen hatte: »Um Frieden bitte ich dich, o Fluß, / Frieden, Frieden, Frieden.«

Das nächste, was ich mitbekam, war das Läuten der Glocke, und mit der Stille der Siesta war es vorbei. Sämtliche Rancher aus mindestens drei Schlafbaracken überfielen ungestüm den grünen Caravan und den kleinen Fluß dahinter, um im Flachwasser Schwimmübungen zu machen. Die Katze schoß wie die Figur aus einem Schwarzweißcomic vom Tisch herab und in die Eingeweide des Caravans, eine Rakete auf der Suche nach Frieden. Aber Frieden ist, wie so viele Kinder dieser Welt haben erfahren müssen, schwerer zu finden als Zitzen an einem Maultier.

11

Die ersten paar Camptage verflogen mit dem Tempo eines Skorpions, der über den Boden einer Schlafbaracke huscht. Die unruhige Außenwelt verschwand und wurde ersetzt durch Kochen am Lagerfeuer, Wasserschlachten, Reiten und Ballspielen, und vereinzeltes Aufwallen von Heimweh machte schnell ungehemmtem Vergnügen Platz. Die graue, verzweifelte Erwachsenenwelt verschwand beinahe in der Welt aus Sonnenschein und Kindheit in Echo Hill.

Für mich war das Schreckgespenst von Mord und Totschlag an einen dunklen Ecktisch im Hinterkopf verdrängt worden, und die Grausamkeit und das Leid, die Erwachsene regelmäßig anderen Erwachsenen zufügen, standen einfach nicht auf dem Programm. Das Ernsteste, in das ich mich hineinziehen ließ, war eine abendliche Kissenschlacht in der Schlafbaracke der Bronco Busters, die ich beendete. Mein Universum endete mit den Hügeln am Horizont; nur Dinge, die sich in dem kleinen grünen Tal ereigneten, spielten noch eine Rolle.

»Es ist so friedlich«, sagte ich zu Pam, als ich im Handwerkskorral am Fenster stand. »Da möchte man glatt aus der Menschheit austreten. Vielleicht setz ich mich zur Ruhe.«

»Wovon setzt du dich zur Ruhe?« fragte sie.

»Gute Frage. Wie ich sehe, weißt du gar nicht über meine Gaben Bescheid.«

»Kein Stück«, sagte Pam und warf mir ein schnelles, verschmitztes Lächeln zu, um mein womöglich verletztes Ego zu beschwichtigen. Sie wußte nicht, daß ich das in New York schon vor Jahren an den Nagel gehängt hatte.

»Hatte mal ne Countryband. In den frühen Siebzigern. Kinky Friedman and the Texas Jewboys. Wir sind durchs Land getourt und haben eine Menge Amerikaner gegen uns aufgebracht. Heute singe ich fast nur noch am Lagerfeuer, in Bordellen und gelegentlich auf einer Bar Mizwa.«

»Das einzige, woran ich mich noch aus den Siebzigern erinnern kann«, sagte Pam, »war, daß ich zu Weihnachten mein erstes Dreirad bekommen habe.« Sie kehrte mir einen Augenblick den Rücken zu und bückte sich, um Farbe aus einem Schränkchen zu holen. Ich hätte fast meine Zigarre verschluckt.

»Ist nur logisch, daß du nie von mir gehört hast«, sagte ich. »Du hast noch auf dem Schulhof Seilhüpfen gespielt, als ich schon den Zimmerservice verlangt hab. Außerdem ist Oklahoma nicht gerade die Bar-Mizwa-Hauptstadt der Welt.«

»Im Gegensatz zu Texas?«

»In Texas gibt es viele Juden. Ich bin bloß der älteste Lebende, der keinen Grundbesitz hat. Aber ich bin froh, daß du noch nie von mir gehört hast. Ich für mein Teil hab genug Groupies gehabt.«

»Ich glaube, da brauchst du dir keine Sorgen zu machen«, sagte sie.

Ich hatte sie genau da, wo ich sie haben wollte, dachte ich, als ich in Richtung Naturschuppen fortging. Wahrscheinlich war ihr noch nicht klargeworden, daß Echo Hill nach ein paar Wochen Abgeschiedenheit von der Außenwelt die sexuelle Ausstrahlung einer Kneipe zur Sperrstunde annahm. Ich brauchte nur noch meine Karten richtig auszuspielen. Ich kannte zwar niemanden, dem das je gelungen war, aber einmal ist immer das erste Mal. Manche Leute vergessen im Leben sogar das Abheben.

Am selben Abend stand ich im Schatten des Lagerfeuers und sah zu, wie die Kinder dem Feuer zusahen. Ihre Augen spiegelten soviel Hoffnung, wie man sie in den Straßen der Großstadt selten sieht. Egal welcher Großstadt. Ich sollte den Kleinen ein Lied vorsingen, und Marcie sagte mich gerade an. Die Stimmung in der Garderobe war ganz entspannt, noch entspannter als damals, wo ich im Lone Star Café in New York den ganzen Jack Daniel's weggebechert hatte und von den Sanitätern per Trage auf die Bühne geschoben werden mußte.

Von den paar Scherzkeksen abgesehen, die einen immer mit ihren Taschenlampen blenden müssen, gingen die Zuhörer echt gut mit. Ein paar bekannte Gesichter, ein paar neue. Nicht dieses aufgemotzte Publikum à la New York oder L. A. Bloß eine große, fröhliche Kinderschar, die in ihren Barakkengruppen auf Decken saß, *far away from home but close to the campfire.* An der Decke glitzerten die Sterne, und die Grillen gaben eine prima kleine Rhythmusgruppe ab. So ließ sich gut arbeiten.

Ich sang ein Lied, das im Camp immer ungeheuer gut ankam. Ich hatte es geschrieben, als ich erst elf war und mit meiner kleinen Yamaha auf dem Kopf in der Garderobe für meine Bar Mizwa übte. Der Text setzt das Baumwollernten mit dem Popeln gleich und geht folgendermaßen:

Ol' Ben Lucas
Had a lot of mucus
Comin' right out of his nose.
He'd pick and pick
'til it made you sick
But back again it grows.

When it's cotton-pickin' time in Texas
Boy, it's booger-pickin' time for Ben.
He'd raise that finger, mean and hostile,
Stick it in that waiting nostril
Here he comes with a green one once again.

Den Refrain »Old Ben Lucas« sangen alle noch ein paarmal zusammen, dann stapfte ich fort, während Marcie rief. »Los, für Kinky ein 1-2-3-WOW!!!« Beim 1-2-3-WOW stimmten die Rancher ein, was einem Applaus in der Stadt entsprach, und sie schrien so laut und schrill, wie sie konnten, was an den Hügeln um uns herum zahllose Echos auslöste.

Ich war nicht ganz so aufgedreht wie James Brown nach einem Konzert, aber es tat gut, die Echos zu hören, als ich die Gitarre einpackte und in die dunkle, schöne, anonyme Nacht glitt. Jeder Musiker, egal wie berühmt er ist, bleibt im Herzen immer ein Anfänger. Ob man in der Carnegie Hall aufgetreten ist oder am Lagerfeuer für Kinder gesungen hat, man hat wieder glücklich ein Konzert über die Runden gebracht.

Neben der überwältigenden Verantwortung als Kolibrimann und gelegentlicher Schmutzwäschefahrer gehörte die Sicherheit im Camp zu meinen Aufgaben. Nicht daß irgend jemand sechs muslimische Fundamentalisten erwartete, die im blauen Sedan bis zur Fahnenstange vorfuhren. Ich sollte bloß immer in der Nähe sein, nachts ein paar Lampen einschalten und generell, wie Tom zu sagen pflegte, »Präsenz zeigen«. Besonders schwer war das nicht. Ich hatte den größten Teil meines Lebens damit verbracht.

Die Ranch war gespenstisch ruhig, jetzt wo alle Kinder unten am Lagerfeuer saßen. Die Katze saß auf dem Caravandach und sah zu, wie die Pferde die letzte Pflanzung des Gartenclubs von Echo Hill abweideten. Der Gartenclub Echo Hill hatte gewöhnlich nicht viel Glück. Wenn nicht die Pferde seine letzte Pflanzung abgrasten, erledigten das unweigerlich die Hirsche. Nicht nur bekamen wir keine Gelegenheit zu ernten, was wir gesät hatten, wir hatten auch nur selten die Chance, es überhaupt zu sehen.

Ich hatte die Gitarre weggepackt, zündete mir gerade eine Zigarre an und schenkte mir einen Whiskey ein, als das Telephon klingelte.

»Schieß los«, sagte ich.

»Hier ist Pat.« Ich brauchte gar nicht zu fragen, welche Pat. Im Moment war ich ein Ein-Pat-Mann.

»Ja, Pat«, sagte ich geduldig.

»Schon wieder eine.«

Ich paffte ein paarmal väterlich an meiner Zigarre.

»Pat, davon werdet ihr immer wieder welche kriegen. Das sind kleine alte Damen. Kleine alte Damen sind sterblich. Wenn ihre Zeit gekommen ist, dann plumpsen sie in die Versenkung wie jeder andere auch, egal wie schwer sie für die letzte Prüfung gebüffelt haben.«

Mit der freien Hand hob ich den Jack Daniel's in meinem alten, treuen Stierhorn und leerte ihn in meinen Mund. Die kleine Richterin ging mir langsam wirklich auf den Zeiger. Ich goß mir noch einen Whiskey ein.

»Sie wurde ermordet«, sagte Pat dickköpfig.

»Woher willst du das wissen?« schrie ich sie fast an. »Ist sie zurückgekommen und hat es dir in einer Séance erzählt?«

»Das hätte sie kaum geschafft«, sagte die Richterin. »Ihre Lippen waren zugenäht.«

12

Als ich am nächsten Morgen das Gericht betrat, dachte ich an das einzige Mal, als ich jemanden mit zusammengenähten Lippen gesehen hatte. Das war viele Jahre her, und die Lippen hatten dem Schrumpfkopf im Museum von Bandera gehört. Schon bei einem Kopf von der Größe eines Tennisballs war das kein schöner Anblick, und ich konnte mir den albtraumhaften Eindruck nur zu gut vorstellen, wenn ein normal großes menschliches Gesicht auf diese makabre Weise entstellt wurde. Es dürfte ausreichen, um einem die Huevos Rancheros wieder hochkommen zu lassen.

Das alte Gerichtsgebäude war noch nicht recht zum Leben erwacht, falls es das überhaupt je tat. Die alte Dame, der man am Abend zuvor das Maul gestopft hatte, würde auch nicht wieder zum Leben erwachen, oder nur, um mich in meinen Träumen heimzusuchen, wenn man mich eines Tages im Shalom Retirement Village endgelagert hatte.

Die Flure kamen mir so leer vor wie mein Herz. Ich ging an ein paar alten Holztüren vorbei, die aussahen, als wären sie seit hundert Jahren geschlossen, an Kieselglas und etwa sieben Spucknäpfen. Bevor ich so recht wußte, wie mir geschah, saß ich in einem großen Büro vor einem großen Schreibtisch, hinter dem eine große Frau saß. In Texas ist alles groß, dachte ich. Selbst die Kleinstädte.

»Die alte Dame, die gestern abend gestorben ist«, sagte ich. »Der man die Lippen zugenäht hat. Die wird definitiv unter Mord verbucht, hab ich recht?«

»Selbstverständlich war das Mord«, sagte Sheriff Frances Kaiser und sah selber ziemlich mörderisch aus. »Wie würden Sie das sonst bezeichnen?«

»Es besteht immerhin die Möglichkeit«, meinte ich, »daß sie einen kurzsichtigen Schneider hatte.«

Ich lachte mir kurz einen Ast. Am Hals von Sheriff Frances pulsierte eine Ader.

»Was zum Teufel führt Sie bloß zu der Annahme, es wäre kein Mord?« fragte sie. »Das arme alte Ding wurde erwürgt, und dann hat man ihr die Lippen zusammengenäht. Hört sich das für Sie nicht nach Mord an? Vielleicht sind Sie zu lange in New York gewesen.«

»In New York kommt es niemals zu dieser Art vorsätzlicher Gewalt«, sagte ich. »Da oben sind wir allesamt gute, gottesfürchtige kleine Kirchgänger. Was dagegen, wenn ich rauche?«

Sheriff Frances wedelte weiträumig, fast päpstlich mit der Hand, als verscheuche sie eine außergewöhnlich große Mücke. Ich suchte in den zahlreichen Taschen meiner bestickten Indianerweste nach einer Zigarre. Das führte zu betretenem Schweigen, und als ich endlich eine Zigarre gefunden hatte und sie mir ansteckte, sah ich, daß Sheriff Frances gerade der Charme ausgegangen war.

Sheriff Frances ließ sich nicht für dumm verkaufen. Sie war ein hochgewachsener Typ, ohne Sinn für Unsinn, aufgewachsen auf einer Ranch in der Nähe von Medina. Als Mädchen hatte sie auf der Ranch den Haushalt erledigt und war Traktor gefahren. Jetzt, im ersten Amtsjahr, war sie ein höllisch bösartig dreinschauender Sheriff. Mir war klar, daß sie sich schon lange nicht mehr fragte, was ich in ihrem Büro zu suchen hatte. Durch den blauen Zigarrenrauch hörte ich ihre Stimme.

»Man erzählt sich hier allerlei Geschichten von Ihren Heldentaten in New York. Ist da was dran?«

»Ein bißchen. Sie wissen ja, diese New Yorker müssen immer übertreiben. Ich hab mich bloß gefragt, ob Sie bei dem letzten Fall hier irgendwelche Spuren verfolgen.«

»Wollen Sie uns etwa Ihre Expertendienste anbieten?«

»Nie im Leben. Wahrscheinlich haben Sie die Sache schon längst unter Dach und Fach.«

»Da liegen Sie richtig«, sagte Sheriff Frances, und ihr Blick streunte zu einem Revolver vor ihr auf dem Tisch. »Wir haben einen Hauptverdächtigen festgenommen, und der Staatsanwalt beruft gerade die Geschworenen ein, um Anklage zu erheben.«

»Meine Güte. Und ich dachte immer, die Mühlen der Gerechtigkeit mahlen langsam, mahlen aber trefflich klein.«

»Das gilt für Gottes Mühlen«, korrigierte sie mich. »Die Mühlen der Gerechtigkeit mahlen ungefähr so schnell, wie ich es ihnen befehle. Haben Sie noch nie von Gottes Mühlen gehört? Steht in der Bibel. Die hat Ihr Volk doch geschrieben.«

»Klar, wir haben sie geschrieben. Hat uns aber nicht gefallen. Der Film war dann allerdings klasse.«

Das Zimmer füllte sich rasend schnell mit Zigarrenrauch

und negativen Schwingungen. Es war schwierig, Sheriff Kaiser Informationen aus der Nase zu ziehen, ohne Pat Knox zu erwähnen, und eins war mir klar: Wenn man Sheriff Frances gegenüber Pat Knox erwähnte, konnte das tödlich enden. Die ranzige Kruste Glaubwürdigkeit, die ich so mühsam aufgebaut hatte, würde schlagartig zerbröseln. Meine »Heldentaten in New York« imponierten Kaiser anscheinend genauso stark wie mein Cowboyhut Sergeant Mort Cooperman in der Stadt. Na ja, man kann's nicht allen recht machen. Die einzige, die meiner Begabung Glauben schenkte, war Pat Knox, und die reichte Sheriff Kaiser man grade bis zur Kniescheibe.

»Wer ist Ihr Hauptverdächtiger?« fragte ich.

»Das kann ich Ihnen nicht sagen«, pfiff sie mich an.

»Können Sie mir irgend etwas sagen außer, machen Sie, daß Sie aus meinem Büro kommen?«

Sheriff Kaiser sah mich mit versteinertem Blick an. Ich war bloß froh, daß ich nicht hierher geschleift worden war, weil ich meines Nächsten Ziege begehrt hatte. Ich wartete.

»Wir haben wirklich viel zu tun«, sagte Sheriff Frances und untersuchte ihre Fingernägel. Sie vollführte diese Geste, fiel mir auf, nicht wie eine Frau mit der Handinnenfläche nach außen, sondern mit nach innen zu sich gekrümmten Fingern wie ein Traktorfahrer.

»Ich glaube, dann komm ich besser ein andermal vorbei«, sagte ich, »um Sie zu bitten, meine Strafzettel zu annullieren.«

»Den Scheiß können Sie sich sparen«, sagte sie. »Ich komm zu spät zum Rotarylunch.« Sie erhob sich. Sie sah größer aus als Gott, selbst wenn man zufällig Agnostiker war.

»Verraten Sie mir nur eins. Glauben Sie, daß dieser Mord etwas mit den anderen Todesfällen zu tun hat?«

»Welchen anderen Todesfällen?« fragte Kaiser gereizt.

»Sie wissen schon, Sheriff. Die kleinen alten Damen.«

»Verdammte Scheiße, das hat Pat Knox Ihnen eingeredet«, sagte Sheriff Frances und kam wie ein wildgewordener Traktor auf mich zu. »Klar hat sie das! Daher wußten Sie, daß man der alten Dame die Lippen zugenäht hat. Was hat unsere Friedensrichterin mit ihrer wunderbaren Phantasie denn noch alles erzählt?«

»Na ja, sie glaubt, es gäbe da vielleicht eine Verbindung –«

»Es gibt keine Verbindung«, schrie Sheriff Frances. »Bei der sind doch nicht mal die Gehirnhälften verbunden! Sie soll das Opfer identifizieren – keine eigenen Ermittlungen durchführen! Das hier ist eine Gemeinde voller Ruheständler. Hier leben viele alte Menschen, die früher oder später sterben. Wir haben einen Hauptverdächtigen gleich nebenan im Kittchen. Aber wir klagen ihn nicht an, jede alte Frau umgelegt zu haben, die hier ins Gras beißt. Und Sie halten sich ab sofort aus der Sache raus, kapiert! Und hören Sie nicht auf Pat Knox!«

Wie ein Kind, das hinter einem schnellen Pflug herläuft, verließ ich hinter Sheriff Kaiser ihr Büro.

»Ich hab immer gesagt, daß die einen an der Waffel hat«, sagte ich.

13

Finstere Gedanken tanzten mir reihenweise durch den Kopf, als ich meinen Arsch zur Butt-Holdsworth-Gedenkbibliothek rüberschleppte. Jemand hatte recht und jemand irrte sich, und ich hatte verdammt wenig Lust, mich bei einem Feuergefecht nach alter Westernart auf halber Strecke zwischen dem weiblichen Sheriff und der Friedensrichterin wiederzufinden. Ich sehnte mich nach der Zeit zurück, als Männer noch Männer waren und Schnallen höchstens hysterisch.

Mein Bibliotheksausweis war abgelaufen, als Jesus noch unter den Cowboys weilte, aber ich wollte auch keine Bücher mitnehmen. Ich brauchte bloß Informationen über ein paar

Leute, die sich abgemeldet hatten. Wäre mir das in New York passiert, hätte ich einfach McGovern angerufen und ihn für mich die Nachrufe durchgehen lassen. Hier mußte ich sie selber nachschlagen. Es war echt ein hartes Brot, wenn man sein eigener Laufbursche war.

Ich setzte den kleinen Convertible aus dem Gerichtsparkplatz zurück und steckte sofort im Verkehr fest. Für eine Kleinstadt machte sich Kerrville hervorragend in Sachen Totalstau. In New York wäre ich natürlich nicht selbst gefahren. Ich hätte friedlich hinter einem Typen mit Turban gesessen, der auf die Hupe drückte, nicht mit dem Stinkefinger geizte und Todeswünsche à la Sri Lanka ausstieße. Hier wartete ich darauf, daß ein uralter Studebaker, der anscheinend nur zur Kirche und zu Bingoabenden gefahren wurde, nach links oder rechts abbog oder rückwärts auf mich draufknallte. Am Steuer saß eine kleine alte Dame, die kaum übers Armaturenbrett reichte.

Eine kleine alte Dame.

Was suchte ich eigentlich in den Nachrufen in der Butt-Holdsworth-Gedenkbibliothek? Ich wollte mir doch freinehmen, großstädtische Verbrechen und Zwietracht in der Großstadt zurücklassen, wo sie hingehörten. Ich sollte auf Sheriff Frances hören, ob ich nun Autoritätspersonen von Traktorgröße Respekt zollte oder nicht. Sie hatten einen kleinen Mordfall. Sie hatten einen Verdächtigen geschnappt. Die Geschworenen würden Anklage gegen ihn erheben. Gottes Mühlen würden weitermahlen wie meine Zähne. Die Menschen lebten, und wenn sie a-l-t wurden, starben sie. Pat Knox hatte offensichtlich bei Slim Stunden genommen. In seinen letzten Jahren, als er im Winter allein auf der Ranch war, hatte Slim behauptet, er sähe Kinder auf den Bäumen.

Es gab keine Kinder auf den Bäumen. Und höchstwahrscheinlich gab es auch die Abfolge kleiner alter Damen nicht, an denen ein teuflischer Unbekannter abscheuliche Verbrechen beging. Selbst wenn es sich dank einer seltsamen Vorliebe des Schicksals als wahr herausstellte, warum sollte ich mich in etwas hineinziehen lassen, was verdammt viel unangenehmer war als der Straßenverkehr?

Kurz darauf war die kleine alte Dame verschwunden, und der Kerl im Pick-up hinter mir drückte auf die Hupe und rotzte Tabaksaft. Ich brauste am Smokehouse vorbei, wo ich meine Zigarren kaufte, vorbei am großen Buchladen, wo Alex der Papagei residierte, am Postamt, von dessen Stufen aus ich meinen Wahlkampf zum Friedensrichter nach Huey P. Longs Vorbild geführt hatte, und an Jon Wolfmuellers Laden, der sich meiner durchaus fragwürdigen Garderobenbedürfnisse annahm. Kerrville war nicht gerade meine Heimatstadt, dachte ich, aber das war New York auch nicht. Meine eigentliche Heimat lag wahrscheinlich irgendwo zwischen den beiden, weit weit fort, mit Längengrad und Breitengrad verloren im Wiegenlied. Die Einwohner in Rauch aufgegangen, und ihre Kinder lebten ohne jeden Zweifel in den Bäumen.

Ich träumte mit offenen Augen, als ich auf den Parkplatz der Butt-Holdsworth-Gedenkbibliothek einbog, was eine produktive Geistesverfassung ist, wenn man in eine Bibliothek geht. Ich würde mir eine Weile alte Zeitungen anschauen. Nachrufe überfliegen. Verdammt schnell wieder verschwinden. Wenn ich zu lange blieb, stolperte ich womöglich über meinen eigenen Namen.

Die Frau am Schalter in der Butt-Holdsworth war nicht Marian the Librarian aus *The Music Man*, teilte aber deren Einschätzung, welche Verhaltensformen sich für eine Bibliothek ziemen. Sie bestand darauf, daß ich meine Zigarre draußen parkte, bevor mir auch nur das Flüstergebot wieder eingefallen war. Ich ging raus, keilte die Zigarre zwischen zwei Ziegelsteinen in die Wand ein und kam mit einem tierischen Komplex wieder rein.

»Ich suche das Fischeinwickelpapier von gestern«, sagte ich.

»Wie bitte?«

»Alte Ausgaben vom Lokalkäseblatt.«

»Wonach genau suchen Sie, Sir?«

»Die Dauercontainersektion.«

»Wie bitte?« Allmählich begann sie sich für mich zu interessieren.

»Die Wurmköderseite.«

»Meinen Sie die Nachrufe, Sir?« Sie verzog vor Mißfallen etwas das Gesicht.

»Todsicher«, sagte ich.

Ziemlich schroff verwies mich die Dame ans letzte Regal an der Wand gegenüber. Ich wollte ihr gerade für ihre Unterstützung danken, aber sie hatte ihre Aufmerksamkeit bereits dem Liebesroman zugewendet, den eine Frau ausleihen wollte, die sehr stark an einen großen Pelikan erinnerte.

Alles, was ich aus der Butt-Holdsworth mitnehmen konnte, war eine Kopie des Artikels über das Opfer der vergangenen Nacht. Es war zu spät für eine Untersuchung des Tatorts und zu früh für einen Nachruf. Ich murmelte vor mich hin, was Onkel Tom so oft sagte: »Genau das hätte nicht passieren dürfen.«

Die alten Ausgaben konnte ich nicht finden, und die Dame an der Auskunft legte mir gegenüber ein nahezu autistisches Gebaren an den Tag, deswegen nahm ich meine Kopie und auf dem Weg nach draußen auch meine Zigarre wieder mit. Sie schwelte noch. Die wenigsten Menschen sind so unverwüstlich wie Zigarren, und meistens auch bei weitem nicht so angenehm. Besonders, wenn man sie anmacht. Ich paffte ein paarmal wie eine künstliche Lunge an der Zigarre, und bald war sie wieder voll da und ich weg.

14

Die ›Kerrville Mountain Sun‹, die sich »das Hausblatt von heute im Herzen der Hügel« nannte, war nicht nur dem Gebrauch von Alliterationen verfallen, sondern wurde auch seit so langer Zeit einmal pro Woche veröffentlicht, daß man darin wahrscheinlich einen Nachruf auf Nebukadnezar finden konnte.

J. Tom Graham, der Herausgeber, begrüßte mich herzlich. Ich erklärte ihm, warum ich gekommen war, und kurze Zeit später saß ich in einem halbdunklen, staubigen Zimmer und vertiefte mich in die uralten Zeitungen, die er mir herausgesucht hatte. Während ich in den Nachrufen blätterte, dachte ich an ein paar Sachen, die McGovern mir am ewigen Mahagoni einer Million nächtlicher Bargespräche erzählt hatte. Er hatte Alden Whitman erwähnt, den Nachrufschreiber der ›Times‹, der einen siebten Sinn für Leute hatte, die im Sterben lagen. Wenn er jemanden anrief und sich meldete, »hier ist Alden Whitman von der ›New York Times‹«, dann wußte der Betreffende, daß sein letztes Stündlein geschlagen hatte. Whitman selbst war erst vor kurzem gestorben. Es war nicht ganz klar, ob ihn jemand vor seinem Dahinscheiden angerufen hatte.

McGovern hatte zahlreiche Nachrufe für die ›Daily News‹ verfaßt. Oft wurden sie geschrieben, wenn der so Geehrte noch am Leben war. Sein Chefredakteur hatte ihm gesagt, »schreib einen für Hirohito, damit wir auf Abruf was haben«, als der Kaiser von Japan im Krankenhaus lag und es mit ihm rapide bergab ging. 24 Stunden später hatte McGovern den Artikel abgeliefert, aber dummerweiser wurde der Kaiser wieder gesund. Dasselbe passierte ihm mit Bob Hope. Eigentlich ging es jedem unweigerlich besser, sobald McGovern mit seinem Vorabnachruf beauftragt wurde. »Bob Hope liegt schon seit zehn Jahren in der Schublade«, hatte er mir mal erzählt.

Die gesuchten Nachrufe zu finden kostete mich bloß eine gute Stunde meines Lebens. Ich dachte, ich könne sie genausogut auf der Ranch studieren und wie Baseballkarten miteinander vergleichen. Zwar konnte ich vielleicht Rettungsflöße mit Überlebenden ausmachen und sie alle befragen, aber der Lauf, den die Geschichte nehmen könnte, würde sich wahrscheinlich auf meinen Kopf richten. »Verdammte Pat Knox«, sagte ich an die Adresse etwa durch das kleine Zimmer flatternder Restgeister.

Ich sattelte Dusty und ritt zurück zur Ranch. Mit dem Kopf voller Sorge und der Hand voller Tode betrat ich den grünen Caravan. Die Katze hockte in der Spüle und sah mir neugierig entgegen. Das rote Lämpchen am Anrufbeantworter blinkte wie ein amoklaufendes Bordell. Im kleinen Raum des Caravans schimmerte das rote Licht durch die Nachmittagsschatten und pulsierte wie wild gegen den uralten, verzogenen Spiegel über der Spüle, der in jedes Spiegelkabinett gepaßt hätte. Er sah aus wie ein Anrufbeantworter vom Jupiter. Neben dem Spiegel und direkt über der Kommode starrte ein riesiger präparierter Longhornstier boshaft auf mich herab. Vor hundert Jahren hatte er friedlich auf der Prärie gegrast, bis irgendein großer weißer Jäger ihn abgeknallt hatte. Jahrelang hatte er im Foyer der Bank von Kerrville gehangen. Jetzt, wo der Stier und die Bank von Kerrville übern Jordan waren, graste er den Raum direkt über der Kommode ab, was ein ziemlich akrobatisches Manöver von Leuten erforderte, die im Caravan einen Nixon abdrücken wollten. Vor ewigen Zeiten war sein eines Auge ins Klo gefallen und nie wieder aufgetaucht. Das übriggebliebene Auge schien mich anzuflehen, meinen Anrufbeantworter abzuhören.

Ich tat ihm den Gefallen.

»Hier ist J. Tom Graham«, sagte das Band, »von der ›Kerrville Mountain Sun‹. Ruf mich bitte sofort an, sobald du wieder da bist.«

Mein Krümelchen Menschenverstand riet mir, J. Tom Graham nicht anzurufen. Nimm einfach den Zeitungsbericht über den Mord von gestern abend – der, wie mir aufgefallen war, nicht erwähnte, daß die Lippen des Opfers zusammengenäht worden waren –, leg ihn zu den vier Nachrufen und bring den kleinen Stapel zum Handwerkskorral, damit Eric Roth daraus diese kleinen japanischen Enten basteln kann. Egal, was für seltsame Dinge in Hill Country abliefen, mich gingen sie nichts an. Wenn ich nicht verdammt gut aufpaßte, konnte es mich davon abhalten, im Camp meinen Spaß zu haben.

Unter Beschuß vom Augapfel des Ochsen tippte ich J. Toms Nummer. Ich zündete mir eine Zigarre an und paffte vor mich hin, während ich darauf wartete, daß er ranging. Die Katze sah ziemlich mißbilligend zu, fand ich.

»Kinkster, wie läuft's denn?« sagte J. Tom.

»Zuviel Zeit zwischen den Träumen«, sagte ich.

»Wegen nem Traum hab ich auch angerufen. Kurz nachdem du weg warst, ist hier ne alte Dame aufgekreuzt. Sagte, ihr Name wär Violet Crabb –«

»Das ist n komischer Name.«

»Kinky auch. Egal, sie hat gesagt, ihre Schwester wär vor ein paar Monaten in einem Wohnungsbrand in der Nähe von Pipe Creek gestorben. Klang nach einem der Nachrufe, die du gesucht hast, also hab ich gedacht, ich ruf dich mal an. Sie glaubt, ihre Schwester wär umgebracht worden.«

»Und weiter?« fragte ich. Ich fühlte ein Prickeln im Nakken, und ein Weberknecht war das nicht.

»Anscheinend ist ihre tote Schwester ihr im Traum erschienen. Sie hatte ein weißes Abendkleid an und kam auf sie zu. Plötzlich sah sie, wie ihr Blut aus der Brust und der Hüfte und dem Hals tropfte –«

»Nun mach mal halblang, J. Tom. Da hat bloß eine alte Dame geträumt. Vielleicht hatte Violet Crabb Blähungen. Warum willst du mich damit ins Bockshorn jagen?«

»Ich hab gedacht, dich interessiert das vielleicht, weil du was über dieselbe alte Dame wissen wolltest, von der sie geträumt hat. Daß ihr beide da bei mir reingekommen seid, ist doch wohl kein Zufall. Was ist hier los, Kinkster? Du trägst nicht zufällig deine Sherlock-Holmes-Mütze unterm Cowboyhut, oder?«

»Herrgott, nie, J. Tom. Du weißt doch, daß ich unter meinem Cowboyhut immer meine Yamaha trage, damit man die Hörner nicht sieht.«

»Na ja, ich hab' da halt so Gerüchte aus dem Gericht gehört, die darauf rausliefen, daß 'n paar von den Todesfällen hier im Hill Country in der letzten Zeit vielleicht keine natürlichen Ursachen hatten. Ich hab selbst n paar Nachrufe gelesen, und seit einiger Zeit sterben die kleinen alten Damen hier ja wirklich wie texanische Stubenfliegen.«

Ich lief im Caravan hin und her wie ein Tiger, den man ans Telephon gebunden hat. Es war unvorsichtig gewesen, Tom in das einzuweihen, wonach ich suchte. Jetzt hatte ich, egal, ob ich in den Fall einstieg oder nicht, einen nervtötenden Journalisten am Hals, und in Kerrville war immer Sauregurkenzeit.

»Du darfst nicht alles glauben, was in der Zeitung steht«, sagte ich.

»Willst du noch den Rest von Violet Crabbs Traum hören?« fragte J. Tom erbarmungslos.

»Spuck's aus.«

»Da strömt Blut aus ihrer Schwester, und plötzlich geht das weiße Kleid in Flammen auf. Kurz bevor sie völlig von den Flammen verschlungen wird, flüstert sie ein Wort.«

»Kunstfaser?«

Graham lachte länger, als nötig war. Die Katze beäugte mich ungeduldig.

»Also welches Wort, verdammt noch mal?« fragte ich.

»Kotillon«, sagte er.

15

Am nächsten Morgen wachte ich dann selbst mit einem Albtraum auf. An meinem Bett im Caravan stand ein Marsianer. Seine beiden Augen gruben sich mit silbern blendenden Lichtstrahlen in mein Gehirn. Ich war vor Schreck wie gelähmt, um nicht zu sagen leicht genervt. Ich hatte mir schon immer gewünscht, von einem UFO mitgenommen zu werden, aber doch nicht vor dem Frühstück.

»Kinky«, sagte der Marsianer. »Wach auf!«

Ich rappelte mich im Bett hoch und sah, daß der Marsianer Marilyn war und daß die Lichttunnel Sonnenstrahlen waren, die von ihrer dicken Brille reflektiert wurden. Auf dem Kopf trug sie, wie mir jetzt auffiel, eine durchaus einzigartige silberne, delphinförmige Kappe mit der Aufschrift I SAW SEA WORLD.

Fraglos hatte Marilyn ihre Schlafbaracke vorzeitig verlassen, womöglich um das Barackenputzen zu schwänzen, und war irgendwie in meinen Caravan geschlüpft, wo sie jetzt wie ein Marsianer herumstand und mir Todesangst einflößte. Sicherheitsvorkehrungen wurden auf der Ranch nicht besonders ernst genommen. Kein Wunder, für Sicherheit war ich ja auch verantwortlich.

Marilyn gehörte zu den von uns sogenannten »Treibenden«. Jemand, die nicht unbedingt hinging, wo sie hingehen sollte, oder blieb, wo sie bleiben sollte. Bei den Barackenhelfern pflegten sie Verwüstungen anzurichten, aber ich fühlte mich ihnen verwandt. Ich war schließlich auch mein Leben lang ein Treibender gewesen.

Wir unterhielten uns eine Zeitlang über Katzen und Käfer und das Werken, und schließlich schickte ich sie zu ihrer Barackengruppe zurück, setzte Kaffee auf und gab der Katze Thunfisch. Während ich darauf wartete, daß der Kaffee durchlief, widmete ich mich über der kleinen Spüle neben dem großen Ochsenkopf meinen morgendlichen Waschungen. Wie ich sah, fehlte der Augapfel immer noch. Das war auch ganz gut so. Egal wie gewissenhaft man sich das Gesicht wusch oder die Haare kämmte, in diesem verzinnten Karnevalsspiegel des grünen Caravans sah jeder aus wie William Henry Harrison.

Die Sonne tat ihr Bestes, um durch die verstaubten Scheiben und verrosteten Fliegenfenster in die Eingeweide des Caravans vorzudringen, aber der machte immer noch einen ziemlichen Regenwaldeindruck. Ich gönnte mir einen Kaffee, eine Zigarre, einen Blick auf die Nachrufe und schlechte Laune und trat aus dem Caravan in die grelle Sonne. Eine Jungengruppe, die Mavericks, glaube ich, ritt vorbei, winkte und schrie. Ich winkte und schrie zurück.

»Guten Morgen«, sagte ich.

»Es ist Nachmittag«, sagte ein Junge.

Immer noch auf der Suche nach einem Muster in den Todesnachrichten dieser kleinen alten Damen setzte ich mich an den schattigen Tisch hinter dem Caravan und fächerte sie erneut auf wie ein leicht gelangweilter Kartenspieler auf einem Raddampfer. Die Opfer hatten nette, altmodische Namen: Virginia, die Frau aus der Badewanne in Bandera; Myrtle, die im Feuer von Pipe Creek starb und dann zurückkehrte, um ihre Schwester Violet heimzusuchen; Amaryllis, von einer Kugel in der Nähe von Mountain Home getötet; Prudence bei Kerrville, die leichte Schwierigkeiten mit ihrer Sauerstoffflasche bekam. Außerdem warf ich einen Blick auf die jüngste Zeitungsgeschichte: Octavia, ebenfalls aus der Nähe von Kerrville, der man die Lippen zusammengenäht hatte. Wäre dieses Detail erwähnt worden, dachte ich, hätte man wohl kaum so bald wieder die Klappe gehalten (laß die Kalauer).

Die Fälle schienen keine Gemeinsamkeiten aufzuweisen, von der offensichtlichen Tatsache abgesehen, daß alle Opfer kleine alte Damen waren. Wer konnte bloß kleine alte Damen so sehr hassen, fragte ich mich. Vielleicht war der Mörder ein enorm ungehaltener kleiner alter Mann.

Die jüngste Frau war Anfang siebzig gewesen, die älteste Ende siebzig. Die Gruppe war überraschend aktiv gewesen, man hatte so unterschiedlichen Kreisen angehört wie dem Bluebonnet Garden Club, der Damenriege der Freiwilligen Feuerwehr von Lower Turtle Creek, dem Ferienbibelkreis der Ersten Methodistenkirche, den Töchtern der Republik Texas, der Nährunde zum Silbernen Fingerhut und dem Schnaufenden und Keuchenden Senioren-Squaredance-Club.

Wenn ich über all ihre Aktivitäten bloß nachdachte, kam ich schon aus der Puste. Aber auch hier wollte sich kein Muster abzeichnen. Zumindest keins, das man häkeln oder auf eine Decke sticken konnte. Nach einer weiteren Zigarre und noch zwei Bechern Kaffee gab ich bei den Nachrufen auf, warf sie in den Caravan und machte mich auf die Sokken zum Sommerhäuschen hinauf. Der kurzsichtigte Sambo stürmte unter wütendem Gebell auf mich los, grinste in allerletzter Sekunde wie eine Rattenfalle und leckte mir die Hand. Wenn man mehrere Stunden lang Nachrufe studiert hat, kann man sich schon fast darüber freuen, daß man am Leben ist, wenn einem ein Hund die Hand leckt.

Kaum ein Kopf drehte sich uns zu, als Sambo und ich das Haus betraten. Vetter Bucky, der an der Vordertür damit beschäftigt war, an die Jungen vom Krähennest Flinten auszuteilen, nickte einen kurzen Gruß herüber. Marcie und Katy saßen im Wohnzimmer auf dem Sofa und waren ins Gespräch mit einem Helfertrio vertieft. Sambo und ich schlichen uns ins Hinterzimmer, wo Onkel Tom an seinem Tisch saß und sich mit der Gegensprechanlage unterhielt und David Hart, der Häuptling der Helfer, unter einem lustigen roten Hut vor einem Computerbildschirm saß. Keiner von beiden schaute hoch.

»Großartig«, sagte Tom mit einer Stimme, die alles andere bekundete. »Ist ja einfach *großartig*.«

»Tut mir leid, Dr. Friedman«, sagte die körperlose Stimme aus dem Apparat. »Diese Eismaschinen haben nun einmal ab und zu eine kleine Macke, und dann –«

»Ich leite ein Camp. Ich muß den Apparat jetzt zum Laufen kriegen!«

»Also, wir müssen vielleicht erst Ersatzteile bestellen –«

»Genau das hätte nicht passieren dürfen.«

Ich ging zu David Hart hinüber, der am Abendprogramm saß.

»Eddie hat gefragt, ob du beim Hoedown ›Ol' Shep‹ singst«, sagte er. »Phallax macht den Jungen, Eddie den alten Schäferhund, und am Ende des Liedes bepinkelt er euch beide wie im letzten Jahr mit der versteckten Wasserflasche.«

»Hört sich prima an«, sagte ich. »Aber paß auf, ich muß in die Stadt.«

David gab ein paar Sachen in seinen Computer ein. »Wir kommen ohne dich klar«, sagte er.

Ich schnappte mir im Caravan die Nachrufe und ein paar Zigaretten, sattelte Dusty, und wir ritten zu Earl Buckelew rüber. Earl war nicht bloß ein zeitloser Oldtimer, er glaubte auch, »man kriegt alles raus, wenn man nur genug Waschpulver nimmt«. Er kannte das Land und die Leute auf dem Land schon so lange, daß er sich, wenn er nach dem Weg gefragt wurde, an Flußbiegungen orientierte, die es längst nicht mehr gab. Vielleicht konnte er sich in die Köpfe dieser Frauen hineinversetzen. Wenn sie ihn in ihrer Jugend gekannt hätten, hätte er ihnen gut das Herz brechen können.

Earl kam am Stock in den Hof hinaus, seine Ziegen scharten sich um ihn wie um den biblischen Hirten. Zwei schwere Schlaganfälle und die Gicht hatten ihn beträchtlich verlangsamt, aber nicht aufhalten können. Er führte mich ins Haus, wo die Möbel und die Bilder an den Wänden die Vergangenheit am Leben zu erhalten schienen und wo das Fernsehen offensichtlich in einer Endlosschleife »Glücksrad« brachte.

Earl studierte die Nachrufe ausgiebig und schüttelte bedächtig den Kopf.

»Du kennst keine von denen?« fragte ich.

»Von denen keine«, sagte er, »aber bei Witwen kenn ich mich aus. Und es gibt drei Dinge, die du nie vergessen darfst. Versuch nie, über einen Stacheldrahtzaun zu klettern, der sich dir entgegenlehnt. Versuch nie, ein Mädchen zu küssen, das dich ablehnt. Und versuch nie, eine Witwe dazu zu bringen, dir ihr wahres Alter zu verraten.«

Ich lehnte mich im Schaukelstuhl zurück, der Earls Großvater gehört hatte, den Indianer gefangengenommen hatten – aber das war eine andere Geschichte, und ich hoffte, Earl würde jetzt nicht die ganze Zeit darauf herumreiten. Ich dachte an die Witwen. Natürlich, alle waren verwitwet gewesen. Vielleicht ein unwichtiges Detail, aber vielleicht auch von Bedeutung.

»Wie krieg ich raus, wie alt sie wirklich waren?« fragte ich.

»Was hältst du von einem Aufgebot?«

»Ach, Earl«, sagte ich. »Das kommt alles so plötzlich.«

Earl lachte. Ich schaukelte und dachte über seinen Vorschlag nach. Wenn ich meinen Arsch aus dem Schaukelstuhl hochbekam, dann war noch Zeit, um ins Gericht zu fahren, bevor die Komanchen mich erwischten. Aber Earls Hof hatte etwas Verführerisches. Noch eh ich's mich versah, erzählte er mir von seinen Abenteuern auf Tahiti – was er auf grob geschätzt elf verschiedene Weisen aussprach – und unterbrach sich nur, um Red Man-Kautabak in eine Kaffeekanne auf dem Boden zu spucken. Behaglich schaukelte ich, rauchte meine Zigarre und lauschte den Erzählungen, die ich schon so oft gehört hatte, fast als wäre es ein modernes Mantra. Alten Menschen und jungen Menschen zuzuhören war verdammt viel besser, als bloß Schwachköpfen mittleren Alters zuzuhören, dachte ich. Auf jeden Fall war es besser, als sich beim Selbstgespräch zuzuhören.

Schließlich war Earls Spule abgelaufen, und unter Qualen brachte er mich zum Tor. Ich dankte ihm für seine Hilfe, obwohl ich heimlich meine Zweifel hatte, daß sie viel Licht in die Ermittlung bringen konnte. Ich wollte gerade Dusty besteigen, als mir eine Idee kam.

»Earl, weißt du, was ein Kotillion ist?«

»Scheiße«, sagte er, »weiß doch jeder, was das ist. Eine langhalsige Echse aus Westtexas.«

Etwas über eine Stunde später stand ich unter einem schattenspendenden Baum vor dem Gericht von Kerr County und hatte fünf Aufgebotsanträge in der Hand. Earl Buckelew hatte recht gehabt. Die Nachrufe waren falsch. Fast alle Witwen hatten über ihr Alter gelogen.

Ich zog einen Stift und einen kleinen Notizblock aus der Tasche und nahm ein paar schnelle Eichungen vor, zog das Geburtsjahr jeder Frau von ihrem Todesjahr ab, was für sie alle dieses Jahr war. Nach den ersten beiden legte ich Stift und Block weg. Es war überflüssig. Das Muster war nicht nur überdeutlich, es war verrückter als jedes, das man auf einer Decke finden konnte. Als ich im Schatten stand, lief mir fast ein Schauer den Rücken hinab.

Jede der fünf Damen war bei ihrem Tod genau 76 Jahre alt geworden.

Herzlichen Glückwunsch.

16

Der Juni brach ins Knie, Juli stand auf und schrie. Unbeirrt rollte der Sommer entlang wie ein Wasserball, den ein ausgeklinkter Kalifornier aufs Feld eines landesweit übertragenen Sportereignisses geworfen hat. Über eine Woche war vergangen, seit ich auf dem Rasen des Gerichts von Kerr County gestanden und unter der sommerlichen Sonne ein finsteres Geheimnis aufgedeckt hatte. Ich hatte es für mich behalten. Ein Grund war die entsetzliche Beschaffenheit einiger möglicher Interpretationen. Ein anderer war, daß die meisten Menschen, mit denen ich mich dieser Tage unterhielt, ungefähr einen Meter groß waren. Sie hätten sich da nicht einbringen können. Allerdings wußte ich auch nicht, ob ich das konnte.

Am Sonntag setzte ich mich beim Mittagessen im Speisesaal an den Tisch der Bronco Busters. Jedermann am Tisch war sieben oder acht Jahre alt, bis auf Ben und Eric, die beiden Helfer, die wie riesige Bücherstützen an beiden Enden der kleinen Gruppe saßen. Sonntag mittags gab es immer Brathähnchen, und alle trugen weiße Hemden. Es waren Rosies und Eleses Brathähnchen, aber davor waren es Louises Brathähnchen gewesen. Früher, lange bevor irgendein Bronco Buster geboren war, waren es Hatties Brathähnchen gewesen. Noch früher waren die Hähnchen im Hinterhof des Garten Eden herumgetobt und hatten an Apfelgehäusen gepickt.

Die Brathähnchen waren immer noch erstklassig und wie immer ein großer Favorit in Echo Hill. Selten hörte man ein so entmutigendes Wort wie »Cholesterin«. Earl Buckelew hatte einst bemerkt: »Herrgott, in meiner Kindheit wußten wir nicht mal, daß wir *Blut* haben.«

Kaum hatte ich meine grünen Peperoni auf dem Tisch sortiert – kein Bronco Buster hat je eine Peperoni gegessen –, als die Kinder anfingen, das Mittagsgebet zu singen. Das war ein kurzes Stück aus *Johnny Appleseed* und ging folgendermaßen:

Oh, der Herr ist gut zu mir,
Drum danke ich dem Herrn.
Er gibt mir, was ich brauche, gern,
Die Sonn', den Regen, Apfelkern,
Der Herr ist gut zu mir. Amen. Haut rein.

Wenn man mittags an einem Tisch mit Siebenjährigen Brathähnchen ißt, lenkt einen das definitiv von gewichtigeren Dingen ab. Zusammen mit Huhn, Kartoffelbrei und Soße scheint auch die Erwachsenenwelt mit ihren schwerfälligen Problemen einfach zu verschwinden. Das Gespräch beschränkt sich auf das Barackentreiben, Wanderungen, Pferde, Schlangen, Wasserschlachten, Softball, Bogen- und Gewehrschießen. Das Thema Mädchen wird nicht einmal angeschnitten.

»Ist Onkel Tom wirklich dein Vater?«

»Jou.«

»Und Marcie ist deine Schwester?«

»Jou.«

»Wow.«

»Mein Dad hat gesagt, er war in deiner Baracke, als ihr Rancher wart, und daß ihr eine Nacht hingeschlichen seid und dem Helfer Pferdedung ins Bett getan habt.«

»Gut möglich.«

»Komm bloß nicht auf dumme Gedanken«, sagte Ben, der wie ein gigantischer Buddha über dem Tisch thronte.

Als ich so unter den Bronco Busters saß, überkam mich ein leichtes Gefühl sozialer Zurückgebliebenheit. Mein Blick wanderte durch den vollen Speisesaal, und im Geiste wanderte ich durch all die heißen, staubigen Sommer zurück in eine Zeit, als noch keines dieser Kinder geboren war. Ich erinnerte mich daran, wie ich selber als Siebenjähriger zugesehen hatte, wie die Baracke der ältesten Jungen mit ihrem Essen herumspielte und es in einer Schüssel mitten auf dem

Tisch mit Ketchup und Käfersaft verrührt hatte. Ihr Helfer in jenem Sommer war ein Israeli namens Tuvia gewesen, der in einer ganzen Reihe von Kriegen mitgekämpft und in irgendwelchen gottverlassenen biblischen Wüsten Männer hatte verhungern sehen. Tuvia hatte die Schüssel und drei Übeltäter aus dem Speisesaal mitgenommen und sie die Schweinerei anscheinend aufessen lassen, denn ich erinnere mich lebhaft daran, wie ich beim Refrain, während der Rest der Ranch einen Kanon mit dem Titel »Ich mag die Blumen« sang, von draußen immer wieder Würgegeräusche hörte. Von dem Tag an verspürte ich nie wieder die Neigung, mit Lebensmitteln herumzuspielen.

Tuvia hatte noch zwei Dinge getan, die ich nie vergessen werde. Einmal war beim Einholen der Fahne die Leine gerissen und die Stars and Stripes fielen unter der stummen Aufmerksamkeit des ganzen Camps in den Dreck, da hob Tuvia sie auf, nahm die Leine zwischen die Zähne, kletterte den alten Fahnenmast aus Zedernholz hoch und knotete die beiden Enden wieder zusammen. Ich weiß noch, wie ich dachte, und der ist nicht mal Amerikaner.

Das andere war, daß Tuvia uns einen neuen Barackenkriegsschrei beibrachte. Das ist fast vierzig Jahre her, aber ich kann ihn immer noch auswendig. Der Barackenkriegsschrei lautete wörtlich:

Avivo! Avavo!
Avivo, vavo, voo-hey!
Lefty, Befty, Billillilla Lefty,
Chingala, Mingala,
Loof, loof, loof,
Yeah, Baracke sieben!

Das war alles noch Mitte der Fünfziger, bevor die Baracken Namen bekamen. Jetzt war Tuvia selbst nur noch ein Name, an den sich nur noch sehr wenige von uns erinnerten. Der Angehörige eines verlorenen Stammes, der einem irgendwo in der Seele herumgeht. Früher oder später würden wir alle Angehörige dieses Stammes werden.

Unter den tosenden Klängen von »Als man die Titanic baute« gab ich meinen Teller und mein Besteck beim Küchenpersonal der Ranch ab und schlüpfte vor den Massen hinaus. Neben der alten Glocke beim Büro rauchte ich eine Zigarre. Ich sah auf die leere Ebene hinaus, über die gleich Dutzende von Ranchern schwärmen würden. Im Speisesaal sangen die Kinder inzwischen »Happy Birthday« für Eddie Wolff. An das Ende des üblichen Geburtstagsliedes hängten sie noch eine eher ungewöhnliche, traditionelle Echo-Hill-Strophe an. In der Molltonart im Stil einer Begräbnisklage ging die folgendermaßen:

Happy birthday, happy birthday,
Das Elend muß in der Luft liegen,
Die Leute sterben wie die Fliegen,
Happy birthday, happy birthday.

»Gar nicht so unpassend«, meinte ich zur Glocke.

Doch die Glocke hielt den Klöppel.

17

Obwohl mir klar war, daß fünf Frauen an ihrem 76. Geburtstag abgemurkst worden waren, verspürte ich irgendwie noch immer nicht den Drang, mit der Neuigkeit zu Pat Knox oder Sheriff Kaiser zu eilen. Was die Friedensrichterin anging, so reichte der kleinen Miss ein kleines bißchen schon sehr weit. Ich hatte keine Lust, daß dieses ellenlange Gedöns zu einer

Angelegenheit für Nancy Drew wurde, wo die Richterin die kleine Detektivin spielte, ich die Rolle eines ihrer kleinen Kumpel abbekam und wir beide verstohlen versuchten, ohne das Einverständnis von denen da oben zu operieren. Sheriff Kaiser war dagegen zweifellos der Ansicht, daß auch für Kinky ein kleines bißchen schon sehr weit reiche. Es wäre echt untertrieben, wenn man behauptete, sie hege nicht gerade den starken Wunsch, mir eine weitere Audienz zu gewähren. Die letzte war ein Streßkongreß gewesen, und die abstoßende Erinnerung daran würden wir beide nicht so schnell vergessen.

Andererseits lastete die Bürde jener dunklen Kunde schwer auf meinem Gewissen, seit ich an jenem Tag auf dem Gerichtsrasen dieses furchtbare Geheimnis in Erfahrung gebracht hatte. Ich wußte jetzt ohne den geringsten Zweifel, daß diese Todesfälle unter gar keinen Umständen dem Zufall zuzuschreiben waren. Es war Mord – eine Reihe, eine Kette, ein billiger roter Faden, auf den ein Verrückter ein paar falsche Perlen aufgezogen hatte –, und ein Ende war nicht abzusehen.

Dieses Wissen preßte brutal die durchscheinenden Schmetterlingsflügel meiner Seele zusammen, während ich beim Camptreiben herbei- und wieder fortflatterte und meine Gedanken immer wieder zu den kleinen alten Damen zurückkehrten, die man mit – sei's auch noch so geringer – Übereilung dem Schnitter Tod vor die Sense getrieben hatte. Wenn auch nur ein einziges weiteres Opfer umgebracht würde, solange ich im Alleinbesitz des entscheidenden Hinweises auf das dämonische Vorhaben des Mörders war, bräuchte ich verdammt viel Waschpulver, wenn ich das wieder rauskriegen wollte.

Ich paffte meine Zigarre und wanderte an jenem sonnigen Sonntagnachmittag über die Ebene, bis der Gesang im Speisesaal verstummte. Ein paar Sekunden später hörte ich Onkel

Toms Stimme: »Also . . . ?« und die Antwort einer schreienden Kinderarmee: »Worauf *warten* wir dann noch!« Dann flogen die Türen vom Speisesaal auf, und das friedliche kleine Tal war auf einmal voll mit rennenden, schreienden und lachenden Kindern. Ihre Energie und Lebensfreude schien von den Hügeln wie ein Echo zurückgeworfen zu werden, und es war etwas traurig, wenn man daran dachte, wie kurz sie so bleiben würden, bevor sie sich zu all den anderen grauen, verwitterten Seelen in der alltäglichen Erwachsenenwelt gesellten.

Ich ließ meine Zigarre auf dem Fenstersims liegen und ging in den fast leeren Speisesaal, wo Onkel Tom seinen blauen Safarihelm trug und mit einem achtjährigen Jungen namens Danny an einer Schachaufgabe herumknobelte. Sie standen auf den beiden Seiten eines der riesigen Holzbretter, die ich in einem früheren Leben in Nuevo Laredo gekauft hatte. Da das Schachbrett sich auf Tischhöhe befand, überragten König und Dame Danny etwas.

Der Anblick hatte für mich, den abseits Stehenden, etwas schmerzlich Berührendes. Die unschuldige Intensität des kleinen Jungen und die genauso intensive Offenheit des großen Mannes. Schach gehört wie das Leben zu den extrem seltenen Unternehmungen, die man nie auf die leichte Schulter nehmen sollte. Das Leben sollte man natürlich sowieso niemandem nehmen.

»Behandle die Erwachsenen wie Kinder und die Kinder wie Erwachsene!« sagte ich und zitierte Tom, als das Tableau sich aufgelöst hatte und Danny losgelaufen war, um zusammen mit den anderen Kids Cola zu kaufen.

»Warum nicht?« sagte Tom über die leeren Tische und Bänke hinweg. »Andersrum wird man kaum jemals was erreichen.«

»Stimmt«, sagte ich. »Merk ich grade bei dieser Kerrvillesache.«

»Gibt's was Neues bei Pat Knox' kleinem Mysterium?«

»Das ist nicht mehr Pat Knox' kleines Mysterium.«

»Wessen dann?«

»Wenn ich das so genau wüßte. Aber egal wer sich drum kümmert, er oder sie wird alle Hände voll zu tun haben. Ich glaube, ich bin da über was gestolpert, und die Third Base ist es noch lange nicht. Ich bin unten im Gericht neulich die Aufgebotsanträge durchgegangen und habe entdeckt, daß alle fünf Opfer 76 Jahre alt waren.«

»Die Wahrscheinlichkeit, daß es auf natürliche Weise dazu kommt, ist statistisch sehr gering.«

»Tom, sie wurden alle an ihrem Geburtstag umgebracht.«

»Klar. Toll. Egal was. Sonnyboy, das mußt du an Sheriff Frances weitergeben. Wir leiten hier ein Camp für Kinder. Wir dürfen nicht zulassen, daß die Ranch in so was reingezogen wird. Wir sind nicht auf so was vorbereitet. Wir haben nicht die Möglichkeiten –«

»Ich geh zu Sheriff Frances, okay? Ich fahr morgen in die Stadt.«

David Hart kam mit seinem komischen roten Hut und einem Klemmbrett in den Speisesaal und hörte gerade noch den letzten Satz. Er sah kurz auf sein Klemmbrett.

»Wir kommen ohne dich klar«, sagte er.

18

Selbst als ich an jenem trägen Montagnachmittag im Juli Miss Dusty nach Kerrville fuhr, wälzte sich ein Teil meines Bewußtseins, eine dunkle, vergessene Straßenecke am Rande meines Blickfeldes, unruhig in dem Wissen hin und her, daß der Staffelwechsel mit Sheriff Kaiser mich nicht zur Gänze von dem rostigen alten Fleischerhaken dieses Falls befreien würde. Vielleicht war es ein tieferer, dunklerer Brunnen, als das Department eines Kleinstadtsheriffs ausloten oder ergründen konnte. Vielleicht wachte Gott in seiner allmächtigen, gleichmäßigen Perversion über alle jüdischen Amateurdetektive und wollte sie dafür belohnen, über lebenswichtige Hinweise gestolpert zu sein. Das war unwahrscheinlich, glaubte ich, als ich eine Zigarre rauchte und mit geöffnetem Verdeck unter einem Baldachin aus Pappeln, Zypressen und Roteichen dahinraste. Gott erschuf sie, hatte man mir in der Sonntagsschule beigebracht. Gott erschuf auch eine ziemlich öde Lage zwischen mir und Sheriff Frances Kaiser. Nicht, daß ich Gott irgendwelche Vorwürfe machte. Ich wußte schließlich nicht mal, ob Gott ein Er, Sie oder Es war. Möglicherweise war er der Typ an der dunklen Straßenecke am Rande meines Blickfelds, der um Kleingeld für eine Geschlechtsumwandlung bettelte.

Vielleicht war er nichts von alledem.

»Eine Tür ist nicht zu«, sagte Dusty.

»Nett, daß du drauf zu sprechen kommst«, meinte ich, »aber warum wartest du damit, bis ich die halbe Strecke nach Kerrville hinter mir habe?« Ich öffnete die Fahrertür und zog sie fest zu.

»Danke«, sagte Dusty.

»Gern geschehen«, sagte ich.

Als Dusty und ich den steilen Hügel zwischen der Ranch und Kerrville hochkraxelten, fiel mir auf, daß sich am Himmel immer Ominöseres zusammenbraute. Der Verfasser eines viktorianischen Romans hätte gesagt, die Wolken seien in Zinn gefaßt. In Texas sagen wir, sie werden dunkel.

Egal wie man es beschrieb, der Wetterwechsel, spürte ich, war eine rein physische Manifestation tieferer, tödlicherer Veränderungen. Veränderungen in der Psyche eines Mörders, der über Selbstbeherrschung verfügte, aber auch außerordentlich wütend werden konnte. Veränderungen in einer verwitterten, von Kriegen geschüttelten Welt, in der einfach alles möglich war. Keine große Sache. Ich würde meine Beweise, daß es sich um methodisch durchgeführte Morde handelte, denen da oben aushändigen. Das wär's dann, dachte ich. In diesem Augenblick erwartete ich selbstverständlich nicht, daß die Hand des Schicksals so gepflegt sein würde. Ebensowenig war ich mir bewußt, daß sie in Wirklichkeit eine so fruchtbare oder so gefährliche Feder führen würde.

Donner krachte und Blitze durchfurchten den Sommerhimmel, als ich Dusty in der Nähe des Gerichts an der Earl Garrett Street abstellte. Die Katze, dachte ich kurz, versteckte sich wahrscheinlich im Caravan unter dem Bett. Sie hatte für Donnergrollen noch nie viel übrig gehabt, und Sambo mochte es noch weniger. Ich fuhr auch nicht sonderlich darauf ab, trotz Ratsos immer wieder geäußerter Behauptung, Gewitter führten zu »negativer Ionisierung«, die sich auf Menschen »psychologisch heilsam« auswirke. Ratso sagt auch, auf die Wellen einzuschlagen führe dieselben Effekte herbei wie ein Gewitter und verschaffe einem das Gefühl, über mehr Energie und Kreativität zu verfügen – obwohl Ratso meines Wissens in seinem ganzen Leben keinem Ozean auch nur nahe gekommen ist. Er hat den Bezirk Manhattan kaum je hinter sich gelassen, der seiner eigenen Aussage zufolge eine positiv ionisierte Umgebung ist, die den Selbstmord fördere. Ratso sagt auch, reiche Leute bauen sich oft heimlich Maschinen ein, die sämtliche Zimmer negativ ionisieren, weshalb sie sich permanent noch mehr Mittel und Wege ausdenken, wie sie Geld machen und ihren Reichtum mehren können.

Als ich mich mal in Ratsos grauenhaft vollgestopfter Wohnung umsah, fragte ich ihn, warum er sich nicht selbst einen solchen Negativ-Ionen-Generator besorgt habe. Mal abgesehen von dem offensichtlichen Grund, daß er überhaupt keinen Platz dafür hatte. Seine Antwort lautete: »Auf Canal Street gibt's die nicht.«

Mich im Sturm aalend, schritt ich gemächlich ins Gericht und schüttelte das Regenwasser aus meinem Cowboyhut in einen herumstehenden Spucknapf. Die Flure waren finster, und finster war auch der Gesichtsausdruck der Sekretärin, als ich ihr mitteilte, ich wolle zu Sheriff Frances, habe aber keinen Termin.

»Lassen Sie sich immer einen Termin geben, wenn Sie zu Sheriff Kaiser wollen«, sagte die Sekretärin. »Sie hat einen sehr vollen Terminkalender und läßt kaum jemanden ohne Termin zu sich.«

»Ich werd's auf meinem großen Malblock vermerken«, sagte ich.

Geraume Zeit später und sehr zur Überraschung der Sekretärin fand ich mich erneut vor dem großen Schreibtisch und unter den Augen von Sheriff Kaiser. Ich weiß nicht, ob sie einen Negativ-Ionen-Generator hatte oder nicht, die negativen Schwingungen des Zimmers waren jedenfalls fast mit Händen zu greifen. Die Sekretärin ging und schloß die Tür hinter sich.

»Was wollen Sie?« fragte Sheriff Frances.

»Nicht das geringste«, sagte ich. »Schauen Sie sich das bloß mal an.«

Auf eine Weise, die entfernt an Bret Maverick erinnerte, fächerte ich die fünf Kopien der Aufgebotsanträge auf dem Tisch vor Sheriff Frances aus.

»Was ist das?« fragte sie.

»Ein Flash.«

Während Frances Kaiser ihre Brille zurechtrückte und nach den Dokumenten griff, stellte ich mich ans Fenster und betrachtete das Gewitter. Ich zündete mir eine Zigarre an und sah, wie die Bäume auf dem Gerichtsrasen sich mit fast gewalttätiger Anmut wiegten wie die Tänzer auf Borneo. Ich stellte mir die Gefühle vor, die das Gesicht von Sheriff Frances beim Lesen durchzucken mußten wie Wetterleuchten.

Zweifel, Erstaunen, kaum verhohlener Ärger. Ich war sicher, daß sie fleißig gearbeitet hatte, um die Geschworenen zusammenzubekommen, vielleicht noch den Staatsanwalt angestachelt hatte, sein Belastungsmaterial vorzulegen, um gegen den immer noch in Untersuchungshaft sitzenden Verdächtigen Anklage erheben zu können. Der Mann, der, wie sie glaubte, einer alten Dame die Lippen zusammengenäht hatte. Vielleicht mußte sie das alles aus dem Fenster schmeißen. Ins Gewitter.

Sobald die Mühlen des Gesetzes einmal in Bewegung geraten sind, sobald der Staatsanwalt einmal Anklage erhoben hat, genehmigen die Geschworenen fast unweigerlich seine Empfehlung. Wie Rambam mal gesagt hatte: »Wenn die Staatsanwaltschaft wirklich drauf erpicht ist, verurteilen die Geschworenen auch ein Sofa.« Aber jetzt mußten die Mühlen des Gesetzes dieser Kleinstadt vielleicht einen Gang zurückschalten und sich die Sache noch einmal überlegen. Vor dem Fenster machten dafür die Naturgewalten wild und unvermindert weiter. Sie blieben unbeeinflußt von der Empfehlung des Staatsanwalts. Sie waren nicht der Autorität von Sheriff Frances unterworfen. Ihr bescheidenes Interesse schien sich auf die Frage zu beschränken, wie weit sie den Strohhut eines Deputy über den Gerichtsrasen und die Main Street hinab wehen konnten.

»Verstehe«, sagte Sheriff Frances und starrte durch das Fenster ins Wüten des Sturms hinaus. Ihre Miene war eine gefühllose Porzellanmaske, die merkwürdigerweise noch beunruhigender war als jede Zurschaustellung normaler Gefühle. Höflich paffte ich meine Zigarre und wartete.

»Diese Dokumente haben Sie –«

»Von Gegenüber«, sagte ich. »Aber es war Earl Buckelews Idee, die Aufgebotsanträge zu prüfen.«

»Der gute alte Earl«, sagte Sheriff Frances, und ihre Augen reisten in der Zeit zurück. »Als ich klein war, haben wir uns immer auf sein Grundstück geschlichen und geangelt.«

»Genau der. Er meint, Witwen lügen immer, wenn's um ihr Alter geht.«

Sheriff Kaiser lächelte. Ein freundliches Lächeln. Normalerweise haben Sheriffs nicht viel zu lachen, aber wenn doch, wird das immer gern genommen. Ungefähr so, wie wenn Ronald Reagan an Thanksgiving einem Waisenhaus einen Truthahn schenkt.

Sheriff Frances stand auf, putzte sich das Lächeln von der Backe und legte die Papiere auf dem Tisch zusammen. Es war eine Abschiedsgeste, und ich machte mich auf den Weg.

»Sie haben als anständiger Bürger gehandelt«, sagte sie. »Wir übernehmen das jetzt.«

»Ich bitte Sie; hätte doch jeder gemacht.«

»Wenn das stimmen würde«, sagte sie, »wäre ich arbeitslos.«

Ich öffnete die Tür und wandte mich zum Foyer.

»Augenblick noch«, rief Sheriff Frances mir nach.

Ich drehte mich um. Sie stand wie ein Riese in der Tür.

»Richten Sie Earl Buckelew Grüße von einem der kleinen Kaisermädchen aus.«

19

Gegen elf am selben Abend klingelte das Telephon im grünen Caravan. Pam Stoner, die Bastelhelferin aus Oklahoma mit den grünen Augen, und ich lernten uns gerade draußen auf einem großen flachen Felsen näher kennen. Wir saßen auf einer Roy-Rogers-Decke, die die Kindheit irgendwie überlebt hatte, und genehmigten uns ein paar Jack Daniel's mit einer Dose Mr. Pibb zum Nachspülen. Die Katze sah vom Dach des Caravans aus zu.

»Ich geh besser ran«, sagte ich.

»Du bist wirklich ein Jude«, sagte Pam Stoner.

»Das häßliche Haupt des Antisemitismus erhebt sich aus friedlichen, bukolischen Gefilden«, sagte ich, erhob mich gleichfalls und ging zum Caravan.

»Bring die Flasche mit, wenn du zurückkommst«, sagte sie. Sie lächelte, und ihre sternfarbenen Augen glänzten im Mondlicht. Ein Ziegenmelker schrie aus einem benachbarten Wacholder. Vielleicht hätte ich da rangehen sollen.

Ich griff mit der einen Hand nach der Flasche und nahm mit der anderen den Hörer des Telephons ab.

»Syrische Botschaft«, sagte ich.

»Hier ist Pat Knox«, sagte der Hörer, »wollte noch mal zurückrufen. Ich weiß schon, was heute im Sheriffsbüro los war, da brauchst du mich also nicht mehr auf den neusten Stand zu bringen. Hast du gut gemacht.«

»Danke, Euer Ehren. Sieht aus, als hätte Sheriff Frances endlich verstanden, daß diese fünf Todesfälle zusammenhängen.«

»Sie zur Einsicht zu bringen ist erst die halbe Miete. Die andere Hälfte besteht darin, sie zum Handeln zu bewegen.«

»Sie hat mir versichert, sie würde die volle Gesetzeskraft auf diesen Fall loslassen.«

Pat Knox lachte. Ein langes, von Herzen kommendes, bitteres Lachen. Als sie sich erholt hatte, klang ihre Stimme gefährlich und verschwörerisch.

»Du und ich, wir haben sie zwar auf die richtige Spur gebracht, aber ich habe den Eindruck, dieser Fall könnte für Sheriff Frances eine Spur zu abgedreht sein.«

»Mir ist er vielleicht auch zu abgedreht.« Ich drehte der Metapher den Hals um, der Flasche Jack den Deckel ab und nahm einen Schluck.

»Das stimmt ja wohl nicht ganz«, sagte die Richterin. »Und über eins bin ich mir bei dir im klaren: Deinem Kopf ist doch nichts lieber als ein ordentliches Geheimnis.«

Ich schaute aus dem Heckfenster des Caravans und sah Pam rücklings in einer äußerst anzüglichen Position auf dem großen Felsen liegen.

»Das stimmt, Richterin. Miss Marple und ich lieben ein ordentliches Geheimnis. Hast du was rausgefunden?«

»Komm vorbei und schau's dir an. Du willst mich jetzt doch nicht im Stich lassen, oder? Oder dir vom großen alten Sheriff bange machen lassen?«

Der große alte Sheriff machte mir nicht bange. Frances Kaiser hatte sich ganz im Gegenteil am Nachmittag in einer durchaus ergreifenden Vorstellung verwandelt. Aber Pat Knox' Flehen hatte etwas Sirenenhaftes. Und ich meinte nicht das Ding, weswegen man sich immer nach den Streifenwagen umdreht.

Ich schaute aus dem Fenster und sah, daß ich auf der Ranch heute abend auch kein Ding mehr drehen würde. Pam war auf dem Felsen eingeschlafen.

»Okay«, sagte ich. »Wo treffen wir uns?«

»Um Mitternacht. Im Garten der Erinnerungen.«

»Auf dem Friedhof?«

»Buh!« sagte Pat Knox und legte auf.

20

Wenn man auf einen Knochenacker muß, ist Mitternacht eine genauso gute Zeit wie jede andere. Die Dinge kommen gerade erst in Bewegung, und man erspart sich das Gedränge. Es war seltsam, aber je mehr ich mich dem Friedhof näherte, desto mehr fühlte ich mich von ihm angezogen. Ungefähr wie ein Teilzeitgespenst, das in die Krypta zurückkehrt. Nur sind natürlich so gut wie alle Gespenster Teilzeitkräfte. Vierundzwanzig Stunden am Tag Gespenst zu sein würde einen ja umbringen. Solche Sachen gingen mir durch den Kopf, als ich zu den Toren des Gartens der Erinnerungen hochfuhr. Außerdem ging mir kurz durch den Kopf, daß Sheriff Kaiser mit dem, was Richterin Knox und ich hier vorhatten, wohl kaum einverstanden wäre. Aber wer hat Angst vorm bösen Sheriff?

An der Sidney Baker Street bog ich rechts ab und drängelte Dusty langsam durch den Haupteingang des Knochenackers. Die Ecke hier war noch ruhiger als die Butt-Holdsworth-Gedenkbibliothek. Bei den beiden waren ganz schön viele Bücher und ganz schön viele Löffel abgegeben worden. Aber hier sagte wenigstens keiner »pssst . . .« Nur der Wind flüsterte in den Schatten der Trauerweiden.

Menschen schienen sich hier im Moment nicht herumzutreiben, und in der Zufahrt parkten auch keine Wagen. Ich fuhr noch ein Stück weiter, bis Kerrville hinter mir verschwunden war und der Knochenacker mich halbwegs verschluckt hatte. Das war gar kein so unangenehmes Gefühl. Eine Art Frieden ging damit einher. So ungefähr mußte man sich fühlen, wenn man nach Ladenschluß in einem McDonald's saß. Nur gab es hier natürlich keinen Ladenschluß. Hier gab es auch keine Zeit. Ich hatte nicht einmal das Gefühl, daß es hier ein Hier gab.

Also blendete ich auf.

Auf dem ganzen Friedhof fuhren dunkle Formen und Gestalten hoch. Tropfende Halbschatten von Passagieren der *Titanic* stiegen aus den Weidenzweigen. Eine unvollendete Schattenskizze von Ichabod Crane galoppierte unter dem Hufschlag weit entfernten Donnergrollens vorbei. Cowboys und Indianer und Juden und Zigeuner und Schwule und winzige Kambodschaner und Soldaten und Matrosen und Piloten aus Kriegen, die längst nur noch in Trivial Pursuit auftauchten, sprangen aus der Nacht, als spielten sie in einer Game Show mit und verfügten über die Antworten auf alle Geheimnisse des Lebens. Aber keiner von ihnen sagte ein Wort. Phantasie kann ein Segen sein, dachte ich, aber sie kann auch ganz schön nerven.

Nervös paffte ich meine Zigarre.

Dusty erschauerte.

Dann glühte auf der Seite ein Leuchtfeuer mit der zeitlosen Intensität der Augen von Anne Frank durch die Nacht, nicht weniger willkommen, als wenn es von der alten North Church herabgeschienen oder über die Wellen gespritzt hätte, die plätschernd gegen Daisy Buchanans Pier schlugen.

Dann verschwand das Licht zusammen mit dem Rest des Vergnügens, das ich an diesem besonderen Ort zu dieser besonderen Zeit noch aufzubringen vermochte. Ich stellte Dusty am Straßenrand ab (nicht, daß es viel Gegenverkehr gegeben hätte) und wartete. Das Licht ging nicht wieder an.

Ich stieg aus dem Wagen, vollführte ein paar Squaredanceschritte um die Grabsteine herum und befolgte die Anweisungen eines alten Songs von Bob Dylan, *»walked ten thousand miles in the miles of a graveyard«*. Ich rannte gegen einen falsch gesetzten Grabstein und verbrannte mir mit der Zigarre fast die Stirn. Während ich das Gleichgewicht suchte, taxierte ich die unwirtliche Landschaft. Wo das Licht gewesen war, war nichts mehr. Um mich herum war in alle Richtungen nichts mehr. Dieselbe Empfindung überfällt einen manchmal mitten in einer überfüllten Shopping Mall.

Ich starrte zum sensenförmigen Mond und zu den kleinen Sternenflecken hoch und streute Zigarrenasche auf den Boden.

»Asche zu Asche«, sagte ich.

»Da wär ich mir nicht so sicher«, sagte eine Stimme, bei der ich fast einen Herzinfarkt bekam.

Ein paar Augenblicke später landete ich wieder und spießte mich praktisch auf einem kleinen Holzkreuz auf. Ich rappelte mich wieder hoch, sah erst das Kreuz an und dann Richterin Knox.

»Ein Glück, daß das keiner von diesen spitzen Davidssternen war«, sagte ich.

»Es hat *schon* Vorteile, in Kerrville zu leben«, sagte sie.

»Oder zu sterben«, sagte ich. »Das scheinen hier ganz schön viele Leute zu machen. Apropos, warum sind wir hier?«

»Komm mit«, sagte sie.

Als ich hinter der kleinen Richterin und ihrem leuchtenden Pfad durch die Dunkelheit des Landfriedhofs trottete, kamen mir keine Elegien in den Sinn. Weitere Schatten tauchten auf, weitere Fragen, deren wichtigste nach wie vor lautete: »Was zum Teufel haben wir hier zu suchen?«

Schließlich erreichten wir den hinteren Teil des Friedhofs, wo die Flora der Saison neu gepflanzt aussah. Der Boden wirkte frisch, es gab mehr Blumen, und die Steine waren so neu, daß sie in dem winzigen bißchen Mondschein sogar etwas glänzten. Die Steine, die hier rasteten, würden definitiv rosten. Sie würden schon bald ganz schön Moos ansetzen, außerdem Abfall, Flechten, Vogelscheiße und, wie man sich denken konnte, das eine oder andere von Jugendlichen hingeschmierte Hakenkreuz. Genauso wie viele lebende schienen auch diese steinernen Gesichter klaglos jedes Schicksal hinzunehmen, das sie erwartete.

»Drei unserer kleinen Damen liegen hier begraben«, sagte die Richterin. »Das zweite Opfer, Myrtle Crabb, ist im Feuer von Pipe Creek verbrannt. Sie haben's dann zu Ende geführt und sie eingeäschert.«

»Da kannste auch gleich mit dem tanzen, mit dem du gekommen bist.«

»Ihr Sohn, hab ich gehört, fährt die Asche auf dem Motorrad spazieren.«

»Der Traum jeder Mutter.«

»Das vierte Opfer, Prudence South, die die Sauerstoffflasche brauchte, liegt auf einem kleinen Kirchfriedhof am anderen Ende der Stadt. Uns bleiben also Opfer eins, drei und fünf, die hier begraben sind. Komm, ich zeig' sie dir.«

Die Richterin ging wie ein entschlossener kleiner Hahn zu einer Grabstelle rund zehn Meter weiter. Anhänglich dackelte ich hinterher, paffte an meiner anhänglichen Zigarre und sah allmählich ein, daß Richterin Knox mir entweder einen leicht verfrühten Halloweenscherz gespielt hatte, als sie mich herlockte, oder daß sie wirklich eine Spur verfolgte.

»Hier liegt Virginia. Angeblich in Bandera in der Badewanne ertrunken.«

Sie hatte einen hübschen, glänzenden Granitstein bekommen. Auf dem Grab selbst lag eine gelbe Rose. Pat Knox drehte sich um, und ich folgte ihr weiter in die Tiefe des Friedhofs hinein.

»Amaryllis«, sagte sie. »Hat sich angeblich erschossen.«

»In den Hinterkopf. Ist das nicht ganz schön schwierig?«

»Für eine sechsundsiebzigjährige arthritische kleine Dame so gut wie unmöglich.«

Amaryllis hatte einen kleineren, bescheideneren Stein. Auf dem Grab stand eine Vase mit welken Blumen. Neben der Vase lagen drei gelbe Rosen.

»Komm mit«, sagte die Richterin.

Ich machte mit dem makabren Hindernislauf weiter und folgte ihr zur anderen Seite des neu angelegten Abschnitts. Die Nacht schien ein gutes Stück kälter geworden zu sein, und von irgendwoher zog Nebel auf. Meere gab es hier nicht. Wo kam bloß der ganze Nebel her, fragte ich mich. Vielleicht wurden alle Knochenäcker nach Mitternacht etwas neblig. Wer konnte schon das Gegenteil beweisen?

»Octavia«, sagte eine Stimme aus dem Nebel.

An Octavia erinnerte ich mich. Ihr waren die Lippen zusammengenäht worden. Das vergißt man nicht so schnell. Ich ging um das Grab herum. Ihr Gedenkzeichen war ein Steinkreuz. Auf einem kleinen Sockel war eine Schriftrolle angebracht, die sie als zu Lebzeiten aktives Mitglied der Töchter der Republik Texas ehrte. Auf dem Grab lagen sechs gelbe Rosen.

»Sechs gelbe Rosen«, sagte ich. »Entweder haben wir es hier mit einem floralen Tippfehler zu tun, oder uns fehlt eine kleine Dame.«

»Dieser Jemand ist ziemlich gewissenhaft. Ich glaube, daß wir ein bisher übersehenes Opfer aufspüren werden, wenn wir die Jagd noch etwas fortsetzen.«

»Wann hast du die Blumen zum erstenmal gesehen?«

»Ich bin in den letzten Tagen Fällen von Vandalismus auf dem Friedhof hier nachgegangen. Als ich heute am späten Nachmittag hergekommen bin, lagen die Blumen noch nicht auf den Gräbern. Jemand muß sie heute abend hingelegt haben.«

»Sieht aus, als würde ich in diesen Fall reingezogen, ob ich will oder nicht. Ich bin gefangen wie eine Fliege im Bernstein. Punkt für dich, Richterin.«

»Ich wußte, daß du das so sehen würdest«, sagte sie und lächelte ein etwas leichenhaftes Lächeln.

»Da du die nötigen Mittel und Kontaktleute hast«, sagte ich, »warum versuchst du nicht, unser fehlendes Opfer aufzutreiben?«

»Geht in Ordnung«, sagte sie. »Und was machst du?«

Ich zog an der Zigarre und blies etwas Rauch in die Nebelnacht.

»There's a yellow rose of Texas«, sang ich, *»that I am going to see.«*

21

Im Frühtau des nächsten Morgens zog ich, nachdem ich bei einer netten Dame namens Arlena im Country Clean Laundromat eine gandhimäßige Wagenladung Ranchwäsche abgeliefert hatte, zum Frühstück ins Restaurant Del Norte. Huevos Rancheros ohne Dotter – meine einzige regelmäßige Vorsichtsmaßnahme fürs Herz. Du kannst Hoyo de Monterrey Rothschilds Maduros kettenrauchen, so viel Jameson trinken wie Gram Parsons in seinen letzten Lebensmonaten Tequila und Huevos Rancheros stets ohne Dotter essen, wenn deine Kellnerin genug Englisch kann, um deine Bestellung mitzukriegen, dann wirst du ewig leben. Dein Leben wird vielleicht nicht viel Spaß machen, aber man kann nicht alles haben. Man muß sich entscheiden, was man wirklich will, 97 Jahre Mist oder Mozart.

Es war noch nicht mal acht, ich lief die Gasse zwischen dem Parkplatz und den Läden auf der Earl Garrett Street entlang und verfluchte Ben Stroud im stillen. Ben hatte Onkel Tom davon überzeugt, daß die Bogenschießkurse im Camp ihren Siedepunkt erreicht hatten, so daß Ben selber dabeisein mußte, um die Qualifikationen zu überwachen. Deswegen hatte ich jetzt die frühmorgendliche Wäschetour am Hals und David Hart, Eddie oder Wayne der Cowboy mußten nachmittags fahren. Der Vorteil der Wäschetour am frühen Morgen war, daß sie schnell vorbei war, wie die meisten meiner Affären. Ab Viertel vor acht hatte ich frei.

Die meisten Läden machten erst um neun auf, aber ich hatte den Eindruck, bei Wolfmuellers Town and Country Clothiers rührte sich schon etwas. Ich klopfte an die Hintertür.

»Wer ist da?« fragte eine gedämpfte Stimme.

»Charles Starkweather«, sagte ich.

Ich drückte die Tür auf. Hinter rund acht Reihen Smokings auf fahrbaren Gestellen konnte ich gerade noch den Kopf von Jon Wolfmueller ausmachen. Er sah von seinen Quittungen und dem Taschenrechner hoch, winkte mich herein und wandte sich wieder seiner Arbeit zu.

»Wer ist Charles Starkweather?« fragte er.

»Wie vergeßlich die Menschen doch sind. Hast du n Kaffee?«

»Da drüben hinter dem Regal mit den Auslaufmodellen.«

»Herrgott, wie kann bei euch in Kerrville denn was auslaufen?«

Jon saß wieder fleißig über seinen Quittungen und reagierte nicht. Ich trank etwas Kaffee und ging zwischen den Kleidergestellen hin und her.

»Wart man, bis der Parka die Stadt erobert«, sagte ich. »Das wird der Knaller.«

Jon ignorierte mich. Ich trank noch einen Schluck Kaffee.

»Jon«, sagte ich, »du mußt mir helfen.«

»Ich hab keinen Bedarf für ein männliches Model, falls du darauf hinauswillst.«

Jon hatte einen Sinn für Humor, der irgendwo ganz weit hinten herumlungerte. Ich nannte ihn sogar oft meinen treuen indianischen Gefährten. Natürlich war er kein Indianer. Und da er so an den Laden gefesselt war, gab er auch keinen ordentlichen Gefährten ab. Aber in dieser Zeit war guter Beistand für uns beide schwer zu finden. Jon gehörte zu den wenigen Kerrversen, die mich einigermaßen gern zu haben schienen. Zumindest gab er sich manchmal längere Zeit mit mir ab. Vielleicht war er doch Indianer.

Eins stand jedenfalls fest. Jon wußte, was in Kerrville vor sich ging, und wenn er etwas nicht wußte, dann wußte es garantiert seine Frau Sandy, die Pampell's Drugstore und den Erfrischungskiosk führte. Bei diesen beiden hatte ich meinen Finger immer am manchmal etwas flachen Puls von Kerrville. Natürlich kannte ich noch andere. Jody Rhoden, die Photographin. Max Swafford, meinen ehemaligen Wahlkampfleiter, der die Kampagne mitten im Rennen aufgegeben hatte, weil er in Mexiko eine Goldmine suchte. Dylan Ferrero, der vor kurzem aus einer texanischen Kleinstadt namens Comfort nach Kerrville gezogen war und fast ausschließlich in Rock-and-Roll-Zitaten redete. Wenn man versuchte, sich bedeckt zu halten und Sheriff Frances nicht zu reizen, mußte man sich an persönliche Bekannte halten. Und Jon Wolfmueller war der Anfang.

»Jon«, sagte ich, »was weißt du über die Geschworenen, die man wegen dieser Frau einberuft, der nach ihrer Ermordung die Lippen zusammengenäht worden sind?«

Jon preßte unwillkürlich die Lippen aufeinander, was dem Anblick des Opfers vermutlich gar nicht so unähnlich sah, und dachte nach. Ich trank noch etwas Kaffee.

»Ich weiß, daß es aus irgendeinem Grund schwer ist, die Geschworenen zusammenzukriegen. Ich weiß, daß Sheriff Kaiser und die Friedensrichterin drauf und dran sind, sich gegenseitig umzubringen und die Lippen zuzunähen. Ich weiß nicht, wie der Betreffende heißt, über den die Geschworenen beraten.«

»Das wird also geheimgehalten.«

»Würd ich nicht drauf wetten. Warum gehst du nicht zu Sandy rüber und fragst sie?«

Ich ging die Earl Garrett runter, bog nach rechts in die Water Street und erreichte Pampell's Drugstore, ein Gebäude, das früher dem legendären singenden Bremser Jimmie Rodgers gehört hat, dem die meisten Menschen das Verdienst zuschreiben, die Gitarre in Amerika populär gemacht zu haben. Rodgers war ein inspirierter Country- und Blues-Sänger und neben Elton Britt der größte Jodler seiner Zeit wie aller Zeiten. Jimmie war längst nicht mehr unter uns. Er war in New York City an TBC gestorben, als die meisten von uns noch auf dem Schulhof seilhüpften. Aber jedesmal, wenn ich bei Pampell's reinkam und zu den Rängen hochschaute, die einst sein Varieté und das Aufnahmestudio eingefaßt hatten, hörte ich im Geist das leise, weit entfernte Doppelecho eines Lokomotivenpfiffs.

Sandy baute gerade die Erfrischungsbar auf. Sie hatte bereits den ersten Kunden, einen dünnen alten Mann mit Strohhut und Schnurkrawatte.

»Jon hat grade angerufen«, sagte sie. »Du wolltest wissen, über wen die Geschworenen beraten?«

»Ich dachte, die müßten seine Personalien geheimhalten.«

Sandy lachte. »In Kerrville hat es noch nie ein Geheimnis gegeben, das nicht jedem bekannt gewesen wäre«, sagte sie.

»Der hat einen von diesen komischen Mekssanernamen«, meinte der alte Mann. »Rod-*ree*-gis. Gui-*tar*-is. Einer von diesen Namen, die man nicht aussprechen kann.«

»Der Typ heißt Garza«, sagte Sandy.

Der alte Mann nickte und lachte in sich hinein.

»*Gar*-za«, sagte er. »Das ist vielleicht ein Zungenbrecher.«

22

Sandy reichte mir einen Kaffee und verschwand hinten im Laden. Ich beschloß, dort am alten Erfrischungskiosk ein wenig den Schmerz und die Zeit totzuschlagen, bis um neun Uhr der Rose Shop auf der anderen Seite der Sidney Baker Street aufmachte. In Kerrville gab es nur drei oder vier Blumenläden. Falls ich eine Spur zum Käufer der gelben Rosen finden würde, sollte das nicht allzu lange dauern. Bei der Verbrechensaufklärung hatte eine Kleinstadt entscheidende Vorteile. Deswegen zog Miss Jane Marple, Agatha Christies wohl größte Detektivin, ja auch nach St. Mary Mead statt nach London. Jane Marple und Agatha Christie, ging mir durch den Kopf, waren auch kleine alte Damen gewesen.

Im zeitlosen Kasino der Belletristik war Jane Marple natürlich längst unsterblich geworden und wartete auf die von Sommersprossen übersäte Hand eines jugendlichen Taugenichts aus Wyoming, der sie aus einem verstaubten Regal zerrte, um sich in die Geheimnisse des Lebens zu verlieben. Agatha Christie weilte wie Jimmie Rodgers nicht mehr unter uns, aber eigentlich waren sie beide noch da und segelten weiterhin die stillen Flüsse der Wörter und der Musik hinab bis in die gähnenden Falten unserer Seelen. Silberfäden in sonst trister Stickerei. Zu schade, daß Jimmie und Agatha sich nie begegnet waren. Hätten ein interessantes Paar abgegeben.

»Wenn es bis zum 10. Juli nicht regnet«, sagte der alte Mann mit der Schnurkrawatte gerade, »regnet es den ganzen Sommer nicht mehr. Dann wird's höllisch heiß.«

»Selbst wenn's regnet«, sagte ich und legte einen Dollar für meinen Kaffee hin, »wird's nicht gerade angenehm.«

Herrgott, dachte ich. Da zahlte ich lässig einen Dollar für einen Becher Kaffee. Wohin war es mit der Welt gekommen? Wir kleideten uns lässig. Winkten uns lässig auf der Straße zu. Keiner regte sich sonderlich auf. Jeder schwamm mit dem Strom. Und jetzt hatte irgendein Schwachkopf lässig sechs kleine alte Damen vom Schwarzen Brett gestrichen.

»Der Baumwollkäfer kommt wieder zurück«, sagte der Oldtimer, als ich zur Tür ging.

»Tun wir doch alle, Brother«, sagte ich.

Um grob geschätzt 9.01 Uhr überquerte ich die Sidney Baker Street und betrat den Rose Shop, wo ein lästiges Glöckchen über der Tür bimmelte und mir fast bis ins Innenohr kletterte. Es gab eine ziemlich große Blumenauswahl. Die Blumen lächelten mich an und ich lächelte zurück. Sonst war niemand zu sehen. Auch keine gelbe Rose.

»Jemand aus Texas liebt dich«, stand auf einem leuchtenden Keramikwandschmuck. »Gott liebt dich«, stand daneben auf einem bunt bemalten Teller.

»Entscheid dich gefälligst«, sagte ich.

»Kann ich Ihnen behilflich sein?« fragte eine Stimme von oben.

Jetzt war's also soweit, dachte ich. Auf einem Auto-Aufkleber, die Rache ist mein, spricht der Herr. Die Menschheit ist zwar ziemlich außer Kontrolle geraten, aber jetzt kommt Gott persönlich über uns, um die Sache auszubügeln. Und SIE klang leicht gereizt.

Ich schaute empor und sah, wie ein ziemlich hübsches Paar Beine eine Leiter herabstieg. Die Beine waren an einer Lady angebracht, die eine Topfpflanze hielt. Für eine Floristin sah sie ziemlich robust aus.

Ihr Name war Betty, erfuhr ich schnell, und sie wußte ganz schön viel über Blumen. Vielleicht ein bißchen mehr, als ich wissen wollte.

Aber gelbe Rosen hatte sie nicht.

»Manchmal vergehen ganze Monate, ohne daß wir eine gelbe Rose verkaufen. Wir haben schon lange keine mehr verkauft. Von Juni bis August haben wir jetzt unser besonderes ›Texasdutzend‹ im Angebot. Da bekommen Sie fünfzehn Blumen für 29,95 Dollar.«

»Aber keine gelben Rosen?«

»Rote.«

»Aber wenn ich nun gelbe will, können Sie die dann besorgen?«

»Wir müßten sie bestellen. Wir lassen die aus Austin oder San Antonio kommen. Kann ein paar Tage dauern. Die wenigsten Läden haben die vorrätig.«

»Wie lange halten Rosen sich, nachdem Sie sie verkauft haben?«

»Na ja, hängt von den Umständen ab. Draußen, drinnen.

Klimaanlage, keine Klimaanlage. Zug bringt sie schneller um als alles andere. Rosen dürfen keinen Zug kriegen.«

»Danke, werd's mir merken.«

Bettys eigener Zug kam langsam in Fahrt.

»Also vom Verkauf an übernehmen wir für 24 Stunden die Garantie. Wenn ihnen innerhalb von 24 Stunden etwas passiert, können Sie sie einfach zu uns zurückbringen, und wir ersetzen sie Ihnen. Nach Ablauf der 24 Stunden müssen Sie allein damit klarkommen.«

»Das ist hart.«

»Wollten Sie das Texasdutzend?«

»Weiß nicht so recht.«

»Für nur 29,95 Dollar.«

»Ich weiß nicht«, sagte ich. »Mir geht's wie James Taylor. *I just can't remember who to send 'em to.*«

»Na ja, Sie haben ja noch bis Ende August Zeit.«

»Da fällt mir ein Stein vom Herzen.«

Ich dankte Betty und verkrümelte mich. Ich stieg in den alten grauen Pick-up und fuhr nach Ingram hinaus, zu einem Laden namens Showers of Flowers. Ich erinnerte mich dunkel, daß ich dort vor ewigen Zeiten ein paar Rosen gekauft und sie einer Fernstenliebe geschickt hatte, die in Spokane bei einem Cadillac-Großhandel arbeitete. Sie bedankte sich echt lieb. Obwohl ihr Brief mit »Lieber Insasse« überschrieben war, dachte ich, aus der Beziehung ließe sich was machen. Ließ sich natürlich nicht; mit ihr war nichts anzufangen, und nach allem, was ich gehört habe, war mit mir damals auch nichts anzufangen. Aber es sind gerade diese Vergeblichkeiten, das Leid und die offensichtliche Unfähigkeit zu echter Kommunikation, die die Blumenläden der Welt gedeihen und von Zeit zu Zeit, wenn man sie etwas schüttelt, bis an die Sterne heranreichen lassen. Vielleicht hätte ich jener Fernstenliebe ein Texasdutzend schicken sollen.

Showers of Flowers war ein großer rustikaler Laden, der

von außen nicht viel hermachte und hinter dem Gewächshäuser mit allen nur vorstellbaren Blumen unter der Sonne standen. Ich sah die gelben Rosen sofort. Der Eigentümer, ein netter Kerl namens Al, sah mich sofort.

»Ich weiß noch, wie du hier zum ersten Mal Blumen gekauft hast«, sagte er. »Vor ganz langer Zeit, als wir gerade erst eröffnet hatten.«

»Spokane?«

»Noch vor Spokane. Sogar vor Los Angeles.«

Der Typ spann direkt vor meinen Augen ein Spinnennetz aus gebrochenen Herzen. »Nach Hawaii. Ein Dutzend wunderschöne rote Rosen in einer sehr hübschen Schmuckvase, weiß ich noch. Das hast du doch nicht etwa vergessen?«

Das war lange her. Die Blumen waren für Kacey gewesen, die vor mehr als zehn Jahren sehr jung gestorben und in das Herbarium meines Lebens gepreßt worden war. Ich hatte im Hotel auf Maui angerufen, um sicherzustellen, daß die Blumen angekommen waren. Kacey war schon nach Vancouver abgereist, aber ich konnte mich noch an die Worte des Mädchens erinnern, das ihr Zimmer saubergemacht hatte. »Die Lady Vase lassen hier«, hatte sie gesagt, »aber Blumen sie mitnehmen.«

»Ich habe es nicht vergessen«, sagte ich.

Behutsam brachte ich das Gespräch auf gelbe Rosen.

»Wie viele gelbe Rosen verkaufst du, Al?«

»Ich verkaufe keine Rosen. Die Menschen kaufen sie. Gelbe Rosen sind in Texas sehr beliebt. Für Freunde oder jemanden im Krankenhaus. Rot steht für tiefe Liebe und so was. Wir haben auch Rosa, Weiß und Sonya. Die züchten wir selbst. Wir haben hier unsere eigenen Gewächshauser.«

»Was ist Sonya?«

»Zwischen Rosa und Orange. Sehr hübsch. Wir brauchen pro Woche 15 bis 20 Dutzend Rosen. Du hast sonst immer rote gekauft. Was willst du denn mit gelben?«

»Ich hab einen Freund, der im Krankenhaus liegt, der Rosa und Weiß nicht mag. Und Sonya haßt er richtig.«

Ich bearbeitete ihn noch ein bißchen und betonte, wie dringend die Angelegenheit sei, versprach, das Verhältnis zwischen einem Mann und seinem Floristen mit einem Anflug von Vertraulichkeit zu behandeln, und brachte Al so dazu, ein wenig aufzublühen. Im Lauf der letzten Woche hatte er drei Leuten gelbe Rosen verkauft. Oder genauer, sie hatten sie gekauft. Al zögerte begreiflicherweise etwas, mir die Quittungen mit den Namen und Adressen der Kunden zu zeigen.

»Ich kann dir nicht verraten, warum ich diese Informationen brauche, Al, aber es ist sehr wichtig für mich. In gewisser Weise bedeutet es genausoviel wie Spokane, Los Angeles und sogar Hawaii. Und obwohl ich nicht melodramatisch werden möchte: Vielleicht stehen Menschenleben auf dem Spiel.«

Al war ein vertrauensvoller Mensch. Ich durfte die Quittungen abschreiben. Namen, Adressen, Daten. Außerdem verwies er mich an die beiden restlichen Floristen in der Gegend. Ich dankte ihm und betete inständig darum, daß die Blumen, die jemand im Garten der Erinnerungen niedergelegt hatte, nicht außerhalb der Stadt erstanden worden waren.

Das dritte Blumengeschäft war geschlossen. Seit voriger Woche im Urlaub. Also fuhr ich quer durch die Stadt zum letzten Laden auf meiner Liste. Das war noch so ein Vorteil von Kleinstädten, fand ich. Man konnte in kürzerer Zeit quer durch sie hindurchfahren, als man in New York brauchte, um ein Cab zu finden. Und man konnte eine Zigarre rauchen, ohne daß das jemandem aufstieß.

Alle Blumenläden von Kerrville abzuklappern war genau die Ermittlungsarbeit, die Rambam am liebsten machte. Das Leben eines echten Detektivs, hatte er immer behauptet, bestand zu 98 Prozent aus langweiligem Routinescheiß. Die restlichen 2 Prozent, hatte er hinzugefügt, waren nur öde. Laut Rambam reichten die Ergebnisse der langen, harten Buddelarbeit auf dem Feld der Ermittlungen selten zur Überführung. Die meisten Fälle, speziell Serienmorde, wurden durch schieres Glück gelöst. Ted Bundy hat vergessen, sein Rücklicht zu reparieren. Jeffrey Dahmer hat immerzu den Kühlschrankservice angerufen.

Der letzte Laden war ein kleiner Stand auf der Ace Ranch Road heraus, gleich gegenüber vom Veteranenfriedhof, was natürlich für jedes Blumengeschäft die ideale Lage ist. Sein Besitzer war ein Mann mittleren Alters mit Babygesicht, dessen Kleidung nach Jon Wolfmuellers Lager mit den aus der Mode gekommenen Sachen aussah. Im ganzen Laden gab es nichts Gelbes außer seinen Zähnen.

»Sie haben nicht zufällig gelbe Rosen, oder?« fragte ich. Er hatte ganz offensichtlich keine.

»Haben wir bestimmt nicht. Wir haben ein paar hübsche Sommergestecke, wenn Sie was in der Art woll'n. Ich kann Ihnen auch gelbe Rosen besorgen, aber das kann ein, zwei Tage dauern.«

»Also, ich sag' Ihnen, was ich eigentlich möchte. Ich glaube, jemand hat neulich erst gelbe Rosen bei Ihnen bestellt. Haben Sie irgendwas Schriftliches darüber?«

Er sah mich einen Augenblick neugierig an. Dann grinste er. Kein freundliches Grinsen. Ich brachte es offensichtlich bei keinem Floristen zum Lieblingskunden.

»Ich seh mal nach«, sagte er und verschwand hinten im Laden.

Ich wartete. Nach einer Weile fragte ich mich, ob er wohl entschlafen war. Endlich kam er mit einem Zettel zurück, und meine Geduld wurde belohnt.

»Ich hab keine Ahnung, wozu Sie das brauchen, Kumpel, aber ich glaub nicht, daß es wem schaden tut. Die sind nach hier geliefert worden.« Er reichte mir den Zettel mit Name und Adresse.

»Danke«, sagte ich. »Ich bin Ihnen zu großem Dank verpflichtet.«

»Sie sind nich zufällig von der CIA?« Er lachte ein lautes, schrilles und gefährliches Redneck-Lachen. Er lachte und lachte.

Ich lachte auch.

Dann ging ich.

23

Ich fand, wenn der Fall durch schieres Glück aufgeklärt werden sollte, dann konnte ich genausogut zuschlagen, solange das Eisen noch heiß war. Ich hatte Namen und Adressen von vier Leuten aus dem Ort, die in der letzten Woche gelbe Rosen gekauft hatten. Warum sollte ich die nicht sofort aufsuchen? Ich hatte die winzige Chance, diesen unerfreulichen kleinen Scheißer noch vor dem Mittagessen mit einem Seemannsknoten zu verschnüren und die ganze Sache Sheriff Kaiser auf den Tisch zu knallen, und sie würde mir den Cowboyhut tätscheln und sagen, daß ich als anständiger Bürger gehandelt hätte. Es gab auch die winzige Chance, daß sie leicht hysterisch werden und mich nach Bandera in das Heim für die Durchgeknallten einweisen würde.

Ich sah mir die erste Adresse aus Als Showers of Flowers an und bretterte mit dem alten grauen Pick-up los. Coladosen, Basketbälle und alte .177-Flinten, die neulich in einem Tableau von Ira Hayes in Iwo Jima aufgetreten waren, schlitterten auf der Pritsche hin und her und machten einen Mordskrach unter dem darüber angebrachten Wohnaufbau. Ich sah durch das Rückfenster der Fahrerkabine und erblickte ein Seeungeheuer, das hinten herumschlingerte und mir an die Kehle gehen wollte. Eine brennende Zigarre fiel mir aus dem Mund, als ich fast vom Highway abkam. Ich wußte nicht genau, ob sie mir zwischen die Beine auf den Sitz gefallen war oder auf den Boden, wo sie wahrscheinlich unter den Sitz rollen und mich einäschern würde.

»Heilige Mutter Gottes«, sagte ich nervös. »Dafür lebt man schließlich.« Ein Laster mit Heuballen kachelte mit ungefähr 160 Stundenkilometern rechts an mir vorbei.

Ohne die Augen vom Highway zu lassen, erhob ich mich etwas im Sattel und grabbelte wie wild zwischen meinen Beinen herum. Dort war nichts, was da nicht hingehörte, aber von einer Dame mit lavendelblauen Haaren bekam ich aus ihrem brandneuen Buick heraus einen schmutzigen Blick. Dann wandte ich meine Aufmerksamkeit dem Seeungeheuer zu. Es war ein altes Tennisnetz, das verfilzt war mit frischen Meeresalgen. König Neptun hatte es eine Woche zuvor beim Wrackfest getragen. Dann fand ich eine Stelle, wo ich am Straßenrand halten konnte, stieg aus und tastete unter dem Sitz herum, bis ich mir gottsjämmerlich die Hand verbrannte.

Und all das an nur einem Tag, dachte ich. Manchmal muß man sich als Detektiv Secondhand-Eier zulegen, um beim Fall am Ball zu bleiben.

Kurz nach elf erreichte ich die erste Adresse, ein pittoreskes kleines Haus, vor dem ungelogen ein echter weißer Palisadenzaun stand. Es hätte mich nicht überrascht, wenn hier ein echt abartiges Arschloch gewohnt hätte.

Ein Typ, der wie Methusalems älterer Bruder aussah, war neben dem Haus mit einem mechanischen Rasenmäher zugange. Ich stieg aus dem Wagen und ging zu dem Mann hinüber, ohne den geringsten Gedanken daran zu verschwenden, was ich ihm sagen sollte, wer ich war und was zum Teufel ich hier zu suchen hatte. Ich beschloß, mit der alten Vertretermethode das Eis zu brechen.

»Guten Morgen, Sir. Ich bin John Wisteria von Florists International. Wollt mich bloß mal erkundigen, wie's den Rosen geht.«

»Denen geht's einfach prima«, sagte er. »Die sitzen vollklimatisiert drinnen, und ich steh hier draußen und mäh den gottverdammten Rasen.«

»Mit der Klimaanlage sollten Sie lieber aufpassen«, sagte ich. »Zug bringt die schneller um als alles andere.«

Er sah mich argwöhnisch an, als hätte ich Zug zwischen den Ohren. »Was Sie nicht sagen«, brummelte er. »Wie war noch gleich Ihr Name?«

»Na, wollt ja bloß mal hören«, sagte ich und tat so, als notierte ich mir etwas in mein Büchlein. »Wollte nur sichergehen, daß die gelben Rosen gesund und munter hier angekommen sind.«

»Na klar sind sie angekommen. Ich bin zu dem blöden Blumenladen hin und hab sie gekauft. Dann hab ich sie nach Haus gebracht. Hab sie meiner Frau zu unserem 57. Hochzeitstag geschenkt.« Er wurde zunehmend aggressiv.

»Eine nette Geste«, sagte ich. Ich drehte mich wieder zum Wagen, aber jetzt wollte er mich nicht gehenlassen und fing an, nach seiner Frau zu rufen.

Die Frau quälte sich all meinen Protesten zum Trotz nach draußen auf die Veranda und unterstützte ihren Mann bei jeder öden Einzelheit über die gelben Rosen. Sie war eine grauhaarige alte Schachtel, die sich mit einer von diesen mit Rädern versehenen Gehhilfen aus Aluminium langsam und schmerzvoll vorwärts bewegte. Sie hieß Marsupilami oder so ähnlich und war etwas schwerhörig, deswegen zog sich das Gespräch zwischen den beiden endlos hin. Wäre ich einer von diesen Detektiven, die mit einer Knarre herumlaufen, hätte ich sie wahrscheinlich herausgeholt und mich auf der Stelle erschossen, um meine Langeweile zu beenden. Endlich konnte ich mich losreißen, wobei wir alle drei angewidert und verwirrt die Köpfe schüttelten und insgeheim die Namen unserer verschiedenen Götter anriefen.

Der Besuch bei meinem nächsten Kunden ging schnell und erforderte keine Maskerade meinerseits. Zwei Möbelwagen standen vor einem Haus, das aussah, als sei es einst ein trautes Heim gewesen. Die Möbelpacker luden seine Sachen in den einen Wagen und ihre in den anderen. Auch die gelben Rosen waren vor dem Haus. In der Mülltonne.

In der Großstadt gibt es Millionen solcher Geschichten, dachte ich. Warum, zum Teufel, soll es nicht auch in der Kleinstadt ein paar davon geben?

Ich fuhr zur dritten Adresse. Unterwegs legte ich eine Pause ein, um einen Kaffee zu trinken, und rief von einer Telephonzelle aus in Pat Knox' Büro an. Wir verabredeten uns zu einem unauffälligen Mittagessen in einem etwas schrägen kleinen mexikanischen Restaurant, das sich durch Kunstfertigkeit im Umgang mit den Black Velvets auszeichnete wie auch durch die fehlende Klientel aus dem Rathaus.

Als ich die dritte Adresse erreichte, war ich ein wenig überrascht. Es war das Krankenhaus. Genau wie Al gesagt hatte, gelbe Rosen für den Freund im Krankenhaus. Aber ich mußte sichergehen. Also informierte ich mich an der Rezeption, ging in den vierten Stock hoch, ließ mir von einer Krankenschwester den Weg zeigen und kam am Zimmer einer Frau in einem Krankenhausbett vorbei, die sich *Ein ausgekochtes Schlitzohr* ansah. Die gelben Rosen standen neben dem Bett. Ließen ein bißchen die Köpfe hängen, aber das tat Burt Reynolds' Wonnenudel schließlich auch. Der Spielstand meiner Blumenschau stand 0 : 3 gegen mich. Der letzte Kunde konnte bis nach dem Mittagessen warten. Schieres Glück hat das so an sich. Man kann es nicht erzwingen.

Als ich mich an dem kleinen Ecktisch in dem kleinen mexikanischen Restaurant der kleinen Richterin gegenübersetzte, sah ich sofort, daß sie fröhlicher drauf war als ich. Sylvia Plath wäre fröhlicher gewesen als ich.

»Was für ein Team«, flüsterte sie und glänzte fast vor Aufregung.

»Ich weiß nicht«, sagte ich. »Es gibt Leute – vielleicht einfach Fälle von Zurückgebliebenheit –, die sich, wenn sie schon lange erwachsen sind, noch für High-School-Sport begeistern können. Für sie ist die Aussicht, in den Campusknast zu wandern, ein wahrer Leuchtturm des Lebens. Für mich dagegen ist die Aussicht, in den Bau zu wandern –«

»Ich rede von *uns,* du Knallkopf. *Wir* sind das Team.«

»– weniger wichtig als die Aussicht, auf die Herrentoilette zu wandern.«

Ich mußte pissen wie ein Rennpferd. Aber ich hatte noch einen anderen Grund, aufzustehen und meinen Abtritt vom Tisch zu organisieren, in den ich Richterin Knox nicht einweihte. Ich wollte das Restaurant, den kurzen Flur und die Herrentoilette nach etwaigen großen, kräftigen Deputys absuchen, die Frances Kaiser von unserem kleinen Rendezvous hätten berichten können. Ich war nicht paranoid oder so. Es beunruhigte mich auch nicht übermäßig, daß ich zunehmend in einer geistigen Verfassung operierte, die einiges gemein hatte mit der des Spions, der aus der Kälte kam.

Ich kehrte an den Tisch zurück, setzte mich und starrte konzentriert die Richterin an.

»Schieß los«, sagte ich.

»Ich hab noch eine 76jährige Frau gefunden, die an ihrem Geburtstag gestorben ist. Ist etwa zwanzig Meilen von hier in Center Point passiert. Der Tod wurde als Unfall deklariert.«

»Das ist Wahnsinn. Wir arbeiten praktisch undercover. Sheriff Frances zieht ihr eigenes Ding durch. Die Zeitungen können bloß mit Gerüchten aus dem Gericht aufwarten, deswegen haben sie die Geschichte noch nicht gebracht. Und inzwischen zieht so eine Bestie sechs kleinen alten Damen den

Stöpsel raus, und Gott weiß, wann oder ob sie damit jemals wieder aufhört.«

»Wenn die Zeitungen davon Wind kriegen – und das werden sie –, gibt das eine Panik, wie man sie seit dem Würger von Boston nicht mehr gesehen hat. Es liegt ganz an uns, Richard.«

»Ich hatte befürchtet, daß du das sagen würdest.« Ich stocherte halbherzig in meinem Carne Guisada herum. »Aber ich hab's gern, wenn du mich Richard nennst.«

»Was ist mit den gelben Rosen?« fragte die Richterin prüfend. »Was hast du heute morgen herausgefunden?«

»Daß in der Gegend hier im Laufe der letzten Woche nur viermal gelbe Rosen gekauft worden sind. Über drei davon weiß ich schon Bescheid. Das viertemal kamen sie aus dem kleinen Laden am Veteranenfriedhof. Dem wollt' ich nach dem Essen nachgehen. Sie wurden an die Adresse hier geschickt.«

Ich zeigte Pat Knox den letzten Namen und die Adresse auf meiner Liste. Sie musterte den Zettel.

»Das liegt ganz in der Nähe. Hier gibt's mehrere Altenheime. Könnte eins davon sein.«

»Wahrscheinlich stecken wir beide im Altenheim, bevor wir den Fall hier aufgeklärt haben«, sagte ich.

»Dahin geh ich mit«, sagte die Richterin. Sie stand auf, und es sah aus, als wäre das Mittagessen vorbei.

»Nur wenn du versprichst, eine Runde Krocket mit mir zu spielen«, sagte ich.

24

Beim Alpine Village Retirement Center schien nicht besonders viel los zu sein, als die Richterin ihren Wagen dort am Seiteneingang abstellte. Allerdings war beim Alpine Village Retirement Center wahrscheinlich nie besonders viel los. Es war nicht gerade der ideale Platz, den man aufsuchte, wenn man ein Heidenspektakel veranstalten wollte.

»Sieht ja totenstill aus«, sagte ich, als wir aus dem Wagen stiegen.

»Das Äußere täuscht manchmal«, sagte die Richterin. »Warum sonst sollten 95 Prozent der von mir geschlossenen Ehen später in Scheidung oder Schlimmerem enden?«

»Was ist schlimmer als Scheidung?«

»Da mußt du die restlichen 5 Prozent fragen.«

»Lieber Himmel«, sagte ich und legte meine brennende Zigarre liebevoll auf dem nächsten Fensterbrett ab. »Da bin ich ja fast froh, daß ich mich noch nicht als heterosexuell geoutet habe.«

Als wir die Tür öffneten und aus dem glühend heißen Sommernachmittag in den Seitenflügel des Heims hineinschritten, hatten wir das Gefühl, als hätten wir es uns gerade in den Kühlräumen eines Schlachthofs gemütlich gemacht.

»Wenn ich gewußt hätte, daß die Reise zur Eisstation Zebra geht«, sagte ich, »hätt ich meine lange Unterhose angezogen.«

»Pssst«, machte die Richterin heftig.

Der Korridor war seltsam ruhig und leer. Die einzigen Menschen, an denen wir vorbeikamen, waren ein junger schwarzer Pfleger und etwas, das aussah wie eine Vogelscheuche im Rollstuhl. Man konnte nicht sagen, ob die Vogelscheuche männlich oder weiblich oder lebendig oder tot war. Ungefähr das einzige, was man sagen konnte, war, daß sie auf jeden Fall die Vögel im Rollstuhl fernhielt.

Im Geist kehrte ich zum letzten Mal zurück, wo mein Vater

und ich Doc Phelps besucht hatten. Er lag im Landeskrankenhaus in der Nähe von Silver Spring in New Mexico. Marcie hatte ihn besucht, einige Jahre bevor man ihn dorthin gebracht hatte. Sie hatte mir erzählt, er sähe ganz dünn und zerbrechlich aus und läge im Bett wie Rip van Winkle, um dessen kleines Haus Sturmwolken tobten. Er habe gesagt, Hildas Geist habe ihn gepiesackt, im Garten endlich das Unkraut zu jäten. Dann hatte Doc zu Marcie gesagt: »Ich bin sehr glücklich, denn ich habe in meinem Leben viele Menschen geliebt und liebe sie immer noch.« Marcie sagte, sie habe an seinem Bett gesessen und einfach nur geweint.

Als Tom und ich Doc besuchten, war er schon lange im Krankenhaus, saß neben schreienden Menschen, die mit Plastikbesteck aßen, und wurde wie ein Sack Kartoffeln von jungen Pflegern herumgeschubst, die nicht wußten oder denen es egal war, daß Doc mit seiner schönen jungen Frau hinten auf dem Motorrad in den dreißiger Jahren die ganze Strecke von New York nach San Francisco zurückgelegt hatte. Ich hob Docs Vogelbeine einzeln hoch und setzte ihn auf den Beifahrersitz, als wir mit ihm zum Mittagessen ins Restaurant fuhren. Wie ein kleines Kind hatte er mir durchs Fenster zugelächelt, der Mann, der uns alle so oft in die Hügel und durch die Canyons, durch Sommer und Kindheit geführt hat. Im Restaurant schien Doc abwechselnd lichte und dunkle Momente zu haben, was meinem eigenen Gesprächsstil eigentlich ganz ähnlich war. Ich quatschte über Santa Monica in Kalifornien, wo die Leute auf Parkbänken am Meer saßen und alte Menschen Shuffleboard spielten. Ich sagte, da draußen gäbe es viele verrückte und enorm kreative Leute, weil man nachts am Rand der Klippen stehen und aufs Meer hinausschauen könne und einem klar wurde, daß man nicht weiter laufen könne, daß hier das Ende erreicht sei.

»Kaum«, sagte Doc. Das war einer seiner lichteren Momente.

Im weiteren Verlauf des Essens erzählte Doc immer wieder die Geschichte oder den Witz von der Frau und dem Gorilla im Londoner Zoo. Heute, wo ich daran zurückdenke, halte ich die Frage für wichtig, ob diese weitschweifige Erzählung eine Geschichte oder ein Witz war, denn Doc gehörte zu den gütigsten, weisesten Menschen, die ich je gekannt habe, und seine Worte hätten vielleicht etwas Licht in das Problem gebracht, ob das Leben eine Geschichte oder ein Witz ist. Aber das Leben schubste mich wie ein Pfleger zu schnell weiter, als daß ich mich hätte erinnern können, was er gesagt hatte, und jetzt ist es zu spät, ihn zu bitten, es mir noch einmal zu erzählen.

Als wir an jenem Tag ins Krankenhaus zurückfuhren, verlor Doc zunehmend die Orientierung. Tom fragte ihn, ob er wisse, wo wir seien. Doc antwortete nicht. Tom fragte ihn, ob er wisse, wer Tom sei. Doc schien verwirrt und sagte nichts. Im Krankenhaus setzte der Pfleger ihn wieder in den Rollstuhl, und Tom und ich begleiteten ihn auf sein Zimmer. Es war in einer Art fluoreszierender Elfenbeinfarbe gestrichen, und darin stand ein kleines Bett, das auf beiden Seiten Gitter hatte wie die Wiege für ein Riesenbaby. Der Pfleger setzte den fast katatonischen Doc in einen Stuhl. Im ganzen Zimmer gab es kein Bild, keinen Brief, kein Kleidungsstück, nichts, was auf das tiefe, reich verzierte Gewebe hingewiesen hätte, aus dem der vibrierende, bunte Mantel von Docs Leben bestand.

Ich stand an der Tür, während mein Vater mit den menschlichen Überresten seines alten Freundes ein leises, einseitiges Gespräch führte. Schließlich kam Tom an die Tür, sagte noch einmal Lebewohl, und beide sahen wir, wie Doc sprachlos etwas anstarrte, das noch keiner von uns sehen konnte. Als wir gehen wollten, sprach Doc, der immer noch ins Leere starrte, die letzten Worte, die wir je von ihm hören sollten: »Du warst mein bester Freund, Tom.«

»Komm schon«, sagte die Richterin und ergriff meinen Arm. »Im anderen Flügel ist irgendwas los.«

Allerdings.

Krankenschwestern, Pfleger und Deputys hasteten durcheinander wie Mäuse um Mitternacht unter einem Vogelhäuschen. Das Treiben konzentrierte sich, wie wir schnell entdeckten, auf ein Zimmer, das einer gewissen Gertrude McLane gehörte. Derselbe Name stand auf dem Zettel, den ich Richterin Knox gezeigt hatte. Die Empfängerin eines Dutzends gelber Rosen.

Und die waren auch da. In einer Vase in der Ecke. Auch Gerti war da. Allerdings konnten wir bloß ein zweigdünnes Bein und eine krallenähnliche Hand sehen, die aus der Mitte eines elektrisch verstellbaren Bettes herausragten, dessen beide Enden jemand solange hochgefahren hatte, bis sie sich oben grausam getroffen hatten.

Die Richterin und ich starrten in stummem Entsetzen, bis wir eine bekannte Stimme hörten und herumfuhren. Es war die grimmige und stattliche Gestalt von Sheriff Frances Kaiser.

»Ihr kommt zu spät zur Pyjamaparty«, sagte sie.

25

»Vor vielen Jahren«, sagte Onkel Tom, »versammelte sich ein Indianerstamm an einem Lagerfeuer wie dem unseren. Es war bei diesem Stamm Brauch, daß sich der alte Häuptling am Ende des Tages vom Feuer erhob und jeder sich mit Problemen oder Fragen an ihn wenden und um Rat bitten durfte. Er war ein weiser alter Mann und schon seit langer, langer Zeit Häuptling.«

Jenem apokryphen Indianerstamm nicht unähnlich, hatten

sich die Kinder auf ihren Decken unter dem Sternenzelt versammelt und lauschten Onkel Tom. Jenem Häuptling nicht unähnlich, war er ein weiser alter Mann, und Onkel Tom war schon seit langer, langer Zeit Onkel Tom. Als ich im Geiste auf all das zurücksah, was geschehen war, seit ich am Morgen die Wäsche abgeliefert hatte, wurde mir mit einigem Überdruß klar, daß auch Kinky seit vielen, vielen Jahren Kinky war. Willie Nelson hatte mir mal erzählt, er verstehe sich eigentlich am besten darauf, »in Schwierigkeiten zu geraten und wieder rauszukommen«. Vielleicht verstand ich mich nur auf die erste Hälfte.

»Aber ein paar junge Spunde fanden, der Häuptling würde zu alt«, fuhr Onkel Tom fort. »Sie wollten ihn vor dem gesamten Stamm blamieren. Also besprachen sie das alles an jenem Tag, und schließlich sagte einer von ihnen: ›Paßt auf, ich hab eine Idee. Ich geh in den Wald und fange einen kleinen Vogel, der in meine geschlossene Hand paßt. Heute abend frage ich den Häuptling am Lagerfeuer, ob der Vogel lebt oder ob er tot ist. Wenn er sagt, er lebt, preß ich meine Faust kurz zusammen, öffne sie und zeige allen, daß er tot ist. Wenn er sagt, er ist tot, mach ich einfach die Hand auf, und der Vogel fliegt davon. In jedem Fall steht der alte Häuptling vor dem ganzen Stamm als Idiot da.‹«

Ich selbst fühlte mich auch einigermaßen idiotisch. Nachdem wir im Altenheim Sheriff Frances in die Arme gelaufen waren und mehrere zerbrechliche Gliedmaßen von Gert Mc Lane aus jener Bärenfalle von Krankenhausbett hatten herausragen sehen, hatten wir den Rest des Nachmittags im Sheriffsbüro verbracht und wie Schulkinder eine Standpauke über uns ergehen lassen müssen. Es sei ihr Fall, ihre Zuständigkeit, und sie werde alles Erforderliche tun, um unsere Einmischung ein für allemal zu unterbinden. *Alles* Erforderliche, sagte sie. Soviel war da gar nicht mehr erforderlich, dachte ich. Ich war schon drauf und dran, in ein Flugzeug nach New

York zu hüpfen, wo es den Leuten scheißegal ist, was man tut. Was hielt mich eigentlich noch? Ja, was eigentlich?

Ich sah mich in dem verzückten Kreis kleiner Gesichter um, die alle auf Onkel Tom gerichtet waren. Selbst die Helfer und die älteren Kinder, die diese Geschichte schon oft gehört hatten, lauschten aufmerksam. Ach zum Teufel, ich doch auch.

»Als das Essen und die Zeremonien und die Geschichten und die Tänze vorbei waren«, sagte Onkel Tom, »erhob sich an jenem Abend der alte Häuptling, trat vor den Stamm und fragte, ob jemand ein Anliegen oder etwas zu sagen habe. Da stand der junge Spund im Hintergrund auf, kam nach vorne in den Feuerschein und streckte eine Faust aus. Er sprach: ›O großer Häuptling, ich habe eine Frage, die ich dir stellen möchte. Ich halte in meiner Hand einen kleinen Vogel. Die Frage, die ich dir stellen möchte, o großer weiser Häuptling, lautet: Lebt der Vogel in meiner Hand, oder ist er tot?‹

Der alte Häuptling merkte natürlich sofort, was der junge Spund im Schilde führte. Er versuchte, ihn vor dem ganzen Stamm zu blamieren, denn egal wie die Antwort des Häuptlings auf die Frage ausfiele, dieser stünde als der Dumme da. Der Häuptling dachte einen Augenblick nach. Dann sah er den jungen Mann an und sagte: ›Du bist mit einer Frage zu mir gekommen. Du sagst, du hältst einen kleinen Vogel in der Hand, und du fragst mich, ob der Vogel lebt oder ob er tot ist.‹«

Jedes Kind hörte atemlos zu und beobachtete Onkel Tom, der seinen Arm mit geschlossener Faust dramatisch zum Himmel erhob und die letzten Worte des alten Häuptlings intonierte:

»›Die Antwort auf deine Frage lautet: Das, mein Sohn, hangt ganz von dir ab.‹«

Am späteren Abend, nachdem die Glocke den Zapfenstreich geläutet hatte, genehmigten Tom, Sambo und ich uns einen Imbiß in der Küche des Sommerhäuschens. Ich trank

Kaffee und aß ein Brötchen, Tom trank Milch und las seine Zeitung, und Sambo und er teilten sich eine ganze Menge Brötchen. Das war ein Ritual der beiden, und ihnen dabei zuzuschauen verschaffte einem fast das Gefühl, auf der Welt sei alles in Ordnung.

»Es ist gar keine Frage«, sagte ich. »Diesmal meint Sheriff Frances es ernst. Sie kann sich eine einstweilige Verfügung besorgen. Sie kann mich einbuchten lassen. Sie kann mir wirklich die Hölle heiß machen, wenn ich nicht die Finger von dem Fall lasse.«

»Und was meint Pat Knox dazu?«

»Sie ist Teil des Schlamassels. Da steht die große Frances Kaiser mit den Händen in die Hüften gestemmt in der Tür und schaut mir hinterher, als ich ihr Büro verlasse, und hinter ihr sitzt die kleine Richterin und winkt mir zu. Ich stehe zwischen zwei Frauen und treib's mit keiner von beiden.«

»Das hör ich ja zum ersten Mal«, sagte Tom und gab Sambo noch ein Brötchen.

»Was aber viel schlimmer ist«, sagte ich, »wenn ich weiter hier rumhänge, zweistündige Naturwanderungen zu den Kristallkellern oben am Echo Hill veranstalte, im Gartenklub anpacke, am Lagerfeuer Lieder singe, dann sterben vielleicht noch mehr Menschen. Es gibt da bestimmte Spuren, abgedrehte Verdachtsmomente, denen ich nachgehen will, die Sheriff Frances aber nie und nimmer verfolgen würde, nicht mal, wenn ich sie ihr erklären könnte. Wenn man einen Fall wie den hier lösen will, erfordert das einen etwas abgedrehten Geist.«

»Hört sich an, als bräuchten sie dich, mein Junge«, sagte Tom jovial.

»Natürlich. Sie wissen es bloß nicht. Und ich weiß nicht, ob es sich lohnt, dafür meine Gesundheit, mein Glück und meine persönliche Freiheit aufs Spiel zu setzen, oder das, was davon noch da ist.«

»Das, mein Sohn, hängt ganz von dir ab«, sagte Tom und wandte sich wieder dem Sportteil des ›Austin American-Statesman‹ zu.

»Gibt es auf der Ranch hier ein Echo? Ein moralisches Dilemma hat mir gerade noch gefehlt. Verdammt, ich habe es im Leben nicht soweit gebracht, damit andere mir jetzt sagen dürfen, was ich zu tun und zu lassen habe. Ich bin meinen eigenen Weg gegangen. Ich habe hart gearbeitet. Ich bin der Wäschefahrer! Ich bin der Kolibrifütterer!«

Tom ließ die Zeitung sinken.

»*Ich* bin der Kolibrifütterer«, sagte er und gab Sambo noch ein Brötchen.

26

In der Regel wird es nicht als normal erachtet, wenn ein erwachsener Mann sich jeden Abend darauf freut, mit einer Katze zu schlafen. Aber die frühen Arbeitszeiten des Wäschefahrens und der zusätzliche Streß, die Handarbeit eines außergewöhnlich begabten Serienmörders zu begutachten, machten mich fertig. Ich war mir dunkel bewußt, daß Pam Stoner in ihren ausgewaschenen, perfekt sitzenden, verbrecherisch weit oben abgeschnittenen Shorts im Handwerkskorral aufgeblieben war und sich um den Brennofen kümmerte. Ich hatte schon genug damit zu tun, mit der Katze zu kuscheln und gelbe Rosen zu zählen. Lange bevor die Lagerfeuerasche erkaltet war, hatte ich mich entschieden, daß ich meine Faust niemals zusammenpressen und den Vogel nicht töten würde. Ich würde meine Hand öffnen und ihn fortfliegen lassen. Auf seltsame Weise wußte ich, daß die weitere Entwicklung dieses Falls ganz von mir abhing.

Wenn man jemals die Wahl hat, entweder zerknirscht oder

großspurig zu sein, sollte man großspurig sein. Für Zerknirschung ist später immer noch Zeit, wenn sich erst einmal herausgestellt hat, wie entsetzlich und unwiderruflich man sich geirrt hat. Und dann ist es natürlich viel zu spät, um noch großspurig zu sein.

»Vielleicht ist es arrogant«, sagte ich zur Katze, »aber wenn ich dem hier nicht auf den Grund komme und herausfinde, warum jemand diese alten Damen abmurkst, dann bezweifle ich, daß irgend jemand das schafft. Ist das denn so fürchterlich unbescheiden?«

Die Katze, die von Natur aus narzißtisch war, kümmerte das nicht sonderlich.

»Wie Golda Meir mal bemerkte: ›Sei nicht so bescheiden – so toll bist du gar nicht.‹«

Auch von dieser Aussage ließ sich die Katze zu keiner Reaktion hinreißen. Politik und Kultur des Nahen Ostens hatten sie nie besonders interessiert. Unter einem faszinierenden Land stellte sie sich wahrscheinlich Sardinien vor.

Gegen halb zwölf kippte ich mir einen Jameson ein bißchen zu schnell hinter die Binde und brauchte fast ein Heimlichmanöver. Teuflische Art abzutreten. Hank Williams, Gandhi und die Katze hängen rum und schauen zu, wie du erstickst. Ungefähr zu der Zeit, wo Cinderella ihren Schuhfetischisten trifft, hatte ich mich soweit erholt, daß ich meinen Sarong anlegen und ins Bett gehen konnte. Aber ich schlief nicht ein.

Ich dachte an ein wiederkehrendes Motiv bei diesem Fall. Etwas, das über das Offensichtliche – die gelben Rosen, die Gleichaltrigkeit aller umgekommenen alten Damen – noch hinausging. Es war ein winziges Detail, da war ich mir sicher; unwichtig, unlogisch, gerade eben das Bewußtsein kitzelnd. Bloß ein Gefühl, daß ich mehrmals etwas gesehen oder gehört hatte, bei dem ich hätte stutzig werden müssen.

Ich dachte an ein Gespräch über Baseball, das ich vor einigen Wochen mit Tom geführt hatte. Ich hatte ihn gefragt, wer in der Baseball-Geschichte den Rekord für *Runs Batted In* bei der Benennung der All-Star-Mannschaften hielt.

»Jimmy Foxx«, hatte er gesagt.

»Falsch.«

»Nicht Jimmy Foxx?«

»Nicht Jimmy Foxx. Nicht Jimmie Rodgers. Nicht Jimi Hendrix.«

»Wer ist Jimi Hendrix?«

»Hat in der Negerliga gespielt. Gibst du auf? Okay, ich verrat's dir. Hank Greenberg, 1935 – 103 RBIs bei einer All-Star-Pause, und sie haben ihn nicht mal in die All-Star-Mannschaft berufen.«

Beide schüttelten wir betrübt die Köpfe.

»Stimmt«, sagte Tom. »Ich erinnere mich. Die wurden damals von Mickey Cochran trainiert, einem wüsten Antisemiten.«

»Immer nett, so was Nutzloses zu wissen.«

Tom sah mich einen Augenblick an und schien dann an etwas zu denken, das lange zurücklag.

»Es *gibt* kein nutzloses Wissen.«

Als ich das Gespräch in dem weiten und leeren Land zwischen meinen Ohren noch einmal ablaufen ließ, wurde mir klar, daß Toms letzter Satz eine große Wahrheit enthielt. Es gibt kein nutzloses Wissen. Ein Prinzip, das für Leben, Liebe, Baseball und Mordermittlungen gilt. Und sogar für nutzloses Wissen.

Diese nutzlosen Gedanken gingen mir durch den Kopf, und ich rangelte mit der Tür zum Traumland, als ich in der Dunkelheit in der Nähe meines Kopfes einen lauten Knall nachhallen hörte. Die Katze und ich hüpften vor Schreck zur Seite. Zu meiner Erleichterung klopfte bloß jemand an die Caravantür. Ein Caravan, noch dazu ein ältliches Modell wie meins, das sich nie mehr von der Stelle rühren wird, hat eine

Metallhaut wie ein U-Boot, die ein ganz normales Klopfen nachts in eine fast psychedelische Hörerfahrung verwandeln kann.

Ich öffnete die Tür des grünen Trailers und sah, wie zwei grüne Augen mich anstarrten. Entweder war das ein atomar mutierter Hase, oder Pam Stoner hatte beschlossen, beim Observieren getöpferter Aschenbecher, die im Brennofen vor sich hin härteten, eine Pause einzulegen.

»Komm rein«, sagte ich. »Du hast mich zu Tode erschreckt.«

»So wirk ich nun mal auf manche Männer«, sagte sie.

Ich ging zur Flasche Jameson auf dem kleinen Tresen neben der Spüle rüber und goß zwei ordentliche Gläser ein. Pam hob ihr Glas zum Toast.

»Auf unseren Amateur, Big Dick«, sagte sie. »Ich hoffe, du kriegst raus, wer all die kleinen alten Damen umbringt.«

»Woher hast du das denn?«

»Ach weißt du, das spricht sich rum. Die Ranch ist eine Gerüchteküche. Da kriegt ein Mädchen so einiges mit.«

»Und ich dachte die ganze Zeit, ich hätte mich erfolgreich als einsamer Wäschefahrer des Lebens verkleidet.«

»Keine Angst. Bei mir sind all deine Geheimnisse gut aufgehoben. Und ich wette, du hast n ganzen Haufen davon.«

Wir stießen an, kippten unseren Whiskey, und ich spürte, wie meine Hand Pam weich durchs Knabenhaar fuhr und dann ihren Frauenkörper hinab. Sie hatte jene seltene Fähigkeit mancher Frauen, selbst im Licht der Glühwürmchen noch phantastisch und sinnlich auszusehen. Ich küßte sie einmal sanft. Dann länger und härter, bis ihre Lippen sich so vertraut anfühlten wie das gutgearbeitete Gurtband des ersten Baseballhandschuhs eines Kindes.

»Ich werd dir ein Geheimnis verraten«, sagte ich.

»Hast du schon.«

27

Als Chuck Berry zum ersten und letzten Mal Disneyland besuchte und dort all die übergroßen Figuren aus Disneys Comics sah, die ihn am Eingang begrüßten, waren seine ersten Worte wie verlautet »Fuck you, Mickey Mouse«. Ungefähr dasselbe Gefühl erfaßte mich bei dem Gedanken an Sheriff Frances und ihre Günstlinge, von denen mich einer wie mir auffiel, am nächsten Morgen in einem zivilen Streifenwagen erwartete, als Dusty und ich am Viehzaun vorbeidüsten und den Highway 16 nach Kerrville runterfuhren. Ein Typ mit einem großen Kopf und einem großen Cowboyhut setzte sich in einiger Entfernung hinter uns.

»Wir haben, scheint's, einen Beschatter bekommen«, sagte ich.

»Der Flüssigkeitsstand der Scheibenwaschanlage ist zu niedrig«, sagte Dusty.

»Nach der letzten Nacht«, vertraute ich ihr an, »wäre dein Flüssigkeitsstand auch zu niedrig.«

Dusty hüstelte höflich. Der Deputy klebte an uns wie Fliegendreck am Rückspiegel. Für einen Deputy war der Ort so gut wie jeder andere. Die Tanzkarte, die so einer im Leben ausgeteilt bekommt, ist selten ganz voll. Nicht daß mein Dasein so geschäftig und arbeitsam wäre; ich hatte bloß Besseres zu tun und kannte angenehmere Orte, als am Rückspiegel fremder Leute Fliegendreck zu spielen. Also beschloß ich, mit der Ermittlung weiterzumachen, bis man mich gewaltsam vom Streben nach Wahrheit abhielt. Und das Streben nach Wahrheit, wußte ich aus Erfahrung, war fast so schwierig und gefährlich wie das Streben nach Glück. Auch war mir auf meinen Reisen aufgefallen, daß dieses doppelte Streben unter einem Unstern stand, denn kaum hatte man endlich eins von beiden gefunden, schien einem das andere gerade auf geheimnisvolle Art und Weise abhanden zu kommen.

Ich stellte Dusty auf dem Parkplatz des kleinen Blumenladens am Veteranenfriedhof ab, mit dem Fliegendreck immer noch im Rückspiegel und Vorahnungen, die den Horizont verdunkelten. Der Kerl hatte seinen Laden grad erst aufgemacht und rückte Blumentöpfe hierhin und dorthin, als ich zur Tür hereinkam. Ich bekam nicht den Empfang, den ich erwartet hatte. Der Typ, der letztesmal den Eindruck gemacht hatte, als würde er mir jederzeit bereitwillig ein äthergetränktes Kleenex reichen, schien heute unerklärlicherweise ganz hingerissen, als er mich sah.

»Kinkster!« rief er. »Darf ich mich vorstellen? Boyd Elder ist mein Name. Warum haben Sie nicht gleich gesagt, daß Sie der Kinkster sind?«

»Ich bin nicht der Kinkster«, sagte ich und versuchte, Zeit zu schinden, bis ich kapiert hatte, was hier eigentlich los war. »Ich bin ein Kinkyimitator.«

Boyd Elder lachte. Er war freundlicher, hatte aber immer noch dieses gefährliche, schrille Redneck-Lachen. Lachen ist eine Unterschrift, die sich nur schwer fälschen läßt.

»Ich hab alles über Sie gelesen«, sagte er. »Gleich hier in der ›Kerrville Mountain Sun‹.« Er wedelte vor meinen ungläubigen Augen mit der Zeitung herum.

»Jou«, sagte Elder, »Sie arbeiten da an nem echt interessanten Fall. Wie viele kleine alte Damen hat er um die Ecke gebracht? Fünf oder sechs?«

»Kann ich mal sehen?«

Elder schob mir die Zeitung rüber, und ich überflog den Bericht auf der Titelseite. Die Zeitung war von heute, in der Namenszeile stand J. Tom Graham, und so ziemlich alles, einschließlich meiner Verwicklung in den Fall, war jetzt Wissen der Allgemeinheit. Das gab dem Fluß natürlich einen neuen Verlauf. Die Ermittlung mußte den Turbo einlegen. Aber viel schlimmer war, daß der Verstand des Killers eine gefährliche Veränderung um 180 Grad durchmachen konnte, ganz abgesehen davon, daß der Bericht unter den geriatrischen Menschenmengen in Hill Country Angst und Schrekken verbreitete. Andererseits galoppierte der Fall nicht gerade seinem Abschluß entgegen. Wenn wir alles ins Licht der Öffentlichkeit zerrten, starb der Mörder vielleicht am Sonnenbrand.

»Wenn ich was tun kann«, sagte Boyd Elder gerade, »würd ich mich glücklich schätzen; also meine Hilfe ham Sie. Mensch, haste Töne. Da komm Sie die ganze Strecke aus New York runter, um hier in Kerrville diesen Mordfall anzupacken. Einmal Texaner, immer Texaner. Stimmt's oder hab ich recht, Kinkster? Ich darf Sie doch Kinkster nennen?«

Boyd Elder lachte wieder. Dasselbe Lachen. Wahrscheinlich würde er lachend sterben. Wenn er nicht aufpaßte, würde ich dem Schicksal nachhelfen und ihn eigenhändig erwürgen.

»Wenn Sie helfen wollen«, sagte ich, »dann machen Sie folgendes. Diese Blumen, die Sie da letzte Woche an Gert McLane geschickt haben – die Dame im Altenheim in der Water Street –, können Sie rausfinden, wer die bestellt hat?«

»Die sind telephonisch bestellt worden. Ich such ma eben den Abschnitt von der Kreditkarte raus. Bin sofort zurück.«

Er ging in sein Büro, und ich hörte, wie er Ordner und Schubladen durchwühlte und allgemein so emsig war wie eine kleine Honigbiene, die dem großen Mietschnüffler half, der die ganze Strecke aus New York runtergekommen war, bloß um diesen Fall zu lösen. Das war natürlich nicht der Grund, warum ich nach Texas gekommen war, aber ich mußte zugeben, gedruckt machte es sich gut. Ich überflog noch einmal den Bericht und fragte mich, was zum Teufel wohl als nächstes passieren würde. Es gab Millionen Möglichkeiten. Der Killer konnte Urlaub machen, bis Gras über die Sache gewachsen war. Er konnte dreister werden. Versuchen, Kontakt mit der Zeitung aufzunehmen oder mit Sheriff Frances oder sogar mit dem Kinkster. Er konnte in der Publicity schwelgen und sein Mordtempo beschleunigen. Nichts war unmöglich, keine Wette hatte besonders gute Chancen.

»Da ist er ja«, grölte Elder. »Gute Buchhaltung macht sich immer bezahlt.« Ich nahm dem Floristen den kleinen Zettel ab.

Der Name auf dem Abschnitt lautete V. Finnegan. Daneben standen eine Telephon- und eine Kreditkartennummer. Elder überließ mir liebenswürdigerweise den Kreditkartenabschnitt und die Zeitung. Wir tauschten Telephonnummern und Hobbys aus, und ich sagte, ich würde mich bei ihm melden, wenn mir noch was einfiele.

»Sie haben uns einen großen Dienst erwiesen«, sagte ich. »Das bringt uns seiner Identifizierung ein ordentliches Stück näher.«

»Da bin ich mir nicht so sicher«, sagte Elder.

»Wieso nicht?« fragte ich, steckte den Zettel in die Tasche und zündete mir eine Zigarre an.

»Cherchez la femme«, sagte er mit so grauenhaftem Akzent, daß jeder Frosch mit ein bißchen Selbstachtung sofort panisch nach der nächsten Pfütze gesucht hätte. Aber ich war weder Frosch noch Froschfresser. Ich wollte bloß, daß die Geschichte endlich ein Ende fand.

»Spucken Sie's aus, Boyd«, sagte ich. »Wovon reden Sie eigentlich?«

»Die Anrufer*in*«, sagte er, »das war eine *Frau.*«

Elder lachte nicht.

Ich auch nicht.

28

Ich schaute im Pampell's vorbei, um einen Kaffee zu trinken, mich etwas zu beruhigen und nachzuschauen, ob Jimmie Rodgers' Geist immer noch im alten Opernhaus herumhing. Nachdem ich zum drittenmal von mir kaum bekannten Leuten gefragt worden war, wie ich bei dem Fall denn vorankäme, verließ ich nervös das Gekrös und verpißte mich samt Kiste. Ich fuhr Dusty an der Abbiegung zur Ranch vorbei und weiter zu Earl Buckelew. Ich mußte die ganzen Leute eine Zeitlang loswerden, und dafür war Earls Anwesen einfach ideal. Nur Earl und sein schwarzer Kater mit den sechs Zehen. Keiner der beiden stellte zu viele schwere Fragen. Ich wußte, daß Sheriff Frances über den Bericht in der ›Mountain Sun‹ nicht besonders glücklich sein würde. Ich konnte mir auch nicht so recht vorstellen, daß mein Vater hocherfreut darüber sein würde, da er eindeutig einen großen Schritt hin zur Zerstörung der Trennung zwischen Ranch und Staat markierte. In dem Artikel wurde nicht nur ich ausdrücklich erwähnt, sondern auch Echo Hill. Es war nicht gerade ideal, seine Mordermittlung aus einem Sommercamp für Kinder heraus durchzuführen.

»Soso«, sagte Earl Buckelew und zeigte mit dem Stock auf sein eigenes Exemplar der ›Mountain Sun‹, »jetzt weiß *er* also, wer *du* bist, und *du* weißt nicht, wer *er* ist.«

»Ich bin nicht mal mehr sicher, ob Er ein er ist«, sagte ich. »Die Blumen, die zum letzten Opfer geschickt wurden, hat eine Frau bestellt. Und außerdem muß man mit Nadel und Faden verflixt gut umgehen können, um jemandem die Lippen zusammenzunähen. Du nähst nicht zufällig, oder?«

»Ich nähe nicht, ich kaue nicht, und ich spiel nicht mit Mädchen, die's tun.«

Ich zeigte Earl den Kreditkartenabschnitt mit der Telephonnummer. »Sieht aus wie ne örtliche Nummer, oder?«

»Das muß Bandera sein.«

»Was dagegen, wenn ich ein oder zweimal telephoniere?«

»Solange du nicht in Australien anrufst«, sagte er. Ich sah, daß er seine »I Climbed Ayers Rock«-Mütze aufhatte. 1985, ungefähr sechs Monate nach dem Tod meiner Mutter, hatten Earl, Tom, McGovern und ich – die vier apokalyptischen Reiter – Piers Akerman und seine Familie unten bei den Känguruhs besucht. Unsere Abenteuer werden ohne Zweifel eines schönen Tages ihren Chronisten finden, aber es ist nicht ganz nebensächlich anzumerken, daß Earl die Reise ungeheuer genossen hatte und jedesmal eine Art Rückfall erlitt, wenn späterhin Australien erwähnt wurde. Ich war fest entschlossen, es nicht soweit kommen zu lassen, daß er die Photoalben rauskramte.

»Dann wollen wir mal sehen, was passiert, wenn ich die Nummer dieser Madame V. Finnegan wähle, die die Blumen bestellt hat.«

»Wahrscheinlich abgemeldet«, meinte Earl und lehnte sich im alten grünen Schaukelstuhl seines Großvaters zurück.

»Das kann man nie wissen«, sagte ich, stand auf und ging zu Earls altem Telephon an der Wand. »Los geht's – 555-8826 ... keine Verbindung. Woher hast du das bloß gewußt?«

»Kein Mörder, der was auf sich hält, gibt dir ohne weiteres seine Telephonnummer.«

»Du würdest einen prima Detektiv abgeben.«

»Anfängerglück«, sagte Earl und zwinkerte. Sehr wenige Menschen wissen, wie man zwinkert, und noch weniger wissen, wann man zwinkert, aber Earl Buckelew wußte beides und hatte noch eine ganze Menge weiterer Gaben, und das ist nur ein kleiner Grund, warum ich ihn seit Ewigkeiten kenne und es mir immer noch wie ein Augenzwinkern vorkommt.

»Gut, dann ist es eben abgemeldet worden. Versuchen wir's mit der Kreditkartengesellschaft. Das ist ne 1-800-Nummer, die ist umsonst.«

»Bist du sicher, daß du nicht in Neuseeland anrufst?«

»Eher in Neuengland.«

Als McGovern und ich Australien verlassen hatten, waren Earl und Tom noch geblieben, waren ins Hinterland und nach Neuseeland gereist. Earl, der mal Schafschur-Champion gewesen war, liebte Neuseeland, wo es mehr Schafe als Menschen gab. Ich habe seit langer Zeit den Verdacht, daß es heutzutage auch in Amerika mehr Schafe als Menschen gibt. Es ist bloß schwerer, an die statistischen Daten und auch an die Wolle heranzukommen, weil sie so schwer zu unterscheiden sind. Nachdem wir Tom und Earl ihren Abenteuern überlassen hatten, waren McGovern und ich nach Tahiti rüber, wo wir eine unverhältnismäßig große Anzahl Transvestiten und Flitterwöchner trafen, und von dort aus setzte McGovern die Segel Richtung Rarotonga, ich kehrte zu einem Gig, den ich nicht absagen konnte, in die Staaten zurück und wurde so zum ersten Weißen, der je aus Australien ins Jüdischen Gemeindehaus in Houston, Texas, eingeflogen wurde.

Ich wählte die 1-800-Nummer und hörte zu, wie ein Automatendepp die ganze Liste mit den Tastenkombinationen runterratterte, die man drücken mußte, um sich dem Grund seines Anrufs zu nähern. Nachdem ich mir auch den Code für das Aufhängen an der Duschstange angehört hatte, verklickerte er mir endlich, was man machen mußte, wenn man noch ein Telephon mit Wählscheibe hatte. Earl hatte natürlich ein Telephon mit Wählscheibe. Für Earl war die ganze Welt noch eine Scheibe, und wenn man sich das fiebrige, gedankenlose, unglückliche Wesen moderner Zeiten anschaut, ist das vielleicht die beste aller möglichen Welten. Die Tonbandstimme bat mich zu warten.

Ich wartete.

Dann meldete sich die helle, muntere, lebhafte Stimme einer jungen Frau und sagte: »Hier ist Debbie Ahasuerus. Was kann ich für Sie tun?«

»Ich wollte bloß wegen einer Buchung von neulich auf meiner Kartenabrechnung nachfragen. Ich kann mich nicht an den Kauf erinnern.« Ich gab ihr die Kontonummer des Abschnitts durch.

Debbie Ahasuerus hatte die Information sofort parat. Ich hatte kaum Zeit, meine Zigarre anzuzünden.

»Die Haftung des Karteninhabers für dieses Konto wurde aufgehoben«, sagte sie. »Und wir haben da noch einen Vermerk. Unsere Sicherheitsabteilung arbeitet in dieser Angelegenheit mit dem Sheriffsbüro von Kerr County zusammen. Wir lassen das Konto einfach offen. Ist Ihnen das recht?« Sah aus, als ginge Sheriff Frances dem Fall tatsächlich nach.

Ich paffte ziemlich unruhig an der Zigarre. »Ja, geht in Ordnung.«

»Außerdem möchte Ihnen die Gesellschaft zum Hinscheiden Ihrer Frau Virginia ihr Beileid aussprechen, Sir.«

Ich murmelte Debbie Ahasuerus einige Dankesworte zu und hängte ein. In meinem Kopf klingelte etwas, als ich mich zu Earl umdrehte, der in seinem alten Stuhl schaukelte und ganz in Gedanken ins Leere starrte, etwas ansah, das wahrscheinlich lange vor meiner Geburt geschehen war. Dann kam mir plötzlich, von einem leichten Schauder begleitet, die Erleuchtung, daß die Lösung dieses Geheimnisses durchaus in einem Ereignis lange vor meiner Geburt schlummern mochte. In einer Zeit, als die Wählscheibe gerade erst erfunden worden war.

»Earl, hast du hier irgendwo ein Telephonbuch?«

»Auf dem Tisch da drüben muß irgendwo ein altes liegen.«

»Das wäre ideal.«

Ich wühlte mich durch Grillwürstchen, Kekse, Donuts und Torten hindurch, die seine Kinder und Bewunderer ihm mitgebracht hatten. Wegen der Gicht und seines hohen Blutdrucks hatten Earls Ärzte entschieden, er dürfe nichts essen, und Earl hatte entschieden, zum Teufel mit den Ärzten.

Und da lag auch das Telephonbuch. Fast so dick wie ein Comicheft. Von 1989. Nah genug am Volkstanzhopsen.

Im Vergleich zu Bandera war Kerrville eine Großstadt, also war es nicht schwer, Virginia Finnegan zu finden. Es gab keine anderen Finnegans, und es gab keine anderen Virginias, und damit hatte es sich. Auch wenn es noch so unwahrscheinlich erschien, das mußte sie sein.

»Earl«, sagte ich, »erinnerst du dich an die alte Dame in Bandera, die vor sechs Monaten in ihrer Badewanne ertrunken ist?«

»Ich erinnere mich.«

»Also, hier ist noch was für deine Erinnerung. Sie hat grade im Blumenladen angerufen und ein Dutzend Rosen bestellt.«

29

Ich wußte nicht, was zum Teufel hier eigentlich los war, aber ich war verteufelt sicher, daß ich es herausfinden wollte. Warum bestellte eine Frau, die in ihrer Badewanne ertrunken war, sechs Monate später Rosen? Eigentlich sollte sie es doch nicht einmal mehr nötig haben, ein Quietschentchen zu bestellen. Natürlich wußte ich, daß Virginia Finnegan, das anscheinend erste Opfer, die Bestellung nicht aufgegeben hatte. Zweifellos hatte jemand sie um ihre Kreditkarte und höchstwahrscheinlich auch ums Leben gebracht.

Aus begrenzter eigener Erfahrung und aus langen nächtlichen Gesprächen mit Rambam wußte ich, daß einige der größten Souvenirjäger der Welt Serienmörder waren. Sie knipsten so gut wie nie einem Opfer das Gas ab, ohne etwas für die Wand, das Album, die Geheimlade oder die staubige alte Aussteuertruhe auf dem Dachboden mitzunehmen. Das Andenken konnte ebensogut eine Kreditkarte sein wie ein

Führerschein, Photo, Kleidungsstück, Finger, Augapfel oder eine Vergißmeinnichtlocke vom Schamhaar. Wenn man einmal darüber nachdachte, dann hatten Serienmörder und Trophäenjäger überraschend viele Gemeinsamkeiten. Sie jagten vergleichbar wild – aber jagten verschiedenes Wild.

Ich war auch Jäger, dachte ich, als ich an meinem kleinen Tisch im grünen Caravan saß und zuhörte, wie das Schreien und Lachen der Kinder erst langsam von einem Zikadenkonzert und dann einem einsamen Ziegenmelker abgelöst wurde, der mit seinem Weibchen ein Ferngespräch führte. Ich war ein Jäger, der die Fährten auf den weiten leeren Flächen zwischen den Ohren eines Verrückten verfolgte, gerade noch in Rufweite der Realität. Mein Todesschatten und ich spazierten die Avenue hinab. Ohne Schonzeit. Ohne Grenzen. Ohne Regeln. Gott war der Wildhüter. Wenn es einen Gott gab. Und obwohl es trotzdem wild wurde.

Die Katze und ich waren allein, aber es lag eine gewisse Spannung in der Luft. Ich hatte mir eine große Kanne Kaffee gekocht, die eine Atmosphäre wie in Bobby Kennedys längst vergangener Wahlkampfzentrale erzeugte. An die Innenwände des Caravans, wo einst kleine Wassermelonenkinder herumgetollt waren, hatte ich jetzt pentagonmäßige Dossiers der sieben Opfer angeklebt. Aber die Darstellungen waren jämmerlich unvollständig. Gemeinsamkeiten sprangen einem nicht gerade ins Auge.

Virginia Finnegan hatte einer Squaredance-Gruppe angehört. Myrtle Beach war Mitglied der Töchter der Republik Texas gewesen. Amaryllis Davis hatte Bridge gespielt. Prudence South war hyperaktive Republikanerin gewesen. Octavia Willoughby hatte im Gartenklub gesessen. Beatrice Parks, das von Pat Knox vor kurzem erst entdeckte Opfer, war vor langer Zeit als Freiwillige zum Roten Kreuz gegangen. Und Gert McLane, die im Bett gestorben war, wenn auch nicht ganz so friedlich, wie sie es sich gewünscht haben mochte, hatte, soweit mir bekannt war, nicht einmal ein Hobby gehabt. Welch ein Jammer, dachte ich, durchs Leben gegangen zu sein und Petrus nicht einmal sagen zu können: »Ich habe als Erwachsene Briefmarken gesammelt.«

Sie alle waren an ihrem Geburtstag gestorben. Aber im Leben hatten sie so gut wie keine Gemeinsamkeit gehabt. Zumindest fand ich keinen Aufhänger für meinen Cowboyhut. In den kommenden Tagen waren zahlreiche Besuche in der Butt-Holdsworth fällig. Zahlreiche Anrufe bei Pat Knox, J. Tom Graham sowie den Boyd Elders und Debbie Ahasueruses dieser Welt. Viel Kaffee.

Hank und sein alter Kumpel Gandhi sahen mit einem ermutigenden Blinzeln oder vielleicht auch nur mit Neugier in den Augen zu, als ganze Gruppen andächtiger Weberknechte sanft über die stillen, glasigen Wasser von ihrer beider Rodeokluft hinwegwogten.

Onkel Tom wäre nicht gerade glücklich über diesen Caravan als logistische Kommandozentrale einer Mordermittlung. Auch Sheriff Kaiser würde er nicht hinreißen. Damit waren wir schon zu dritt, denn ich selbst war auch nicht gerade ein glücklicher Camper. Ich hatte Heimweh nach einem Ort, den ich nie gesehen hatte. Nach einem erfüllten Leben. Nach einem sanften Eintreten des Todes. Der sollte sich wenigstens dafür entschuldigen, daß er einem in die Cocktailstunde reinplatzte.

Ich hatte an der Wand Platz für Dossiers künftiger Opfer gelassen. Wo die herkamen, gab es noch mehr. Der Tod, fürchtete ich, würde sich keinen Schlaf gönnen. Ich aber auch nicht, und davon wußte der Tod noch nichts.

30

»Was für ein elender Zirkus«, sagte Pat Knox, während sie einen Kaffee trank und an ihrem kleinen Schreibtisch in ihrem kleinen Büro eine Zigarette rauchte. Die Tür war abgeschlossen. Die Sekretärin stellte keine Anrufe durch. Bloß wir beide und eine Bananenstaude, die doppelt so groß war wie die kleine Richterin und so aussah, wie ich mich fühlte. Es war ja auch nur folgerichtig, daß man sich, wenn man die halbe Nacht mit Mordermittlungen verbracht hatte, am nächsten Morgen halbtot fühlte. Aber die andere Hälfte fühlte sich auch nicht besonders wohl.

»Sieben Opfer«, sagte die Richterin und goß einen halben Becher lauwarmer Plörre in den Topf mit der Bananenstaude. »Mist«, sagte sie. »Ich sollte das nicht tun. Das bekommt ihr nicht.«

»Woher weißt du, daß Kaffee schlecht für Bananenstauden ist?«

Sie schien mich gar nicht gehört zu haben. Stand bloß auf, goß sich einen heißen Becher ein, zerdrückte die Zigarette, zündete sich die nächste an und setzte sich wieder an den Tisch.

»Sieben Opfer«, sagte sie. Langsam wurde es zum Mantra. »Man sollte doch glauben, daß es nach sieben Opfern irgendeinen umfassenden, koordinierten Einsatz gäbe, mit Spermatests, DNA – irgend so was.«

»Sheriff Frances wär's auch egal, wenn's zwölf Mägde beim Melken wären«, sagte ich. »Sie wird die Ermittlung durchführen, wie sie es für richtig hält –«

»Und jede alte Frau im Umkreis von hundert Meilen vor Angst die Wände hochgehen lassen? Wir tappen noch bei so vielem im Dunkeln. Ich hab gehört, Sheriff Frances hat einen Psychiater aus Waco kommen lassen.«

»In Waco gibt's Psychiater?«

»Angeblich glauben sie, der Killer wär jemand, der seine Mutter haßte.«

»Wie kommen die denn da drauf?«

»Es ist so verdammt frustrierend, wenn man überhaupt nicht weiß, was Sache ist. Wenn man nichts machen kann. Ich weiß, daß es verrückt klingt, aber ich werde das Gefühl noch immer nicht los, daß wir es hier mit Sexualdelikten wie auch mit –«

»Nun mach mal halblang, Richterin. Eins kann ich dir flüstern: Das letzte war keins. Diese McLane ist gestorben, als sie von einem mechanischen Bett wie ein Sandwich zusammengeklappt wurde. Wenn der Typ sie hätte vergewaltigen wollen, hätte er Houdini sein müssen, um überhaupt rechtzeitig seinen Schniepel rauszukriegen.«

Die Richterin drückte wieder eine Zigarette aus und starrte die Bananenstaude an. »Du begegnest diesem Fall mit hoher Kultiviertheit«, sagte sie.

Ich rülpste die Worte: »Danke, Richterin.«

Sie setzte ihre Zwiesprache mit der Bananenstaude fort, ohne zu lächeln. Es gab auch nicht viel zu belächeln. Irgendwo im Hill Country lief ein Mörder frei herum, und es sah verdammt danach aus, als könnten wir beide ihn nicht aufhalten. Und was die Sache noch schlimmer machte, wir waren in dem ganzen ranzigen Szenario auf eine sehr begrenzte, verstohlene Rolle zurückgestutzt worden, wie zwei Hobos, die zusammen unter einer schwingenden Eisenbahnbrücke etwas ausheckten, während über ihren Köpfen der Güterzug des Gesetzes auf seinem Weg ins Nirgendwo vorbeirumpelte.

Ich ging zur Kaffeekanne hinüber, füllte meinen Becher wieder und musterte die große Karte von Hill Country, die fast die ganze Bürowand einnahm. Stecknadeln, Daten, Namen von Opfern, all das erinnerte mich ein wenig an die Logistik meiner eigenen Verbrechensbekämpfung im grünen

Caravan. Der Anblick schmerzte etwas, wie Pat sich das alles in ihrem einsamen kleinen Büro aufgebaut hatte, von der offiziellen Ermittlung ausgeschlossen, kein Gesprächspartner außer der Bananenstaude, fast wie ein Jugendlicher mit einem Limonadenstand an einem schlechten Platz.

»Paß auf«, sagte ich, »wir können vielleicht keine Experten in Anspruch nehmen, wir haben nicht viel Personal, wir verfügen nicht über die ermittlungstechnischen Möglichkeiten der Polizei –«

»Was zum Teufel bleibt dann noch?« fragte die Richterin.

»Wir haben zwei Menschen, die rauchen, eine Menge Kaffee trinken und auf den rostigen Lebenswegen der menschlichen Natur eine ganz hübsche Strecke zurückgelegt haben. Du hast als erste gemerkt, daß diese Tode keine Unfälle waren, sondern zusammenhingen und methodisch geplant waren. Ich habe einige flüchtige Erfahrung damit, mir am NYPD die Hörner abzustoßen, und wenn die Wettkämpfe auch nicht immer angenehm waren, so habe ich doch einiges daraus gelernt. Ich glaube, zusammen können wir diese Angelegenheit knacken.«

Die Richterin baute sich zu ihrer vollen Halb-Bananenstaudenhöhe auf und erhob ihren Kaffeebecher.

Auch ich erhob meinen Becher.

»L' Chaim«, sagte ich.

»Was bedeutet das?« fragte die Richterin.

»Die Dinge können näher liegen, als es im Spiegel den Anschein hat.«

31

Zehn Becher Kaffee und drei Ausflüge zum kleinen Privatermittlungszimmer später hatten Pat Knox und ich uns noch einmal einen Weg durch die Dossiers der Opfer gebuddelt und hatten außer der einen offensichtlichen Gemeinsamkeit keine weitere gefunden: Alle waren alte Witwen, die man an ihrem 76. Geburtstag abgemurkst hatte. Die Richterin war nicht von ihrem Schreibtisch gewichen, außer um neuen Kaffee zu holen. Jetzt standen wir beide vor der riesigen Karte an der Wand.

»Ich finde es erstaunlich«, sagte die Richterin, »daß sie in einer vielseitigen und großen Ära texanischer Geschichte ein ganzes Leben hier verbracht haben, man sich nach ihrem Tod aber einzig und allein daran erinnert, daß Myrtle Mitglied der Töchter der Republik Texas war und Octavia im Gartenclub.«

»Ich finde es erstaunlich«, sagte ich, »daß ein Mensch von deiner Statur eine so ausdauernde Blase hat.«

»Danke vielmals«, sagte die Richterin humorlos. Beide starrten wir noch etwas auf die Karte.

»Das ist kein Muster«, sagte ich, »wie es ein Feld-Wald-und-Wiesen-Mörder vorlegt. Dein typischer Ted Bundy oder dein Henry Lee Lucas.«

»Das ist nicht *mein* Henry Lee Lucas«, sagte die Richterin.

»Es geht doch um folgendes, Euer Ehren, ein Serienmörder wählt seine Opfer aus der Gesamtbevölkerung aus, wenn sie ihm, aus welchem Grund auch immer, einen Kick verschaffen. Er hat ein kleines Problem mit seiner Blutrünstigkeit. Fast immer neigen seine Morde dazu, in puncto Brutalität zu eskalieren und in immer kürzeren Abständen aufeinander zu folgen. Die Ausfallzeit, wo der Mörder sich ausruht oder Minigolf spielt, wird immer kürzer, und sein Mordtempo beschleunigt sich. Und an dem Punkt wird er unvorsichtig. Und da wird er normalerweise gefaßt. Aber dafür gibt es hier überhaupt kein Anzeichen.«

»Du meinst, er arbeitet nur an einem ausgewählten Teil der Einwohnerschaft.«

»Genau. An einem bestimmten Teil der Einwohner.«

»Meinst du nicht, der Psychiater könnte recht haben? Vielleicht hält's den nirgends lange, ein Fremder, der, bevor er hierhergekommen ist, schon woanders alte Damen um die Ecke gebracht hat, weil er seine Mutter haßt.«

»Halt ich für unwahrscheinlich. Nehmen wir mal an, er macht einen auf unglaublicher Hulk, der gerade aus Uvula, Texas, hereingeschneit ist, wo er alte Damen niedergemetzelt hat. Nehmen wir an, er weiß, wann die Geburtstage geriatrischer Witwen im Anmarsch sind. Es gibt Unmengen 76jähriger Frauen hier in der Gegend, die *nicht* abgemurkst wurden. Wo du auch bist, immer schleicht direkt vor dir eine kleine alte Dame mit sieben Stundenkilometern die Straße entlang. Und damit sind wir wieder bei der verwickelten grünen Zündschnur, die den ganzen Fall zur Explosion bringen kann: *Wie* wählt er seine Opfer aus? Wenn wir das feststellen können, finden wir vielleicht auch heraus, *warum*.«

»Das ist n Einheimischer, das spür ich einfach. Es ist mir egal, was der Psychiater Sheriff Frances für einen Scheiß erzählt, es handelt sich nicht um einen Hilfeschrei. Dem Täter ist es auch scheißegal, ob er ne gute Presse hat oder ne schlechte. Gar keine wär ihm wahrscheinlich auch recht. Nur geschnappt werden will er auf gar keinen Fall.«

»Ganz deiner Meinung«, sagte ich. »Aber wenn er pressescheu ist, wird er bald Probleme kriegen. Die Nachrichtenagenturen und *Unsolved Mysteries* können nicht mehr weit weg sein. Wahrscheinlich sitzen in L. A. und New York schon die ersten Leute an Drehbüchern und hecken Verträge für die Veröffentlichung der Story für ihn aus. Er wird einen Agenten brauchen.«

»Wenn ich ihn in die Finger kriege, braucht er mehr als das. Wenn ich bloß wüßte, wo ich suchen muß.«

»Wenn du einen Mörder nicht finden und nicht verstehen kannst, gibt es überhaupt nur einen Ort, wo du mit der Suche anfangen kannst.«

»Und wo ist das?« fragte die Richterin.

»Tief in deinem Innersten«, sagte ich.

Als ich aus dem Büro der Friedensrichterin auf die Straße huschte, hörte ein fetter Mann in einem zivilen Streifenwagen auf, in der Nase zu bohren. Seine Augen folgten mir, als ich bei Rot die Main Street überquerte und von einem Zementmischer fast verhackstückt worden wäre. Ich war seit jeher der Auffassung, es wäre irgendwie traurig, wenn ein Kosmopolit wie ich ausgerechnet in Kerrville, Texas, unter die Räder käme, aber wahrscheinlich kann einem Schlimmeres widerfahren. Man denke bloß an Agamemnon.

Ich machte einen Abstecher ins Smokehouse, um eine Kiste Hoyo de Monterrey Rothschilds bei Clint und JoLyn zu kaufen. Bevor Clint und JoLyn den Laden übernommen haben, haben Bill und Betty Hardin mir dort Zigarren verkauft. Noch früher hatte ich Zigarren meistens in New York gekauft. In 200 Jahren, wenn die Archäologen nach dem Grab von Scheißerle dem Ersten suchen, werde ich mich wahrscheinlich in der Hölle häuslich niedergelassen haben und bei Lenny Bruce und Gertrude Stein meine Zigarren kaufen.

»Erzähl uns alles über den Fall«, sagte JoLyn, als ich zur Tür hereinkam. »In der Zeitung ist heute ein Riesenartikel, und da steht, wenn du und Sheriff Frances und die städtischen Behörden den Mörder nicht finden, dann holen sie die Texas Rangers.«

»Die finden immer ihren Mann«, sagte ich, und meine Augen glitten über die Titel so gut wie aller Secondhand-Taschenbücher der Welt außer *Klau mich*.

»Das sind nicht die Texas Rangers«, sagte Clint und zog an seiner Pfeife. »Das sind die kanadischen Mounties.«

»Ich wußte nur, daß irgendwer immer seinen Mann findet«, sagte ich. »Natürlich wäre es ein bißchen idiotisch, die kanadischen Mounties zu holen.«

»Dann stimmt das also«, sagte JoLyn, »er hat schon sieben Leute umgebracht, und es gibt keinerlei Spuren?«

»Doch, ein paar Spuren gibt es schon. An jedem Tatort hat der Mörder ein Secondhand-Taschenbuch hinterlassen.«

»Kinky!« sagte JoLyn.

»Er nimmt dich auf den Arm, Schatz«, sagte Clint.

Dann lehnte sie sich vertraulich über den Tresen. »Sag mal«, meinte JoLyn, »wie ist das eigentlich, wenn man an so einem großen Mordfall mit Sheriff Frances zusammenarbeitet?«

»Jede Minute ist spannend«, sagte ich. »Wir haben ein sehr fürsorgliches Verhältnis zueinander.«

Ich betrat die begehbare Klimakammer, bevor JoLyn mir irgendwelche schweren Fragen stellen konnte. Die Tür schloß sich hinter mir und ließ mich allein in einer friedlichen, exklusiven Atmosphäre mit Tausenden ruhiger Zigarren in ordentlichen kleinen Reihen wie Kinder in einem Waisenhaus, die auf ihren Platz an der Sonne warten.

Immer, wenn ich eine Klimakammer betrat, erinnerte mich das an die Zeit in L. A. vor vielen Jahren, an einen großen Tabakladen in einer großen Shopping Mall. Kent Perkins und Jim Ryder waren dabei, als wir uns in einer der größten, üppigsten Klimakammern wiederfanden, die wir je gesehen hatten. Wenn man einfach nur in dieser Klimakammer stand, hatte man schon das Gefühl, man vögelte im Dschungel. Ich habe im Laufe meines Lebens beides getan – Klimakammern betreten und im Dschungel gevögelt –, und welches die lustvollere Erfahrung ist, läßt sich schwer sagen, wenn man nicht sofort ne Zeitlupe parat hat. Aber die Klimakammer scheint mir die Wirklichkeit in noch größerem Umfang auszusperren – sie läßt dich im Kopf in eine Tennessee-Williams-Kindheit zurückschweifen, die viel lebhafter und farbenprächtiger ist als die, die du ohne Zweifel längst verdrängt hast. Für die Klimakammer spricht außerdem, daß du sehr wenig Gefahr läufst, urplötzlich von einem Flußpferd überrannt zu werden.

Jedenfalls befanden Kent und Jim und ich uns gerade in dieser Klimakammer, als ich ohne besonderen Grund und sehr zum Mißfallen der beiden anderen Klimakammeralisten einen der lautesten, längsten, gewaltigsten Fürze meines Erwachsenenlebens fahrenließ. Genau in diesem Augenblick kam der Ladenbesitzer, der dieses Phänomen natürlich nicht hatte hören oder ahnen können, entschlossenen Schritts auf die Klimakammer zu, vermutlich, um uns bei der Zigarrenauswahl zu beraten. Da lachten Kent und Jim und ich schon aus vollem Hals. Dylan Ferrero bemerkte einmal: »75 Prozent aller Männer finden Furzen komisch, aber 0 Prozent aller Frauen.«

»Gott zum Gruße«, sagte Perkins, »das war aber ein Glockenton von Weltklasse.«

»Einer von diesen quengelnden, piepsigen kleinen Brenda-Lee-Fürzen war es bestimmt nicht«, pflichtete Jim ihm bei.

Genau in diesem Augenblick betrat also der Ladenbesitzer die Klimakammer. Eine der Hochwassermarken meines Lebens war, zusehen zu können, wie sein diensteifriges, salbungsvolles Amerikanerlächeln verschwand, als die üblen Gase durch die Klimakammer waberten und ihm mitteilten, daß irgend etwas furchtbar schiefgegangen war. Sein ganzes Auftreten und sein Gesichtsausdruck verwandelten sich und machten Platz für einen Menschen mit der Seele eines nordkoreanischen Geschäftsmanns . . .

Eine schwere Hand auf meiner Schulter holte mich von meinem Ausflug in die Vergangenheit zurück. Ich fuhr in dem kleinen Raum herum und erblickte ein Gesicht, das mir vage bekannt vorkam. Von der Art, wo man ewig braucht, um es richtig einzuordnen, und sich dann wünscht, es wäre einem nicht eingefallen.

Vor mir stand Boyd Elder.

»Wollte Sie nicht erschrecken, Kinkster«, sagte er.

»Schleichen Sie sich nie an einen Veteranen an.«

»Ach, Sie waren auch in Nam?«

»Nein«, sagte ich und griff nach einer Kiste Zigarren im obersten Regal. »Gallipoli.«

»Wissen Sie«, sagte Elder, »wie Sie da neulich im Laden waren, war ich total aufgeregt, weil, ich hatte gelesen, daß Sie an dem Fall da hocken, und da hab ich ganz vergessen, daß ich Ihnen noch was erzählen wollte. Sie haben doch gesagt, ich soll mich melden, wenn mir was einfällt. Is vielleicht nix, aber vielleicht ja doch wichtig.«

»Heraus damit«, sagte ich. Ich wurde in der Klimakammer langsam klaustrophob.

»Ich kenn da so n Typen, so n Survivalist, der auf Überleben in der Wildnis steht. Lebt wie n Einsiedler draußen inner Wüste.«

»Bis jetzt paßt die Beschreibung auf mich«, sagte ich.

Elder lachte. Dann wurde er ernst.

»Nicht ganz«, sagte er. »Das is so n Typ, der's irgendwie schafft, daß er durch alle Maschen fällt, wie man so sagt. Keine Verwandten. Keine Freunde. Kein Führerschein. Keine Sozialversicherung. Kein Telephon. Wenn's absolut nicht anders geht, meldet er sich per CB-Funk.«

»Wär schön, wenn mehr Leute so wären.«

»Nee, wär nich schön. Er war in Vietnam, bei nem Sonderkommando. Erzählt so Schoten, wie er ausm Dschungel zurück ist und lebendige Kanarienvögel ausn Käfigen geholt und zum Mittag gefuttert hat. Das halbe Waffenarsenal aus m Krieg ist irgendwie bei ihm hängengeblieben. Hat n Granatsplitter im Schädel und Bewegungsstörungen und emotionelle Probleme.«

»Hört sich nach nem Kerl an, mit dem man unheimlich gut Tee trinken kann.«

»Der lebt draußen an der Harper Road.« An dieser Kreuzung des Gesprächs holte Elder ein Notizbuch heraus und zeichnete mir eine grobe Skizze, wie ich zum Haus dieses Überlebenskünstlers fand. Ich nahm eine Zigarre raus, durchlief die Präzündungsphasen und fragte mich, ob ich dieses Gespräch überleben würde.

»Bienen hält er sich auch.«

»Das ist nicht gesetzeswidrig«, sagte ich. »Sherlock Holmes hat am Ende seines Lebens auch Bienen gehalten.«

Boyd Elder sah mich an, und ich merkte, daß er allein von der Beschreibung des Typen eine Gänsehaut bekam.

»Außerdem züchtet er Rosen«, sagte Elder.

Ich zündete die Zigarre an, drehte sie langsam mit der rechten Hand und hielt die Spitze immer direkt über die Flamme.

32

Der Kerl hieß Willis Hoover. Es war zwar durchaus möglich, daß es in eine vergebliche, vielleicht sogar gefährliche Jagd ausartete, wenn wir uns ihm an die Fersen hefteten, aber bei diesem Stand der Dinge mußte jede Spur verfolgt werden. Ich hatte noch nie ein Rendezvous mit einem halb durchgeknallten, waffenliebenden Survivalisten in seiner abgelegenen Kommandozentrale. Ich wußte nicht mal, was man dazu anzog. Vielleicht forderte die Etikette hier einen altmodischen Brustpanzer. Oder eher im Panzerwagen vorfahren? Aber einmal ist immer das erste Mal, dachte ich. Solange dieses erste Mal nicht das Letzte war, was man je tat.

Nachdem ich also zum »Großreinemachen« aufgewacht war, die Katze gefüttert und drei Becher heißen, schwarzen Kaffee geschlürft hatte, rief ich Pat Knox in ihrem Büro an.

»Hallo, Püppchen«, sagte sie, als ich zu ihr durchgestellt wurde.

»Für Sie immer noch Mister Püppchen«, sagte ich. »Paß auf, Richterin, ich zieh los und geh einem Tip von Boyd Elder nach, dem Knaben aus dem Blumenladen. Ich muß diesen schrägen Survival-Typen sehen, der draußen an der Harper Road wohnt.«

»Ich komm mit.«

»Ich weiß nicht, ob das so ne gute Idee ist. Ich glaube, das läuft mehr wie ein Treffen alter Kameraden. Der Bursche ist so gut wie ungezähmt. Haßt wahrscheinlich Frauen, Kinder und Grünpflanzen. Außer Rosen. Liebt Rosen. *Züchtet* Rosen, um genau zu sein.«

»Abgesehen von den Rosen paßt das doch alles auf dich.«

»Genau. Ich könnte ihn praktisch von der schwulen Kontaktvermittlung haben. Aber ich möchte, daß du soviel wie möglich über ihn herausfindest. Er heißt Willis Hoover. Klingelt's da?«

»Ruft nicht mal Kuckuck.«

»Also jag ihn durch den Computer, wenn's geht. Und wenn ich dich bis heute abend um zehn nicht zu Hause angerufen hab, schick die Suchmannschaften los.«

»Bist du sicher, daß du das allein durchziehen willst?«

»Euer Ehren, der Kerl mag keine Menschenmassen und erst recht niemanden, der auch nur im entferntesten Sinne mit dem Gesetz zu tun hat. Wir müßten uns eigentlich prima verstehen.«

»Er könnte auch der Durchbruch sein, auf den wir gewartet haben. Also ruf an, wenn du in Schwierigkeiten steckst.«

»Klar doch«, sagte ich. »Und wenn er mir die Lippen zusammennäht, geb ich mit meiner Zigarre Rauchsignale und summ ein paar Takte vom Notruf.«

Es gab keine Möglichkeit, Willis Hoover anzurufen, und ich

hatte entschieden das Gefühl, daß er zu jenen Menschen gehörte, die Überraschungen nicht besonders lieben. Also kramte ich meine Knarre hervor, die für alle Fälle hinten im Schrank lag, und lud acht Patronen ins Magazin. Ich vergewisserte mich, daß sie gesichert war. Wollte mir schließlich nicht schon den Schädel wegblasen, bevor ich das Viehgitter hinter mir hatte. Einen Mann wie Hoover konnte man mit dieser Waffe wohl kaum einschüchtern. Wahrscheinlich besaß er eine ganze Kammer voller AK Fuckhead Specials oder was im Moment gerade als die gefährlichste illegale Waffe galt.

Ich stellte das Gewehr an die Wand, goß mir noch einen Kaffee ein und zündete mir eine Zigarre an. Ich setzte mich in die sonnenbeschienene Tür vom Caravan, trank den Kaffee, rauchte die Zigarre und dachte über das Thema Einzelgänger dieser Welt nach. In den vergangenen Jahrhunderten hat es einige wirklich gute Einzelgänger gegeben. Henry David Thoreau, Emily Dickinson, Johnny Appleseed, die Frau, die in Afrika mit Gorillas arbeitete, deren Name mir völlig entfallen ist, selbst Benny Hill in seinen letzten Jahren, nachdem sie seine Fernsehshow gekippt hatten. Diesen Leuten war klar, daß die Mehrheit stets im Unrecht ist, und wen schert es, wenn sie das mal nicht ist. Sie wußten, daß das am wichtigsten ist, was *in* einem los ist, und wenn *in* einem nichts los ist, ist es auch schnurzpiepegal, wenn deine treusorgende Gattin eine Überraschungsparty mit Krawattenzwang zu deinem Geburtstag schmeißt, wo dann Hunderte von Gratulanten auftauchen, deren höchstes Glück es wahrscheinlich wäre, wenn du in einen Brunnen fällst.

Ich mochte Einzelgänger. Die andere Seite der Medaille war natürlich, daß alle Serienmörder, dic je auf Erden wandelten, ebenfalls Einzelgänger waren. Na ja, man kann nicht alles haben. Früher oder später treiben einen die Leute eben zum Wahnsinn. Deshalb sind Penthouses, Klöster, Segelboote, Inseln und Knastzellen auch immer so gefragt. Und Caravans.

Ich nahm einen einsamen Zug von meiner Zigarre, sah durch den blauen Dunst und merkte, daß ich nicht allein war. Drei kleine Mädchen, Pia, Briana und Tiffany, standen unter der Zeder vor dem grünen Caravan. Ich starrte sie an wie ein Mann, der gerade aus einem Traum erwacht ist. Neugierig erwiderten sie meinen Blick. Endlich sprachen sie.

»Also«, sagte Pia. »Denk dir eine Zahl zwischen eins und zehn, aber es darf nicht eins oder zehn sein.«

»Darf nicht eins oder zehn sein«, sagte ich. Da ich bald aufbrechen wollte, höchstwahrscheinlich, um mir die Eier wegpusten zu lassen, war im Augenblick höchstwahrscheinlich auch die Zwei nicht gerade meine Glückszahl.

Ich wählte die Sieben und behielt sie für mich.

»Aber verrat uns die Zahl nicht«, sagte Briana.

»Würd mir nicht im Traum einfallen.«

»Und jetzt«, sagte Tiffany, »nimm die Zahl mit neun mal. Okay?«

»Okay«, sagte ich. »Ich hab's.« Ich kam auf 63, und obwohl ich diese drei Mädchen mochte, wünschte ich, sie hätten nicht gerade diesen Moment gewählt, um meinen Caravan zu besuchen und mich mit einem mathematischen Rätsel zu bedrängen, das ich eh nicht besonders genoß.

»Jetzt zähl die beiden Zahlen zusammen«, sagte Pia. »Hast du's?«

Zusammen machte das neun, und bei mir machte sich ein gewisser Mißmut breit. Stoisch rauchte ich meine Zigarre.

»Hast du sie zusammengezählt?« schrie Bri.

»Ja!« schrie ich zurück.

»Okay«, sagte Pia. »Jetzt zieh vier ab.«

»Okay. Hab ich.« Die Zahl war fünf, und von Geburt an außerstande, ein Geheimnis für mich zu behalten, fiel es mir schwer, diese lebenswichtige Information nicht auszuplaudern. Zumindest, dachte ich, müsse dieses Exerzitium bald ein Ende haben.

Welch ein Irrtum.

»Und jetzt«, sagte Bri und hüpfte auf der Stelle, »mußt du herausfinden, welcher Buchstabe des Alphabets zu deiner Zahl gehört.«

In stummer Verzweiflung starrte ich sie an.

»Du weißt schon«, sagte Tiffany. »1 ist A. 2 ist B. 3 ist C. 4 ist D . . .«

»Jaja«, sagte ich verbissen. »Ich hab's ja kapiert.« Der entsprechende Buchstabe war E, und wenn das hier nicht schleunigst ein Ende nahm, brauchte ich einen Ventilator als Rachenputzer.

Ich ging in den Caravan und goß mir noch einen Kaffee ein, um einen Kopfschmerz zurückzuschlagen, der mich unvermutet überfallen hatte. Als ich zurückkam, standen die drei Mädchen immer noch da, und alle drei waren höchst aufgeregt.

»War's das?« fragte ich. »Kann ich euch jetzt den Buchstaben verraten?«

»Nein! Nein!« schrien sie. »Nicht verraten!«

»Prima«, sagte ich wegwerfend. »Das war wirklich ein lustiges kleines Spiel.«

»Gut«, sagte Pia. »Jetzt such dir ein *Land,* das mit deinem Buchstaben beginnt.«

»Ihr wollt mich auf den Arm nehmen.«

»Nein«, sagte Bri glücklich, »kein bißchen.«

»Gut«, sagte ich, »ich hab ein Land.«

»Aber nicht verraten, welches«, warnte Tiffany.

»Ich verrate euch bloß, daß ich mich gleich an der nächsten Duschstange aufhänge.« Es überstieg meine Vorstellungskraft, daß dieses Rätsel so lange weitergehen und so unglaublich komplex sein sollte. Es kostete mich meine letzten Gehirnzellen. Aber endlich hatte ich das Land.

»Gut«, sagte Pia. »Jetzt denk dir ein *Tier* aus, das mit dem *letzten Buchstaben* von dem Land anfängt.«

Ungläubig starrte ich in irgendeine düstere Weite auf halber Strecke zwischen Echo Hill und dem Monkey's Paw in New York. Dieses Spiel, wenn es denn ein Spiel war, nahm wirklich kein Ende.

»Denk dir ein Tier aus, das mit dem letzten Buchstaben von dem Land anfängt!« sagte Bri, als spräche sie mit einem Zweijährigen.

»Okay«, sagte ich widerwillig, »ich hab eins.«

»Und jetzt«, sagte Tiffany, »denk dir eine Farbe aus, die mit dem *letzten Buchstaben* von dem Tier *anfängt.*« Ich schwor mir, daß dies das letzte Mal sein würde, daß ich auch nur eine flüchtige Bekanntschaft mit einem Kind einging. Selbst wenn ich ein gütiger alter Mann werden wollte, würde ich nie wieder mit einem Kind sprechen.

»Hast du die Farbe?« drängelte Bri.

»Ja, ich *hab* eine«, sagte ich.

Die Mädchen sahen mich mit einem Ausdruck höchsten Entzückens an. Ich blickte mit einem Ausdruck totaler Weltsattheit auf sie zurück, die sich ziemlich schnell in totale Bestürzung verwandelte.

»Wir wußten gar nicht, daß es in England lila Dackel gibt«, schrien sie alle zusammen.

Ich war perplex.

»Wie habt ihr denn das gemacht?« fragte ich.

»Ein Mädchen muß seine Geheimnisse für sich behalten können«, sagte Bri. »Wofür brauchst du das Gewehr?«

Alle Mädchen verrenkten sich die Hälse und starrten an mir vorbei auf das Gewehr an der Wand gegenüber. Ich drehte mich um und starrte es ebenfalls an. Es war ein häßliches kleines Stilleben.

»Ich mach heute abend vielleicht noch einen kleinen Jagdausflug.«

»Du bringst doch nicht etwa wen um?« sagte Pia mit angeekeltem Blick.

»Natürlich nicht«, sagte ich. »Das ist ausschließlich zur Selbstverteidigung.«

»Selbstverteidigung wogegen?« fragte Tiffany.

»Lila Dackel in England«, sagte ich. »Und jetzt geht spielen.«

33

Dusty und ich schlängelten uns die Harper Road hoch mit dem Schrotgewehr im Kofferraum und einer Spätnachmittagssonne, die wie ein Model bei der Vorstellung der neuen Sonnenkollektion am Horizont hing. Ich dachte an einen Vorfall auf der Harper Road, von dem Dylan Ferrero mir mal erzählte. Vor mehreren Jahren war Dylan die entlanggefahren und sah am Straßenrand etwas, das er für eine Art Streichelzoo hielt. In Gehegen befand sich eine ganze Reihe wilder Tiere, und dazwischen liefen ein paar Erwachsene mit kleinen Kindern herum, betrachteten die Tiere, streichelten und fütterten sie. Dylan hatte angehalten, weil ihm ein großer schwarzer Wasserbüffel aufgefallen war, genau wie die, mit denen wir bei der Ausbildung im Friedenskorps auf Borneo Reisfelder gepflügt hatten. Dylan hielt kurz Zwiesprache mit dem Büffel und machte sich dann wieder auf den Weg, als eine lange schwarze Limousine vorfuhr.

Dylan mußte ein paar Besorgungen erledigen, und als er etwa eine halbe Stunde später zurückkam, war der Wasserbüffel verschwunden. Er hielt an, sah sich um, und da war wirklich kein Wasserbüffel. Mit einigen elternlosen Kindern begab er sich hinter die Gehege, und da lag der sauber abgetrennte Kopf des Wasserbüffels im Staub. Die Kinder waren in Tränen aufgelöst, und Dylan war fassungslos, als er den Mann, der den kleinen Zoo betrieb, fragte, was zum Teufel da denn los sei. Der Mann erklärte, der Büffel sei einem Kunden in einer schwarzen Limousine verkauft worden, der nur den Kopf für seine Trophäensammlung haben wollte.

»Warum wollte er denn nur den Kopf?« wurde Dylan von einem weinenden Mädchen gefragt.

Für die Frage hatte Dylan auf seinem alten Anrufbeantworter keinen Spruch parat. Es ist bis auf den heutigen Tag ein ausgewachsenes Rätsel geblieben.

Es macht mir selten Spaß, Geschichten von Tiertoden zu hören oder zu erzählen, und diese läßt die Harper Road auch nicht in hellerem oder dunklerem Licht erscheinen, und über Tiere verrät sie uns schon gar nichts. Der einzige Grund, warum ich die Geschichte hier aufnehme, besteht darin, daß sie uns etwas über uns verrät.

»Warum wollte er denn nur den Kopf?« fragte ich Dusty, während ich Boyd Elders grober kleiner Skizze dorthin folgte, wo ich Willis Hoovers grobes kleines Haus vermutete.

»Muß dringend zur Inspektion«, sagte Dusty, als wir links abbogen und einen steilen Felsenhang hochfuhren.

Ich sah in den Rückspiegel und erblickte hinter mir nichts als Straße. Es war eine Ironie des Schicksals, daß das Sheriff's Department beschlossen hatte, mich ausgerechnet bei der Gelegenheit nicht zu beschatten, bei der ich sie vielleicht am meisten gebraucht hätte. Egal, wie mein alter Freund Slim zu sagen pflegte: »Du wirst allein geboren, du stirbst allein, am besten gewöhnst du dich daran.« Teil eins und zwei von Slims Credo waren meist einfacher als Teil drei.

Wir flogen eine einsame Straße hinab, über drei Viehgitter, und nichts versperrte uns die Sicht als immergrüne Eichensträucher und unheilverkündende Wolkenschatten, die in der uns wie eine riesige Mikrowelle umgebenden Hitze förmlich zu wabern schienen. Die einzigen Lebenszeichen waren die dunklen Flügelschläge der Geier, die uns von abgestorbenen Bäumen am Straßenrand aus beobachteten. Das sah eindeutig nicht nach dem Weg zu Großmutters Häuschen aus.

»Man hat schon gehört, daß Männer am Äquator erfroren sind«, sagte ich zu Dusty. »Besonders, wenn ihre Scheibenwaschanlage aufgefüllt werden mußte.«

Dusty schüttelte sich heftig.

An einem alten morschen Blockhaus, das aussah, als hätten die Beverley Hillbillies hier vor ihrem Umzug gehaust, verließ ich den Schotterweg. Ich stellte den Motor ab und stieg vorsichtig aus dem Wagen, um die Lage zu peilen.

»Vergiß den Schlüssel nicht«, sagte Dusty.

»Ich hab ihn nicht vergessen«, sagte ich. »Wir müssen vielleicht sehr überstürzt aufbrechen.«

Im Umkreis des Blockhauses rührte sich nichts, also ging ich ein Stück näher ran. Das Haus lag auf einer kleinen Anhöhe, ein guter Aussichtspunkt für Hoover, falls anbrandende Wellen von Mexikanern, Kommunisten, Marsianern oder eierköpfigen Intellektuellen je versuchen sollten, seinen etwas heruntergekommenen Kommandoposten einzunehmen. Eine Grabesstille lag über dem Grundstück, die nur durchbrochen wurde von etwas, das klang, als würde Dizzy Gillespie heiße Sachen auf einem übergroßen Kazoo spielen. Das Geräusch schien irgendwo aus dem hinteren Teil des Grundstücks zu kommen.

Leise schlich ich den kleinen Hügelpfad hinauf und verwarf beim Gehen mehrere mögliche Deckidentitäten. Zeugen Jehovas paßten nicht ganz zum Anlaß meines Besuchs. Spritzschutzkontrolleure an Salatbars hatte auch einen falschen Beigeschmack. Kosmetikberater klang ganz vernünftig.

Dann sah ich die Blumen.

Sie waren buchstäblich atemberaubend. Ein Beet nach

dem anderen mit Rosen in allen Farben und Formen, die an diesem einsamen, gottverlassenen Ort für alle Welt so wunderschön aussahen wie die Schmetterlinge, die Kinder in die erbarmungslosen Mauern von Auschwitz geritzt hatten. Konnte eine Hand mit so außerordentlich grünem Daumen wirklich blutbeschmiert sein? Konnte derselbe Verstand, der solche Schönheit erschaffen hatte, wirklich sieben Menschen vorsätzlich ermorden?

Mit den Rosen zur Rechten und der Hütte zur Linken folgte ich dem Weg aus ausgetretenen Steinplatten auf die Dizzy-Gillespie-Abteilung zu. Es war kaum zu glauben, aber vielleicht lief ich einem Serienmörder direkt bis in seine Höhle nach. Aber das war Teil des Problems. Ein Serienmörder sieht selten aus wie ein Serienmörder. Ein Serienmörder ähnelt so gut wie nie dem, was wir uns unter einem Verbrecher oder Monster vorstellen. Er hat keine böse Aura. Eher strahlt er die Leutseligkeit des Gastgebers bei Grillpartys in Vorstädten am Wochenende aus oder die eines liebenswürdigen, kontaktfreudigen, gutaussehenden Lieferanten. Warum wollte er denn nur den Kopf?

Das Kazoo wurde lauter. Mein Herzklopfen auch. Entweder war das hier eine vergebliche, vielleicht sogar gefährliche Jagd, oder ich würde mich, auch das lag im Bereich des Möglichen, gleich in den ewigen Jagdgründen wiederfinden. Plötzlich flog die Feder an meinem Cowboyhut durch die Luft, und mein Cowboyhut hing noch dran. Dummerweise hing ich noch an dem Cowboyhut. Die Rosen wischten vorbei wie die auf dem Bild eines unbedeutenden französischen Impressionisten. Ich war in einer dieser altmodischen Schlingen gefangen und hing knapp zwei Meter über dem Erdboden wie ein menschliches Pendel auf dem Kopf. Die Kazoomusik, die ich inzwischen auf Bienen zurückgeführt hatte, wurde von einem hübschen kleinen Dopplereffekt aufgepeppt, der jedesmal zur Geltung kam, wenn ich vor und zurück schwang. Vielleicht war es aber auch nur ein Rauschen in den Ohren, als mir das Blut in den Kopf schoß.

Das war's dann also, dachte ich. Ich hätte mich im Leben entweder mehr um meine Mitmenschen kümmern sollen oder weniger. Auf jeden Fall hätte ich irgend etwas tun sollen, denn jetzt würde ich als humoriger kleiner Zeitungsartikel enden: MANN 7000MAL VON BIENEN GESTOCHEN. Die Aufmachung der Schlagzeile konnte natürlich auch weit ansehnlicher sein. Das hing schließlich von einer Reihe weiterer Faktoren ab. Wieviel Delta Burke diese Woche zugenommen hatte. Wieviel Magic Johnson abgenommen hatte. Welche kleinen Jugendsünden Elvis Presley, Marilyn Monroe, Teddy Kennedy oder die Jungfrau Maria nun schon wieder begangen hatten. Jede Kleinigkeit konnte mich schließlich wieder aus dem Kahn hauen. Ich konnte den Herausgeber des ›Globe‹ förmlich rufen hören: »Die letzte Seite noch nicht in den Druck!«

Man könnte ein gutes B-Movie draus machen, aber es war immer ein Jammer, wenn die besonderen Umstände eines Todes die Öffentlichkeit stärker in ihren Bann zogen als Ton und Timbre des zugehörigen Lebens. Größere Männer als ich waren dieser unangenehmen Eigenart des Menschen zum Opfer gefallen. Ich war zwar nicht sicher, ob Nelson Rockefeller ein größerer Mann war als ich, aber ihm war es jedenfalls so ergangen. Im Tod überlebensgroß. Gott gab ihm eine Frau namens Happy. Und was macht er? Nippelt ab, als er's grade bis zu den Nippeln seiner Sekretärin geschafft hat. Happy war darüber nicht sehr happy.

Ich war auch nicht gerade happy, als ich einen kleinen Mann auf mich zukommen sah, der einen Kopf wie ein Giftpilz hatte. Seine Hände steckten in Handschuhen, sie waren merkwürdig nach vorne gestreckt und schienen zu zittern wie kleine Krebse. Er nahm eine Art Tropenhelm mitsamt dem daran befestigten langen Bienenschleier ab, der bis dahin seinen Oberkörper verhüllt hatte. Jetzt sah er bloß noch aus wie der umgängliche, sympathische, lachende Alltagsserienmörder von nebenan.

»Nett, daß Sie mal vorbeischaun«, sagte er. »Lassen Sie doch einfach mal die Seele baumeln.«

Damit verschwand er um die Ecke seines kleinen Hauses.

34

Ich hatte da ein Problem. Kopfüber und mit dem einen Fuß in einer Schlinge zwei Meter über der Erde zu hängen, gehörte zu genau den Tätigkeiten, die die Gesundheit echt gefährden. Womöglich erfährst du mehr über die Vögel und die Bienen, als du wolltest, wobei die Vögel in diesem Fall die Geier waren, die ihre Kreise über mir bereits enger zogen, um einen besseren Blick auf den Fang des Tages zu bekommen. Geier fressen alles, was sich früher mal bewegte und jetzt nicht mehr. Für sie schmeckt alles ein bißchen nach totem Gürteltier.

Die Aussicht auf einen riesigen Schwarm verlassener Bienen, einigermaßen gereizt vom plötzlichen Verschwinden ihres Herrn und Meisters, die über mich herfielen wie irgend etwas aus Schnullivers Reisen, war eine äußerst unangenehme Alternative zum Geierszenario. Eine ähnlich abtörnende Möglichkeit bestand darin, daß die Tierwelt mich in Ruhe ließ, der Imker zurückkehrte und mich womöglich mit einer großen Biene verwechselte. Und Willis Hoovers sympathisches Auftreten beunruhigte mich. Er wirkte definitiv freundlich genug, um ein Serienmörder zu sein.

Mein Cowboyhut fiel runter und trudelte zu Boden wie eine merkwürdig mutierte schwarze Schneeflocke. Ich hing weiterhin an einem Fuß. Mit ungeheurer Anstrengung gelang es mir, in die rechte Vordertasche meiner Jeans zu greifen und meine chinesische Version eines Schweizer Armeemessers herauszuholen, das ganz bestimmt von chinesischen Zuchthäuslern hergestellt worden war, denn ich hatte es für drei Dollar auf der Canal Street erstanden. Ich hatte damals gleich mehrere gekauft, alle von einem großen Schwarzen mit roter Strumpfhose auf dem Kopf, der sich mit einem Phantasie-Freund aus seiner Kindheit unterhielt. So einem Kerl möchte man doch nicht allzu moralisch kommen.

Eins der Messer habe ich meinem Dad geschenkt, und ich weiß noch, daß er sagte: »Mein Vater hat mir mal so ein Messer geschenkt und jetzt mein Sohn.« Komisch, was einem so alles einfällt, wenn die Zeit knapp wird.

Vom Knöchel bis zum Kopf nahm der Schmerz zu, und mehr denn je empfand ich echtes Mitleid mit jedem Geschöpf der Wildnis, das je dem verschlagenen, grausamen Menschen in die Falle ging. Ich klappte das Messer auf und machte ein paar Ausfälle gegen das Seil, aber die Klinge war zu stumpf und das Seil zu straff. Ich schrie eine Weile, aber die einzige Antwort bestand aus dem Summen des Bienenschwarms und dem Rauschen in meinen Ohren. Hoover saß wahrscheinlich im Blockhaus, wippte mit dem Fuß im Takt zu seiner Achtspurkassette von The Captain and Toenail und begoß seine Mordserie mit mexikanischem Bier.

Mir war zum Heulen. Ich erinnerte mich, daß ich bei der Beerdigung meiner Mutter nicht geweint hatte, und als der Rabbi mir die Hand gab, sagte er: »Wie ich sehe, hat es dich noch nicht getroffen.« Ich hatte nichts erwidert. Aber die Wahrheit war, daß es mich lange vorher getroffen hatte. Jetzt traf es mich wieder. Das Leben trifft dich immer dann am gemeinsten, wenn du es am wenigsten erwartest, und du kannst darüber bloß lachen oder weinen, wonach dir halt gerade zumute ist. Wie man so sagt, »was dich zum Weinen bringt, kann dich auch lachen machen.«

Aus irgendeinem Grund ging mir auch Patrick O'Malley durch den Kopf, ein Obdachloser aus den frühen Siebzigern in Nashville, als sie noch Penner hießen. Selbst heute klingt »Penner« für mich ehrwürdiger als »Obdachloser«. Patrick war ein aristokratischer Freak und stolz darauf, ein Penner zu sein, und er hing in unserm kleinen Haus Nähe Music Row herum, wo Billy Swan und Willie Fong Young und Dan Beck und ich in jenen Tagen die alten Texas Jewboys auf die Beine zu stellen versuchten. Patrick, der inzwischen bestimmt im Himmel Flugblätter verteilt, hatte eine ganze Reihe denkwürdiger Maximen. Eine der besten war: »Wenn ich zwei Sachen nicht ausstehen kann, dann sind das ein vollgeschissenes Baby und ein heulender Mann.«

Wahrscheinlich hatte ich deswegen bei der Beerdigung meiner Mutter nicht geweint.

Die Bienen, der Imker und die Geier versauten mir allmählich die Cocktailstunde, also machte ich eine verzweifelte, fast übermenschliche Anstrengung, mit der einen Hand nach dem Seil zu greifen und es mit der anderen zu zerschneiden. Ich spürte, wie das Messer in die Seilfasern eindrang, spürte die vereinte Kraft von Millionen chinesischer Krimineller, darunter zweifellos vielen politischen Gefangenen, die am Gewebe einer morsch gewordenen Gesellschaftsstruktur zogen und sägten und rissen.

Das Seil gab nach.

Bienen summten.

Blumen wischten vorbei.

Dann wurde es schwarz um mich. Schwarz wie der Friedhof in der Nacht, als ich die Richterin traf. Und kurz vor dem Fall des Vorhangs wußte ich, daß die Lösung zu diesen Morden im Garten der Erinnerungen ruhte.

35

Einige Zeit später wachte ich von etwas auf, das sich wie ein Rennpferd anhörte und anfühlte, das in meinem Schädel auf einen flachen Felsen pißte. Mühsam öffnete ich in der Dunkelheit die Augen und konnte die Umrisse eines Unbekannten erkennen, der eine Taschenlampe und einen Wassereimer hielt. Er goß mir das Wasser über den Kopf und blendete mich mit der Taschenlampe. Ich war froh, daß es nicht der Imker war. Ich war froh, daß ich überhaupt noch mitspielte.

»Verdammte Scheiße!« sagte er. »Sie haben das Arschloch verscheucht!« Ich hatte keine Ahnung, was er meinte, aber es hatte etwas seltsam Beruhigendes, eine menschliche Stimme zu hören.

»Sherlock Holmes war Imker«, sagte ich.

»Scheiß auf diesen Haufen Imker«, sagte er. »Wir müssen hinter dem Arsch her, und in den Hügeln hier kennt er sich aus wie ein ringelschwänziger Waschbär.«

Mir dämmerte, daß der Mann ein Deputy war und daß Willis Hoover, wahrscheinlich durch mein Dazwischenfunken, über alle Berge war.

»Ist Sheriff Frances hier?« fragte ich und rieb mir den Knöchel.

»Wenn die hier wär, würd sie Ihnen die Schnüffelnase in den Arsch rammen. Sie ist nicht da, aber ich.«

»Wir Jungs sind also auf uns allein gestellt«, sagte ich.

»Scheiße«, sagte er und spuckte angewidert auf den Boden, gefährlich nah an der Stelle, wo mein Cowboyhut zur Ruhe gekommen war.

In der Ferne hörte ich weitere Autos sich nähern, Stimmen und Hundegebell. Einzelne Suchscheinwerfer drangen durch die Dunkelheit. Sie sahen aus wie kleine Leuchttürme auf einem Meer aus Staub.

»Der Bienentyp hier ist unser Hauptverdächtiger bei den Morden.«

»Den Morden?«

»Diesen kleinen alten Damen. Also, wie heißen Sie, Freundchen? Sheriff Frances will Sie sich wahrscheinlich vorknöpfen.«

Behutsam stand ich auf und humpelte zu ihm hinüber, um meinen Hut aufzuheben. Dann nahm ich meine Brieftasche, fischte meine Karte heraus und reichte sie dem Deputy. Er beleuchtete sie mit seiner Taschenlampe und studierte sie so ausgiebig, als wäre es eine Schriftrolle vom Toten Meer.

Auf der Karte stand: KINKY FRIEDMAN IST BEFUGT, SICH OHNE BEGLEITUNG AUF DEM GANZEN GELÄNDE ZU BEWEGEN. SOLLTE ER WOANDERS GEFUNDEN WERDEN, SO BENACHRICHTIGEN SIE BITTE: ECHO HILL RANCH, MEDINA, TEXAS 78055. Meine Telephonnummer stand auch drauf.

»Jetzt bin ich *sicher*, daß Sheriff Frances mit Ihnen reden will«, sagte er. »Ich wußte erst nicht, wer Sie sind, aber jetzt wird mir einiges klar. Sheriff Frances hat uns schon viel von Ihnen erzählt.«

»Ich bin der legendäre Wieheißternochgleich«, sagte ich.

»Also, verschwinden Sie, und kommen Sie bloß nicht wieder zurück«, sagte der Deputy.

»Geht in Ordnung«, sagte ich. »Ich war's langsam leid, immerzu an der Leine bleiben zu müssen.«

Ich setzte meinen Hut auf und humpelte davon. Dann bestieg ich Dusty und verpißte mich so schnell wie möglich.

»Eine Tür ist nicht zu«, sagte Dusty, als wir losfuhren.

Die Ranch war still und friedlich, als wir über den Damm spritzten und ganz langsam mit abgeschalteten Scheinwerfern auf den Parkplatz bogen. Auf Echo Hill gilt der Grundsatz, daß man schlafende Rancher nicht wecken soll. Es war etwa Viertel nach Cinderella-Zeit, als ich Dusty vor dem grünen

Caravan abstellte, hineinging, mir einen großzügigen Jameson eingoß, wieder hinausging, mich auf einen alten Holzstuhl setzte und an den Caravan lehnte. Das ist eins der tröstlichsten Dinge im Leben: Wenn du dich von aller Welt verlassen fühlst, kannst du dich immer auf deinen Caravan verlassen.

Ich nippte am Whiskey, entspannte mich und sah, wie die Pferde auf dem Parkplatz weideten. Weiter draußen auf der Ebene sah ich Hirsche und Hasen, und ich hörte, wie sich im Speisesaal eine Gruppe von Helfern unterhielt und lachte. Auf dem Bogenschießplatz knabberte ein Pferd das Stroh unter einer der Zielscheiben heraus, wieder so ein Fall von genau dem, was für Onkel Tom nie passieren durfte.

Die kleine Reihe Schlafbaracken am Fuß des Echo Hill lag in völliger Stille, nur die Lampen über den Türen leuchteten gelb wie bei einem Insulanerdorf, das wir in gewissem Sinne wohl auch waren. Das Bild sah aus, als hätte Gauguin es unter Tequila gemalt. Ich trank noch einen Schluck Jameson und hörte den dumpfen Aufprall, als die Katze vom Dach des Caravans heruntersprang und oben auf der Klimaanlage landete. Die Klimaanlage war schon kaputt gewesen, lange bevor die meisten Zeitgeistgestalter von heute überhaupt wußten, daß es so etwas gab. Wie die meisten Zeitgeistgestalter von heute gab sie nur heiße Luft von sich. Jetzt würde die Katze oben auf der Klimaanlage warten, bis ich eingeschlafen war, dann durchs offene Fenster springen und auf meinen Hoden landen. Ich konnte es kaum erwarten.

Als ich gerade aufstand, um zur Jameson-Flasche hinüberzugehen, klingelte das Telephon. Ich schnappte es mir.

»Schieß los.«

»Du bist also gesund und munter zurück.« Es war die Richterin.

»Na, nun übertreib mal nicht. Den gößten Teil des Nachmittags habe ich wie ein großer Barsch mit dem Kopf nach unten herumgehangen, aber ich lebe noch und kann zu dieser nachtschlafenden Zeit deinen Anruf entgegennehmen.«

»Und ich habe etwas über Willis Hoover herausgefunden.«

»Ich auch. Schleich dich nie an einen Veteranen an.«

»Er war einige Zeit im Gefängnis. Weißt du weswegen?«

»Insidergeschäfte an der Börse?«

»Probier's mal mit Vergewaltigung. Und wie ich hörte, war das Opfer eine alte Frau.«

36

Es war kein besonders angenehmes Gefühl zu wissen, daß Willis Hoover in halb durchgeknallter Blutgier die Hügel durchstreifte, und daß ich mein Scherflein dazu beigetragen hatte, ihn dahin zu bringen, wo er sich geographisch und psychisch gerade befinden mochte. Nicht daß ich viel Zeit damit verbrachte, mir Vorwürfe zu machen. Er war ein großer Imker. Und wie lange würde er überhaupt durchhalten, wo jeder Gesetzeshüter die Hügel von Texas Hill Country nach seinem Arsch durchkämmte? Er konnte doch nicht ewig auf der Flucht bleiben. Auch ein Überlebenskünstler muß von irgend etwas leben.

In den Tagen, nachdem Hoover sich aus dem Staub gemacht hatte, hing ich auf der Ranch herum, wenn auch nicht an einem Fuß, und versuchte, in meinem noch immer etwas angeschlagenen Kopf ein paar Kleinigkeiten zu sortieren. Hatte das Sheriff's Department mich zu Hoovers Haus hinaus beschattet, ohne daß ich es gemerkt hatte? Hatte Boyd Elder oder jemand anders Sheriff Frances denselben Tip gegeben, den ich im Smokehouse bekommen hatte? Oder hatte sie Hoovers anscheinend mindestens zwanzig Jahre altes Vorstrafenregister geprüft, und war ihm selbst auf die Schliche gekommen? Sheriff Frances und ich standen in einem ähnlichen Verhältnis zueinander wie Inspektor LeStrade und Sherlock Holmes. Emily Dickinson schrieb einmal: »Und sind wir uns auch unbekannt / und ebenso einander, / nicht welcher Quell es hergegeben, / erbittet sterbend der Soldat, / sondern bloß das Wasser.« Auf ihre gewundene und schöne Weise sagte Emily, daß es eigentlich keine Rolle spielte, wer den Fall löste, solange das Arschloch gefaßt wurde.

Die Richterin, J. Tom Graham und ich leierten telephonisch eine konzentrierte Kampagne an, die darauf abzielte, die Zusammensetzung dieser »Teilbevölkerung« genauer zu bestimmen, die augenscheinlich die Opfer dieses eigentümlichen und sehr eigensinnigen Monsters abgab. Immer wieder vertieften wir uns, wie Inspektor Maigret das getan hätte, in die Vergangenheiten der Opfer. Es muß wohl nicht extra betont werden, daß wir keinen roten Faden fanden, der ein Leben so zusammenschnürt, daß die Suche danach auch morgen noch von Erfolg gekrönt wäre. Der Zahn der Zeit hatte ganze Arbeit geleistet, schien es, denn je weiter wir in die Vergangenheit zurückspähten, desto weniger konnten wir entdecken. Und anscheinend gab es über die inzwischen allseits bekannten, oberflächlichen Gemeinsamkeiten hinaus nichts, was unsere Teilbevölkerung besonders ausgezeichnet hätte.

»Natürlich waren die meisten Frauen Republikanerinnen«, hatte J. Tom mir erzählt.

»Verdammt«, hatte ich gesagt, »wahrscheinlich sind *alle* 76jährigen Frauen in Texas Hill Country Republikanerinnen. Wenn ich eine 76jährige, verbissene Frau mit Verstopfung wäre und im Texas Hill Country lebte, wäre ich höchstwahrscheinlich auch Republikanerin.«

J. Tom hatte gelacht. »Vielleicht ist der Mörder ein Demokrat«, hatte er gesagt.

»Ich tippe eher auf Libertin.«

»Eigentlich wollte ich dir auch bloß sagen, daß ich alle Daten der sieben Opfer in den Computer eingegeben habe. Vielleicht schmeißt der ja bald ein paar interessante Ergebnisse aus.«

»Da bin ich weniger optimistisch. Computer verstehen vom menschlichen Geist ungefähr soviel wie die Japaner vom Baseball. Sie halten sämtliche Regeln ein, aber wenn ein japanischer Spieler einen Fehler macht – auch wenn es ein Spitzenspieler ist –, dann setzt ihn der Manager sofort auf die Bank. Das beweist doch, daß die Japaner trotz ihrer eifrigen Bemühungen, unsere Kultur nachzuahmen wie ein Affe im Zoo, den Geist des Baseball im Grunde nie begriffen haben.«

Während meiner Japaner-Computer-Analogie war J. Tom anscheinend kurz weggedöst, aber als er wieder zu sich kam, knüpfte er direkt da an, wo er eben den Faden verloren hatte.

»Es klingt willkürlich«, sagte er, bevor er auflegte, »aber ich finde, die Vier ist in einem Universum der Sieben eine bedeutsame Zahl.«

»Ein Universum der Sieben«, wiederholte ich für die Katz.

Das Gespräch hatte vor ein paar Tagen stattgefunden, und J. Tom hatte sich noch nicht mit irgendwelchen Computerresultaten zurückgemeldet. Es wäre ärgerlich, wenn ein Computer den Fall lösen sollte, dachte ich, aber »nicht welcher Quell es hergegeben, /erbittet sterbend der Soldat, / sondern bloß das Wasser«. Allmählich verstand ich Emily Dickinsons Denkweise, und auch das machte mir zunehmend Sorgen. Andererseits, sollte ich Emily Dickinson wirklich verstehen, dann müßte ich doch auch rauskriegen können, wo ein Typ wie Willis Hoover herkam.

37

Es war eine dieser heißen, fast mythischen texanischen Sommernächte, in denen man einschläft, ohne recht zu wissen, ob man ein Mann oder ein Junge ist, und aus denen man morgens aufwacht und sich halbwegs wünscht, man wäre ein Engel.

Bis zum Teil mit dem Engel bin ich nie gekommen.

Ich steckte tief in einem anscheinend ganz netten Routinetraum von meinem Bruder Roger, dem Psychologen, der mit meiner Katze auf dem Kopf nackt durch die Straßen lief. Beide Parteien schienen sich, obwohl sie das unter normalen Bedingungen nie und nimmer getan hätten, ungeheuer gut zu amüsieren. Mann und Katze lächelten selig, das forderte Hank Williams und mir natürlich auch ein schiefes, kleines, halbwegs seliges Grinsen ab und zauberte sogar dem ansonsten passiven Ghandi ein verschmitztes kleines serienmörderisches Grinsen auf die Lippen, als hätte er soeben eine seiner berühmten Fastenzeiten mit einem herzhaften Bissen Bohnensprossencurry unterbrochen.

Ich wollte Ghandi gerade etwas Lippencreme besorgen, als ein lauter, metallischer Klang durch die dunkle Nachtluft zu hallen begann, der alles Lächeln erzittern ließ wie große Hummer in den Todeszellentanks von Gourmet-Tempeln weitab vom Meer. Gelegentlich konnte man das häßliche Geräusch des Lachens reicher Leute hören, das von den üppig gedeckten Dinnertafeln herüberdrang.

Plötzlich sprang die Tür des Caravans auf, und ein fünfzehnjähriger Junghelfer namens Danny Carl kam herein, der größer war als der Heilige Geist bei seiner Wiederkehr und doppelt so hysterisch wirkte.

»Kinkster!« schrie er. »Komm schnell! Die Mavericks zelten am Big Foot, und da ist ein Riesenschwarm Killerbienen, die gehen auf alles los, was sich bewegt!«

Danny Carl war der Rülps-Champion der Ranch, der alljährliche Sieger der Rülpswettbewerbe am Helferabend, der nur einmal von der Hand oder eher dem Mund Katy Sternbergs geschlagen worden war, in einem heiß umstrittenen, etwas verbitterten Rülps-Duell im ersten Monat des vergangenen Sommers. Danny konnte mit einem einzigen lang ausgehaltenen Rülpser das ganze Alphabet aufsagen – das riß die Zuhörer immer wieder vom Hocker.

Alle Championrülpser in der Geschichte der Ranch hatten Rülpsdiäten, die sie mit religiöser Inbrunst befolgten. Katy Sternberg favorisierte Coca-Cola zur Verbesserung ihrer Leistung und bewarb sich, wie ich mich entsinne, eines Jahres mit dem durchgehaltenen Rülpsen von *Jump! Shake your booty! Jump! Jump! Shake your booty!*

Eddie Wolff, ein niederschmetternder Mitstreiter, bestand vor allen wichtigen Ausscheidungskämpfen auf einer Diät aus Raisin Bran und Seven-Up. Danny Carl glaubte ausschließlich an Schinkenstripes. Ich selbst habe in meiner unschuldigen Jugend, bevor ich in die Ruhmeshalle des Rülpsens aufgenommen wurde, immer auf den Chocolate Soldier geschworen, ein schwer aufzutreibendes Kohlensäuregetränk, das schon vor langer Zeit aus der Publikumsgunst verschwand, vom Publikumsgeschmack ganz zu schweigen.

Im Wettbewerb im letzten Sommer, als Danny es im Alphabet nur bis zum U schaffte, kam es zwischen den Mitstreitern zu einem netten, liebenswerten Schlagabtausch, der natürlich ausschließlich in Rülpsern erfolgte. »Ich bin besser als du«, rülpste Danny, woraufhin Eddie zurückrülpste: »Aber ich bin größer.« Katy antwortete mit »Ich will gewinnen!«, worauf Eddie erwiderte: »Für ein Mädchen war das gar nicht schlecht.«

Katy gewann dann die Meisterschaft mit einer wahnsinnigen, darmverschlingenden Interpretation von *I Am Woman, Hear Me Roar.* Wayne der Cowboy, der ebenfalls teilgenommen hatte, aber nie als ernstzunehmender Konkurrent anerkannt wurde, hatte die Meisterschaft beendet, indem er auf den grauen Truck kotzte. Seine Diät ist mir, da ich dies schreibe, nicht bekannt.

Aber im Augenblick rülpste Danny Carl nicht, er hatte Angst. Sein Auftreten entkrampfte sich auch nicht sonderlich, als er mich zum kleinen Schrank hinübergehen und die große, kurzläufige 12er-Flinte herausholen sah.

»Damit erwischte aber nicht viele davon«, sagte er und sah mich an, als liefe ich mit der Katze auf dem Kopf herum.

»Soll ich meines Bruders Bienenhüter sein?« fragte ich mit sphinxscher Rätselhaftigkeit, als ich hinaustrat und Dusty bestieg. Danny setzte sich zusammen mit Sam auf den Beifahrersitz. Sam mochte das Schrotgewehr nicht, war aber eine Autohure, solange er vorne sitzen durfte. Selbst für einen normalgroßen Amerikaner war auf dem Beifahrersitz nicht viel Platz, und Dannys großer Jugendlichenkörper im Verein mit dem aufgeregten Sambo schufen eine Situation, in der Dusty, als Danny seine Tür nicht ganz ranzog, wieder einmal bemerken mußte: »Eine Tür ist nicht zu.«

Sekunden später, als wir auf Adrenalin und unter dem Mond dahinflogen, planschten wir durch den Big Foot Wallace Creek und erreichten den Zeltplatz. Ich stellte den Motor ab, und als der Staub sich gelegt hatte, sahen wir, daß der Platz menschenleer war. Behutsam stieg ich aus dem Wagen und lauschte auf Geräusche, ob nun menschliche oder andere. Die anderen waren es, um die ich mir Sorgen machte.

Als unsere Augen sich an das halbdunkle Terrain gewöhnt hatten, sah ich bei ein paar Bäumen unten am Bach eine Gruppe von Menschen. Kein Lebenszeichen oder Bienenlaut. Wir schritten den kleinen Hang hinab, und Floyd, der Naturkundehelfer, kam uns entgegen.

»Von den Bienen ist seit etwa zehn Minuten nichts mehr zu sehen«, sagte er und starrte ostentativ die Schrotflinte an, die ich im Arm hielt. »Warum, zum Teufel, hast du *die* denn mitgebracht?«

Ich nahm Floyd einen Augenblick beiseite, winkte den Kindern mit einer Zuversicht zu, die ich nicht empfand, und suchte den dunklen Horizont nach Anzeichen von Mensch oder Biene ab. Ich fand keins. Wahrscheinlich war es reiner Zufall, daß ich im Hill Country jahrelang keinen Bienenschwarm gesehen und jetzt binnen einer Woche engen Kontakt zu gleich zwei Schwärmen bekommen hatte. Wahrscheinlich hatten diese Bienen, wo immer sie auch stecken mochten, noch nie von Willis Hoover gehört. Aber das war eine Möglichkeit, auf die ich lieber nicht bauen wollte. Was war, wenn sie ihm bis hierher gefolgt waren? Was war, wenn sie *mir* bis hierher gefolgt waren? In meinem Kopf nahm das Ganze allmählich die Ausmaße einer Shakespeareschen Tragödie an. Willst du nicht fliehn? Die Biene ist nicht fern.

»Was willst du denn nun mit der Schrotflinte?« fragte Floyd mich erneut.

Kurz angebunden erklärte ich ihm von meinem kürzlichen Abenteuer mit Willis Hoover. Ich machte ihm klar, Hoover sei auf der Flucht und möglicherweise ein Serienmörder, und ich fragte ihn, ob die Möglichkeit bestehe, daß der Schwarm ihn bis hierher zur Ranch begleitet habe.

»Das geht nur«, sagte Floyd, »wenn er die Königin mitgenommen hat. Wenn er das gemacht hat, ist ihm der Rest des Schwarms wahrscheinlich gefolgt. Allerdings müßte er ganz schön verrückt sein, so was zu machen.«

»Alle Imker sind verrückt«, sagte ich. »Von Serienmördern ganz zu schweigen.«

»Also, wenn du dir deswegen Sorgen machst, glaub ich kaum, daß das hier derselbe Schwarm ist. Wahrscheinlich ist einer der Jungen im Dunkeln einfach in einen Bienenstock gelatscht. Normalerweise werden Bienen nachts nicht besonders aktiv. Ich glaube, die Schrotflinte kannst du wegpacken. Steck dir lieber eine Zigarre an und qualm ein bißchen rum. Bienen stehen nicht besonders auf Rauch.«

Etwas in Floyds lockerer, kenntnisreicher Herangehensweise und etwas in seinen Augen erinnerte mich an seinen Vater, einen Mann, der mehr über die freie Natur wußte als irgend jemand, dem ich sonst begegnet bin, und das fand ich tröstlich. Ich schritt zu Dusty hinüber, legte das Schrotgewehr in den Kofferraum und ging zum Flußufer hinunter, wo Floyd und die Kinder waren.

»Warum hast du das Gewehr mitgebracht?« fragte ein Junge.

»Damit ich Ernest Hemingway den Schädel wegpusten kann«, sagte ich.

Ich zog eine Zigarre heraus und zündete sie an, um Zeit zu gewinnen und meine Nerven zu beruhigen. Floyd zwinkerte mir zu, genau wie sein Dad das immer gemacht hatte. Ich hatte vielleicht dreimal gezogen, als ein lautes Summen, das wie ein ganzes Bombergeschwader klang, direkt hinter meiner linken Schulter durch die Luft dröhnte.

»Alle in den Bach!« schrie Floyd.

Als die Bienen in einem langsamen, tiefen, gefährlichen Kreis heranschwärmten, sprangen zwölf Jungen, zwei Helfer, Floyd und ich mit einem riesigen Platscher in den Bach. Sambo war wasserscheu, aber ich sah, daß er unter Dusty Schutz suchte. Jüdische Schäferhunde sind echt clever.

»Solange sie nicht anfangen, jemanden zu stechen, ist alles in Ordnung«, sagte Floyd. »Wenn jemand ein paarmal gestochen wird, kann der Instinkt des Schwarms die Leitung übernehmen. Dann schalten die Bienen vielleicht auf Angriffsmodus.«

»Und was passiert dann?« fragte ich, mit nur dem Mund und einem Ohr über der Wasseroberfläche.

»Dann sind wir am Arsch«, sagte Floyd.

38

»Und was geschah dann?« fragte Marcie einige Zeit danach, als sie in Tante Joans altem Lieblingsschaukelstuhl im weißen Caravan schaukelte.

»Na ja, die Bienen umkreisten uns eine Zeitlang wie ein riesiges schwarzes Lasso, und dann passierte dieses Gruppenbewußtseinsding, das Floyd mir erklärt hatte. Der Instikt des Schwarms sagte ihnen, sie hätten uns jetzt genug Angst eingejagt, und es sei Zeit, in die Heia zu gehen.«

»Und was habt ihr dann gemacht?«

»Wir sind haste was kannste weggerannt. Floyd und Danny haben die Jungen in ihre Baracke gebracht, damit sie die nassen Klamotten ausziehen konnten, und das letzte, was ich von ihnen gesehen habe, war, wie sie sich mit Bucky zusammen den Armadillo Canyon hinab zu einem neuen Zeltplatz bei Three Rivers aufmachten.«

»Ich bin überrascht, daß du nicht mal n Stich abgekriegt hast.«

»Ich auch. Der Herr beschützt eben Countrysänger in den mittleren Jahren, die ihre beste Zeit hinter sich haben.«

»Dann hat er den Job bei Johnny Horton aber ziemlich vermasselt«, sagte Marcie. Johnny Horton hatte Hits wie »North to Alaska« und »Sink the Bismarck« aufgenommen, bevor er bei einem Frontalzusammenstoß an der Grenze zwischen Texas und Louisiana ums Leben kam, zu einer Zeit, als die Countrysänger von heute noch in kleinen schwarzen Cowboyhüten herumzappelnde Spermatozoen waren.

»Wann, glaubst du, wirst du diese Mordfälle lösen?«

»Wahrscheinlich am Sankt-Nimmerleinstag. Ich habe das dumpfe Gefühl, daß wir alle etwas übersehen, aber ich komm ums Verrecken nicht drauf, was es ist. Es hat mit den Opfern zu tun. Ich glaub einfach, diese sieben alten Damen hatten auch so eine Schwarmmentalität wie die Bienen. Ich kann's nicht beweisen, aber ich könnte schwören, daß die sich kannten.«

»Wenn das stimmt, könnt es aber sehr lange her sein.«

»Genau das ist ja so vertrackt und so sonderbar bei diesem Fall. Wenn vor so langer Zeit etwas geschehen ist, wen kratzt das dann so viel später noch? Wer wäre so nachtragend? Und warum läßt er so viele Jahre verstreichen?«

»Du mußt wie der Judenfisch vorgehen«, sagte Marcie. »Von dem hab ich hier ein Bild in nem alten Angelführer aus den Fünfzigern.«

Ich warf einen Blick auf das Bild einer großen, schuppigen, aufgedunsen aussehenden Kreatur.

»Sieht echt gut aus«, sagte ich.

»Okay«, sagte Marcie, »und darunter steht: ›Mit all der Verschlagenheit seiner Rasse saugt der Judenfisch –‹«

»Das steht da nicht!«

»Aber klar doch. ›Mit all der Verschlagenheit seiner Rasse saugt der Judenfisch alles um sich herum auf und spuckt dann das wieder aus, was er nicht verdauen kann.‹«

»Herrgott. So was von ›kriegerischen Apachen‹. Der verdammte Judenfisch. Das ist wie bei Sherlock Holmes, der hat auch alles um sich herum aufgesaugt und das Unmögliche wieder ausgespuckt, wodurch – so unwahrscheinlich es auch erscheinen mochte – nur die Wahrheit übrigblieb.«

»Dann müßtest du den Fall hier mit dem lösen können, was du schon weißt. Du ermittelst bei dieser verdammten Sache doch schon den halben Sommer. Also zieh los und find's heraus. Laß dich vom Judenfisch leiten.«

Ich ging zum grünen Caravan zurück und holte meinen großen Malblock und eine frische Zigarre heraus. Die Katze saß unter der Schreibtischlampe und sah zu, während ich wie ein Dämon der Finsternis meine ersten Notizen über die Opfer durchlas. Welche Kontakte hatten sie vor langer Zeit gehabt, die dazu führten, daß die Opfer sich, wie ich annahm, auch später noch trafen? Gartenclub? Bridgeclub? Senioren-Square-dance-Club? Das waren alles ziemlich geriatrische Hobbys.

Okay, fingen wir bei Amaryllis Davis an. Das ganze Leben lang Mitglied der Töchter der Republik Texas. Was wußte ich von den *Töchtern?* Nichts, außer daß sie eine Gruppe alter Damen waren, die das Alamo als Staatsheiligtum schützten und pflegten. Ich hatte sie dort gesehen. Museumsführerinnen. Hausmeisterinnen. Eine Menge Plaketten. Plaketten. Wo hatte ich vor kurzem erst eine Plakette gesehen? Ach richtig. Im Friedhof zum Garten der Erinnerungen.

Octavia. Die wir für das fünfte Opfer des Mörders gehalten hatten, bis wir die sechs gelben Rosen auf ihrem Grab sahen. Aber das war jetzt nicht so wichtig. Wichtig war, daß wir immer »Gartenclub« gedacht hatten, wenn es um Octavia ging. Gartenclub und daß man ihr die Lippen zusammengenäht hatte. Den kleinen Sockel mit der Plakette neben ihrem Grab, die ihre Mitgliedschaft bei den *Töchtern* kundtat, hatten wir nicht mitgerechnet. Das machte schon zwei – zwei von denen wir wußten – in einem Universum der Sechs, das schnell zu einem Universum der Sieben geworden war.

Aber was war mit ihrer Schwester, die der alten Dame im Traum erschienen war? Ich blätterte wie verrückt in meinem großen Malblock, als es an der Caravantür klopfte.

»Herein«, sagte ich, immer noch blätternd.

Mit hellblauen Shorts und dunkelgrünen Augen kam Pam Stoner herein. »Ich brauche eine kleine Pause bei der Brennofenwache«, sagte sie. »Wir brennen heute nacht eine ganze Menge, und wenn's zu heiß wird, könnte was platzen.«

»Das kenn ich«, sagte ich. Sie setzte sich aufs Bett, und die Katze sprang ihr sofort in den Schoß, was gewissermaßen ein Segen war, denn ich mußte mich heute nacht konzentrieren und durfte mich nicht von ihren übereinandergeschlagenen Beinen ablenken lassen. Sie war eine Beineübereinanderschlägerin allererster Güte.

»Pam«, sagte ich, »hast du schon mal was von den Töchtern der Republik Texas gehört?«

»Nein«, sagte sie. »In Oklahoma sind die nicht der Renner. Was machen die?«

»Weiß ich nicht. Beschützen irgendwie das Alamo.«

»Damit sind sie aber ganz schön spät dran, oder?«

»Na, du weißt schon, sie passen auf, daß es kein Parkplatz oder Bennigan's wird.«

Pam dachte einen Augenblick darüber nach, dann sah sie sich kurz um. »In ein paar Jahren denken sie vielleicht darüber nach, deinen Caravan zu beschützen«, sagte sie lächelnd.

Ich lächelte ihre großen grünen Augen an.

»Pam«, sagte ich, »weißt du, was ein Kotillon ist?«

»Klar. Ein formeller Ball.«

»Du meinst, das ist keine langhalsige Echse aus Westtexas?«

»Deine Töchter der Republik Texas haben wahrscheinlich Kotillons abgehalten, wenn sie nicht gerade eifrig das Alamo beschützt haben. Diese blaublütigen Kreise der besseren Gesellschaft haben doch schon immer ihre Debütantinnen und Partys zum Eintritt in die Gesellschaft und Kotillons und Geheimrituale und all so n Zeug gehabt. Meistens führen die ihre Stammbäume auf die Bibel zurück, studieren ihre Wappenschilde, behalten allerlei Geheimnisse für sich, die sonst eigentlich auch keiner wissen will –«

»*Ich* will sie wissen!«

»*Dir* werden sie sie als allerletztes anvertrauen.«

»Nee, wohl eher nicht.«

Aber eins hatten sie mir schon erzählt. Oder zumindest Violet Crabb. Ihre Schwester Myrtle, das zweite Opfer, war ihr im Traum erschienen, hatte ein weißes Ballkleid getragen und »Kotillon« gesagt. Wenn ich mich nicht verzählt hatte, machte das drei in einem Universum der Sieben. Drei der Opfer hatten wahrscheinlich irgendwann mit den *Töchtern* zu tun gehabt. Als die Katze von Pam Stoners entzückendem Schoß herabsprang, sprang ich innerlich auf. Jetzt ging ich jede Wette ein, daß *alle* Opfer irgendwann bei den *Töchtern* gewesen waren. Bei den *Töchtern* hatten sie sich kennengelernt. Bei den *Töchtern* lag das Geheimnis für ihre Ermordung.

»Morgen früh fahre ich zum Alamo«, verkündete ich.

»Herzlichen Glückwunsch«, sagte Pam. »Morgen früh unterrichte ich Basteln. Darf ich dich was fragen?« Sie schlug die Beine übereinander.

»Alles«, sagte ich.

»Bedauerst du irgend etwas an diesem Sommer? Ich meine, abgesehen davon, daß du diesen Fall nicht lösen kannst, bei dem du da ermittelst?«

»Natürlich bedaure ich etwas. Jeder Mensch bedauert etwas. Ringo Starr sagte immer, am meisten bedaure er, daß er nie die Beatles gesehen hat. Ich bedaure in diesem Sommer am meisten, daß ich so sehr mit dieser Mordermittlung beschäftigt war und daß du so viel mit der Bewachung des Brennofens zu tun hattest, so daß wir beide kaum Zeit füreinander hatten.«

Pam lachte, etwas wehmütig, wie mir schien, stand auf und ging zur Tür.

»Ich bedaure auch etwas«, sagte sie, trat ins Mondlicht hinaus und machte sich auf den Weg in Richtung Bastelkorral.

Ich ging hinüber, stellte mich in die Tür und sah zu, wie die Mondstrahlen von ihrem wunderschönen Hinterteil widerstrahlten.

»Was bedauerst du?« fragte ich.

Sie hielt an, drehte sich um und blieb einen Augenblick so stehen. Ihre Tennisschuhe und ihr »Echo-Hill«-T-Shirt so makellos weiß und rein wie der Schnee auf einem Postkartenberg. Ihre blauen Shorts so herausfordernd und trotzig wie eine Regimentsfahne in der Hitze eines Heiligen Krieges. Ihre Augen so stolz und tief und schelmisch wie Irland.

»Ich habe noch keine langhalsige Echse gesehen«, sagte sie. »Wenn ich das richtig verstanden habe, kommen die nur nachts heraus.«

39

In den meisten Mordermittlungen schleppen sich die Dinge unendlich dahin wie langsame Tänzer in einem äußerst feuchten Traum, bis sich plötzlich alles auf einmal zu entknoten scheint. Statt als allererstes nach San Antonio zu fahren, um die *Töchter*-Verbindung beim Alamo zu untersuchen, fand ich mich also am nächsten Morgen am Telephon wieder, wo ich noch ziemlich vernebelt der Stentorstimme von Sheriff Frances Kaiser lauschte.

»Also wir haben ihn gestern abend geschnappt«, sagte sie.

Ich wußte nicht genau, ob sie Jesus am Kreuz meinte oder die Ente im Hagelsturm, aber mich bezauberte es.

»Wen haben Sie geschnappt?« fragte ich und jonglierte mit den vielen beweglichen Teilen der Kaffeemaschine.

»Willis Hoover«, sagte sie. »Den Imker, der davonbrummte, als Sie ihm Ihren unangemeldeten Besuch abgestattet haben.«

»Sheriff Frances –«

»Also, ich hab heute morgen ein Treffen anberaumt. Nur Sie, Richterin Knox und ich um neun Uhr in meinem Büro. Schaffen Sie das?«

Ich sah auf die Uhr. 8.07 Uhr. »Ich komme«, sagte ich.

»Gut«, sagte Sheriff Frances. »Jetzt, wo wir den Vogel geschnappt haben, wollen wir doch sicherstellen, daß wir ihn rupfen und braten können.« Sie legte auf, während ich mich noch am Hörer festhielt.

»Ich komme«, wiederholte ich für die Katz.

Ich kam pünktlich am Gericht an und hätte es fast durch die Eingangstür geschafft, als eine selbstgerechte Bürokratin mir mit dem Finger drohte, weil ich im Foyer rauchte. Wird eine Tippse selbstgerecht, ergeht es dir in Bälde schlecht, dachte ich. Aber Sheriff Frances bewies mir das Gegenteil. Das Treffen war kurz, harmonisch und fast schon das, was man in politischen Kreisen immer »herzlich« nennt. Alle drei spürten wir, daß Hoover unser Mann war. Keiner von uns fühlte sich besonders wohl mit dem, was wir über ihn hatten, und das waren ja auch, verflixt noch mal, kaum mehr als Indizienbeweise und dieses bestimmte Gefühl im Bauch.

Ich erwähnte, ich hätte vor, einer möglichen *Töchter*-Verbindung zu dem Fall nachzugehen, und erntete zustimmendes Nicken sowohl von Sheriff Frances als auch von der Richterin. Die Richterin sagte, sie werde sich Hoovers Vorgeschichte etwas näher anschauen, und Sheriff Frances und ich verliehen unserer Billigung Ausdruck. Sheriff Frances sagte, es werde Zeit, daß wir alle am selben Strang zögen und alles täten, um dieses Monster hinter Schloß und Riegel zu bringen und die Ängste des Gemeinwesens zu beruhigen. Wir pflichteten ihr von Herzen bei. Das einzige, was bei diesem Treffen eine Spur beunruhigend war, war eigentlich unsere Eintracht und wie gut wir miteinander klarkamen. Das war ein gutes Gefühl, nur nicht ganz normal.

Am Ende des kurzen Treffens sagte Sheriff Frances, sie wolle uns noch etwas zeigen. Sie führte uns durchs Foyer und einen anderen Korridor hinab und hielt dann vor einem kleinen Gerichtssaal.

»Da ist er«, sagte sie.

Die kleine Richterin und ich spähten um Sheriff Frances herum und erblickten Willis Hoover auf der Anklagebank. Ein kleiner Mann, der von den ständigen gesetzlichen Wanderschaften, denen er sich ausgesetzt sah, nervös und eingeschüchtert wirkte. Seine Hände zitterten in den Handschellen, und er starrte seine Füße an.

»Sieht nicht wie ein Serienmörder aus, oder?« sagte Sheriff Frances.

»Tun sie nie«, sagte ich.

»Dem Würger von Boston öffnet man ja auch nicht Tür und Tor«, sagte die Richterin, »wenn er *aussieht* wie der Würger von Boston.«

»Und das kannste dir aufs Kissen sticken«, sagte ich.

Kurz darauf fuhren Dusty und ich auf der I-10, legten die Ohren an und pesten zum Alamo. Es würde ein heißer Tag werden, aber noch spürte ich anhaltende Kälte vom Blick auf diesen menschlichen Abschaum namens Willis Hoover. Selbst jetzt fiel es mir schwer, den kleinen, harmlos wirkenden Mann und die Verbrechen, die er begangen haben sollte, voneinander zu trennen. Irgendwo in seiner Brust mußte eine zweite Seele wohnen. Man hatte ihn zwar noch nicht überführt, aber das konnte nur eine Frage der Zeit sein. Alle Indizienbeweise von unseren drei Ermittlungen wiesen eindeutig auf Hoover hin, der die klassischen Konturen eines Menschen aufwies, der durch die Maschen der Gesellschaft gefallen war und so unentdeckt blieb. Er war vor mir geflohen, er war vor dem Gesetz geflohen, er hatte gelbe Rosen gezüchtet, er hatte wegen Vergewaltigung einer alten Frau im Gefängnis gesessen, und Sheriff Frances zufolge war er nicht bereit gewesen, sich schuldig oder unschuldig zu bekennen. Wenn ich daran zurückdachte, wie er in jenem Zimmer gestanden hatte, konnte ich das Böse förmlich sehen, das er in geheimnisvollen kleinen Wellen ausstrahlte, aber fast gegen meinen Willen spürte ich ein gewisses Mitgefühl mit diesem jämmerlichen kleinen Geschöpf.

Das Alamo war natürlich noch da. Ich habe oft gesagt,

sollte der Staat Texas je einem Atomangriff zum Opfer fallen, würden nur zwei öffentliche Einrichtungen stehenbleiben: das Alamo und der Hut von Tom Landry, dem ehemaligen Trainer der Dallas Cowboys. Von den beiden wollte ich stets das Alamo voller Stolz im Herzen tragen.

Der Morgen ging zur Neige, die Tauben und Touristen flatterten herum, und der Anblick des Alamo berührte mein Herz wie eh und je. Das Alamo war ein kleines, ergreifendes, pockennarbiges Missionsgebäude, das verloren in der Sonne herumstand, als würde es die kommende Nacht nicht überstehen. Es war nicht von sich eingenommen, auch zeichnete es sich nicht durch jene Größe aus, deren Texaner sich so oft rühmen, aber es war nach allgemeiner Ansicht der ehrwürdigste Besitz unseres Staates. Aber eigentlich besaßen wir das Alamo nicht; wir waren von ihm besessen, wie freie Menschen in der ganzen Welt von ihm besessen waren, die seine Geschichte sahen oder lasen. Das Alamo war keine texanische Prahlerei, dachte ich. Es war das völlige Gegenteil. Das demütige Herz von Texas. Einer der wenigen Altäre, die ich je eines Gebets für würdig erachtet habe.

Auf der gefechtsvernarbten Tür ist eine Plakette angebracht – die *Töchter* haben's mit Plaketten – mit der Aufschrift:

Schweig stille, Freund.
Hier starben Helden,
um anderen Menschen
eine Bahn zu brechen.

Rechts von der Tür ist eine zweite Plakette. Auf ihr steht:

RUHE
RAUCHEN VERBOTEN
HERREN NEHMEN DEN HUT AB
PHOTOGRAPHIEREN VERBOTEN
KEINE GETRÄNKE

Wie mein Freund Dr. Jim Bone immer sagt: »Eine Menge Regeln für so eine kleine Firma.«

Ich drückte meine Zigarre aus, nahm den Hut ab, fuhr mir sorgfältig durchs Haar, damit mein Kopf nicht aussah wie ein Lyle-Lovett-Anfängerbaukasten. Das wäre bei den *Töchtern* wahrscheinlich nicht so gut angekommen.

Dann ging ich hinein.

Davy Crocketts bestickte Weste war für mich schon immer eine Art Turiner Grabtuch. Schweigend starre ich sie an, und Aberhunderte glitzernde kleine Augen starren schweigend zurück. Die Weste hatte ein echter amerikanischer Held getragen – ein Mann, der nicht für Heimat, Land und Vaterland starb. Genaugenommen war er hier nur grad vorbeigekommen. Er starb, weil er zur falschen Zeit am rechten Platz war. Er starb mit einer verdammten Menge toter Mexikaner, die wie ein blutiger Beerdigungskranz um ihn herumlagen. Er starb, ohne je ein Auto oder einen Computer oder ein Video gesehen zu haben. Er war nicht einmal Texaner. Aber er war ein Mann für alle. In einer der Helden beraubten Welt ist Davy heute noch ein wahrhaft großer Mann.

Ungefähr das ging mir durch den Kopf, als noch eine ziemlich überlebensgroße Gestalt neben mir auftauchte. Es war eine jüngere *Tochter*, die etwas hysterisch war wegen der kalten Zigarre, die ich mir unbewußt in den Mund gesteckt hatte.

»Zünden Sie die nicht an«, flüsterte sie.

»Seien Sie nicht kindisch«, flüsterte ich zurück. »Halten Sie mich für jemanden, der im Alamo eine Zigarre rauchen würde?«

Die junge Frau warf mir einen feindseligen Blick zu und sagte kein Wort.

»Halten Sie mich für jemanden, der im Alamo *gekämpft* hat?« flüsterte ich.

Sekunden später steuerte sie mich energisch in die Sonne zurück und in das Gravitationsfeld einer älteren Tochter.

»Vielleicht können *Sie* diesem Herrn helfen«, sagte sie.

»Ich heiße Lydia McNutt«, sagte die ältere Dame schlicht.

»Ich heiße Phil Bender«, sagte ich. »Ich studiere anthropologische Choreographie, und ich –«

»Nun, ich schätze mich glücklich, Ihnen alles über die Töchter der Republik Texas erzählen zu dürfen«, sagte sie und verfiel offensichtlich in eine Art Erinnerungsdelirium. »Die Organisation wurde 1903 von Clara Driscoll gegründet, um frühe Texaner und Texanerinnen zu ehren, die der bundesstaatlichen Souveränität den Weg ebneten, um Texas mit mehreren Feiertagen zu ehren und um das Heiligtum des Alamo zu erhalten und zu schützen. Sie wissen doch noch, wann Texas unabhängig wurde, oder, Mr. Fender?«

»Äh, Bender. Und ich bin mir, ehrlich gesagt, nicht ganz sicher –«

»Ach, nun kommen Sie! Sie erinnern sich doch bestimmt noch an Ihre Geschichtsstunden in der High-School. Zehn Jahre nach dem Alamo, 1846, erlangte Texas seine Unabhängigkeit. Um unserer Organisation beizutreten, muß man durch Geburts- und Todesurkunden zweifelsfrei nachweisen können, daß mindestens ein Vorfahr in Texas lebte, bevor der Staat Teil der Vereinigten Staaten von Amerika wurde.«

»Mein Arbeitsfeld, die anthropologische Choreographie, ist äußerst spezialisiert, Mrs. McButt, und wir –«

»McNutt«, sagte sie in einem fast gleichgültigen, gedankenlosen Singsang. »Lydia McNutt.«

»Das Feld ist so spezialisiert«, fuhr ich fort, »daß wir jegliche Angelegenheiten politischer und patriotischer Natur scheuen –«

»Oh, Ihr armen.«

»Ja, nun . . . und mein spezielles Interessengebiet sind die ›Kotillons der späten Dreißiger‹.«

40

Wir unterhielten uns noch eine ganze Weile, und Mrs. McNutt erzählte mir ein winziges bißchen mehr über die gegenwärtige Situation der *Töchter*, als ich wissen wollte. Von einer gewissen Bedeutung war jedoch die Enthüllung, daß die blaublütigen Oberschichttraditionen der *Töchter* in deren Frühzeit weit ausgeprägter und eingefleischter waren als heute. Und fast schon als Nachsatz zeigte sie über die Straße zum Menger Hotel, in dem sich, wie sie glaubte, ein alter, nicht mehr benutzter Ballsaal befand, der vollgestopft war mit Archivmaterial. Das war ausnahmsweise etwas, das jederzeit hätte passieren dürfen.

Beklommen betrat ich das geschichtsträchtige Hotel, denn dort war nicht nur Richard King gestorben, der Eigentümer der King Ranch, waren nicht nur Oscar Wilde und O. Henry abgestiegen, sondern es war auch einer der beiden Plätze auf Erden, wo ich wirklich und wahrhaftig ein Gespenst gesehen habe. Als ich zur Tür hereinkam, wußte ich es noch nicht, aber ich will verdammt sein, wenn ich nicht gleich wieder eines sehen sollte.

Zum Glück stand mein Freund Ernie an der Rezeption, und da nicht viel los war, führte er mich nur zu gern persönlich zu dem alten Ballsaal.

»Der wird seit Jahren nur noch als Lagerraum genutzt«, sagte Ernie. »Der Saal liegt im zweiten Stock des alten Flügels – gar nicht weit weg von der Stelle, wo du angeblich dein Gespenst gesehen hast –«

»Ich *habe* ein Gespenst gesehen«, sagte ich, während Ernie mich einen uralten Korridor hinabführte, der sich in *Shining* viel wohler gefühlt hätte.

»Ach, du wärst überrascht, wenn du wüßtest, wie viele unserer Gäste erzählen, daß sie Geister gesehen haben«, sagte Ernie.

»Gut«, sagte ich, »aber wie viele von euren Geistern erzählen, daß sie Gäste gesehen haben?«

Ich erinnerte mich noch ziemlich gut an die Nacht. Es war etwa zehn Jahre her, als Ratso der Ranch einen seiner berühmten Besuche abstattete. Ratso, Dylan und ich waren losgezogen, um uns Jim und Neesie Beals Band *Ear Food* anzuhören, und ich ging ziemlich früh ins Bett, ohne Alkohol getrunken zu haben. Und ich schwebte auch definitiv nicht unter der Wirkung elf verschiedener Kräuter und Gewürze, als ich das Gespenst sah. Sie sah aus wie ein Zigeunermädchen oder eine mexikanische Tänzerin, und sie begegnete mir, als ich in einem trancehaften Bewußtseinszustand war, aus dem ich ziemlich ruckartig auffuhr.

Erst saß ich im Bett, dann stand ich, aber die Vision des Mädchens verschwand noch immer nicht. Sie schien eine wunderschöne junge Frau aus alten Zeiten zu sein. Sie trug silberne Ohrringe und einen Gürtel, der den latent homosexuellen, silbernen Muschelgürteln ähnlich sah, die der große Bill Bell aus Fredericksburg für Willie Nelson, mich und andere Amerikaner angefertigt hatte, die ihre Körper unbewußt in zwei Teile aufteilen wollten. Ich bezweifle, daß Bill Bell schon am Leben war, als der Schmuck des Gespenstes hergestellt worden war. Die Muscheln sahen aus wie kleine Sterne.

Dylan hatte die ganze Geschichte im anderen Bett verschnarcht und meinte später, ziemlich unsensibel, wie ich fand, das ganze Erlebnis beruhe wahrscheinlich auf Blähungen. Nachdem die Vision sich geweigert hatte zu verschwinden, war ich jedenfalls überzeugt, daß Ratso, der das andere Zimmer unserer Suite bewohnte, dem Kinkster einen Streich gespielt hatte. Es war einfach die einzige Erklärung, die mir dafür einfiel, daß ich über zwei Minuten in die dunklen Augen dieser Vision gestarrt hatte, während ich hellwach auf den Beinen stand und befürchtete, jede Sekunde zu Jesus oder Jupiter versammelt zu werden.

Völlig außer mir, war ich der Vision in Ratsos Zimmer gefolgt, wo sie endlich verschwand, und ich war drauf und dran, Ratso zur Schnecke zu machen, weil er mir ein Mädchen oder eine Prostituierte oder was zum Geier aufs Zimmer geschickt hatte, während ich schlief. Aber Ratso war selber weggetreten wie eine gestrandete Flunder, und seine Außentür war doppelt abgeschlossen und die Kette vorgelegt, wie er es in New York immer machte. Nachdem ich ihn mit einiger Gewalt wach bekommen hatte, schlug er vor, ich solle die Ghostbusters holen.

»Hast du oder hat der Geist was gesagt?« wollte Ratso wissen.

»Der Geist hat nichts gesagt, aber ich einmal.«

»Und was?«

»Ich glaube, ›fuck me dead‹.«

»Kann kein echter Geist gewesen sein«, sagte Ratso. »Die Gelegenheit hätte der sich um nichts in der Welt entgehen lassen.«

Während ich meine frühere Erfahrung mit der anderen Welt im Menger noch einmal durchlebte, hatte Ernie ein Paar massive Holztüren aufgeschlossen und hielt mir jetzt einen Schlüssel hin.

»Der Lichtschalter ist an der Wand«, sagte er. »Rühr nichts an und verrück nichts. Schließ die Türen ab, wenn du fertig bist und bring mir den Schlüssel an die Rezeption zurück.«

»Prima«, sagte ich und starrte ins staubige, leicht urzeitliche Dunkel. »Wenn ich in fünfzig Jahren noch nicht wieder da bin, schickt mir Richard King nach.«

Ernie ging, und ich schaltete das Licht an.

Es sah aus, wie der Ballsaal der Phantasie aussehen könnte, wenn man erwachsen geworden ist und vergessen hat, wie man sich maskiert. Staub auf dem Boden, Laken und Planen auf den meisten Möbeln und Spinnweben auf den Reihen alter gerahmter Photographien an den Wänden. Die

Photos konnten direkt aus Violet Crabbs Traum stammen. Wie jeder andere mochte ich alte, staubige Ballsäle, aber mich ergriff nicht wie meinen Freund McGovern ehrfürchtige Hingabe für sie und alles, was sie einst repräsentiert haben. Am allerwenigsten gefiel mir die Vorstellung, wieder meinem Gespenst zu begegnen oder das kaum vernehmbare Rascheln alter Seidenkleider zu hören, die sich anmutig über die Tanzfläche bewegten. Ich wollte hier bloß einem verrückten kleinen Einfall nachgehen und dann wie der geölte Blitz wieder verschwinden.

Ich wußte nicht, in welchem Alter junge Frauen in der guten alten Zeit »eingeführt« wurden. Heutzutage geschah das etwa mit neun. Aber ich ging jede Wette ein, daß in jener Frühzeit für eine Debütantin mit ein bißchen Stolz im Leibe – falls das kein Widerspruch in sich war – 18 bis 21 ungefähr hinkam. Also suchte ich nach den späten 1930ern und hoffte inständig, daß ich richtig lag, sonst hätte ich eine ganze Menge Staub für nichts und wieder nichts aufgewirbelt. Ganz zu schweigen von aufgescheuchten, unglücklichen Spinnen.

1936. 1937. 1938 ... das war in etwa die Zeit, die ich suchte. Ich zog mein Kinky-Honor-America-Taschentuch heraus und wischte den Staub und die Spinnweben von der 1938er Photographie an der Wand. Sie zeigte zwei Reihen Mädchen – insgesamt zehn. Sie trugen feierliche weiße Kotillongewänder und ihr Haar in der allerneusten Mode jener Tage. Ihre Augen sahen in mich hinein, wie nur die Augen auf alten Photographien das vermögen. Sie taten ihr verdammt möglichstes, meine Seele in eine bessere Welt zu ziehen, die zu entdecken ich noch nicht ganz bereit war. Nicht ganz, aber fast.

Ihre am unteren Rand gedruckten Namen waren mir inzwischen gut bekannt: Virginia, Myrtle, Amaryllis, Prudence, Nellie (offensichtlich Pat Knox' neu entdecktes Opfer, das wir beim ersten Mal übersehen hatten), Octavia und die gute

Gertrude (das letzte Opfer). Zwei Namen kannte ich nicht: Hattie Blocker und Dossie Tolson. Ich schrieb die beiden neuen Namen in mein Notizbuch, und dann zählte ich die Namen auf der Photographie noch einmal durch.

Irgend etwas stimmte hier nicht. Da waren zehn Mädchen, aber nur neun Namen. Sorgfältig sah ich mir jedes Mädchen an und ordnete ihm seinen Namen zu. Der Name des letzten Mädchens in der zweiten Reihe war ausgelöscht worden. Genau wie etwas anderes. Bislang kannte ich dieses Phänomen nur von frühen revisionistischen russischen Photographien, wo bestimmte politische Gestalten in Ungnade gefallen waren. Dasselbe hier und jetzt in diesem alten Dachgeschoß von Ballsaal zu erblicken, jagte mir kalte, zeitlose, unbarmherzige Schauer halb vergessener Geschichte durch den Körper.

Nicht nur der Name der jungen Frau fehlte.

Ihr Gesicht auch.

41

»Maultierstall«, meldete sich Earl Buckelew wie üblich am Telephon.

»Earl!« schrie ich ins Münztelephon im Foyer des Menger Hotels.

»Kinky Dick!« schrie er zurück.

»Earl, ich hab ein Problem. Es geht um zwei Frauen –«

»Das ist immer ein Problem.«

»Das Problem ist, ich kenne sie nicht, aber du hoffentlich.« Ich zündete mir in der geschlossenen Telephonzelle eine Zigarre an, und bald umgab mich das äußerst angenehme Aroma von gutem Hondurastabak.

»Augenblick mal«, sagte Earl. »Ich stell eben den Fernseher leise.« Ich hörte, wie Earls Stock über den Boden zum

Fernsehgerät klackerte, dann hörte ich ihn wieder, diesmal ganz deutlich, auf seiner Rückreise zum Telephon.

»Die verdammten Araber und die Juden gehn mal wieder aufeinander los«, sagte er.

»Wir können's halt nicht lassen, Earl.«

»Cowboys und Indianer«, sagte er.

»Earl, hast du mal was von einer Hattie Blocker oder Dossie Tolson gehört?«

»Von der zweiten noch nie, aber Hattie – wenn das dasselbe Miststück ist, an das ich jetzt denke . . .«

»Wie viele Hatties gab es in deinem Leben?«

»Ach, da brauchst du bloß n Stück zurückzugehen und wärst baß erstaunt. Da hüpft dir von jedem Klappsitz ne Hattie entgegen.«

»Die hier ist rund 76 Jahre alt, Earl, und hüpft dir bestimmt von keinem Klappsitz mehr, und ich muß sie finden und versuchen, Beweise gegen einen Mann zu finden, von dem wir glauben, daß er schon sieben Frauen ermordet hat.«

»Ja, sie war eine echt dufte Biene.«

»Die Frage ist nur, wo ist sie jetzt?«

»Damals in den Dreißigern hab ich sie immer in meinem alten blauen Model-A-Zweisitzer mitgenommen. Das war im ganzen Hill Country das erste Auto mit eingebautem Radio, wußtest du das eigentlich?«

»Nein, Earl, wußte ich nicht. Aber weißt du, wo diese Frau jetzt ist?«

»Scheiße, ist ewig her – ich hab sie aus den Augen verloren – aber ich glaub, ich hab mal gehört . . . wenn das dieselbe ist . . . daß sie drüben in Purple Hills ist, dem Laden in Bandera. Was manche Leute Seniorendomizil nennen.«

»Earl, noch eine Frage. Diese Hattie Blocker – diese junge Frau, die du immer in deinem Model A spazierengefahren hast . . .«

»*Echt* dufte Biene.«

»Ja, ich weiß. Aber nun erzähl mir mal eins: War die mal eine Debütantin?«

»Also nicht mit mir«, sagte er.

Dusty und ich flogen aus San Antonio nach Osten wie ein heftiger Polarwind, der über die texanischen Weiten bläst. Wir nahmen den I-10 bis zur Abfahrt 46 und fegten auf der Straße nach Bandera durch Pipe Creek. Die ganze Strecke verfolgte mich das Mädchen ohne Name und Gesicht, ihr furchteinflößendes Antlitz ohne Züge erhob sich wie eine entweihte Vision über den trüben Batik-Horizont amerikanischer Geschichte.

Ich hatte vorher im Pflegeheim Purple Hills angerufen und erfahren, daß dort in der Tat eine Patientin namens Hattie Blocker liege. Nein, es mache überhaupt keine Umstände, wenn ihr Patensohn Oswald T. Wombat sie am späten Nachmittag besuchen komme. Ich fragte die Schwester, wie es um Hatties Gedächtnis bestellt sei, und sie sagte, ihr Kurzzeitgedächtnis sei so gut wie nicht vorhanden. Ich meinte, das sei ein wahrer Segen, und erkundigte mich etwas verzagt nach ihrem Langzeitgedächtnis. Wenn Hattie im Oberstübchen schon einen ganzen Schwarm Piepmätze hatte, würde sie kaum dazu beitragen können, Hoover festzunageln.

»Die alten Zeiten sind das einzige, was der Guten noch geblieben ist«, hatte die Schwester gesagt.

»Erinnert sie sich an die Zeit vor fünfzig Jahren?«

»Als wäre es gestern gewesen.«

»Auch das ist ein Segen«, hatte ich gesagt.

Alles war ein Segen. Nur wußte das noch keiner von uns. Heutzutage schnallten die meisten Leute nicht mal, daß Daddy ihnen den T-Bird weggenommen hatte, bis sie aus der Garage zurücksetzen wollten und sich Bremsspuren am Arsch holten.

Als ich durch die kochend heißen Straßen von Bandera fuhr, machte mir das Bild des Körpers der jungen Frau ohne

Gesicht immer mehr zu schaffen, und ich wurde Dusty gegenüber etwas geschwätzig.

»Ich hab das wirklich gruslige Gefühl, daß sie mir etwas sagen will«, sagte ich. »Ich hab ja schon Namen ohne Gesicht gekannt und Gesichter ohne Namen, aber dieses arme Kind scheint uns in beiden Abteilungen einen Strich durch die Rechnung zu machen. Trotzdem höre ich ihre Stimme so deutlich wie den Lautsprecher bei einem Gebrauchtwagenhändler. ›Hilfe!‹ sagt sie. ›Hilfe!‹ Wenn wir nicht in die Vergangenheit eintauchen und diesen Fall in seinen genauen historischen Rahmen einpassen können, dann wird Willis Hoover, und mag er noch so schuldig sein, garantiert freigesprochen.«

»In der Elektrik gibt es ein Problem«, sagte Dusty. »Muß dringend zur Reparatur.«

42

Hattie Blocker sah aus wie eine unfrisierte Barbara Fritchie. Ich bin in Barbara Fritchies Haus in Frederick, Maryland, gewesen. Ich bin in Anne Franks Haus in Amsterdam gewesen. Und jetzt war ich in Hattie Blockers Haus.

Willkommen in der Heimat, heißt es immer.

In der Heimat kann man allerdings nicht willkommen sein, weil Heimat kein Ort ist, den man aufsuchen kann. Heimat ist eine Zeit in deinem Leben, in der du vielleicht geglaubt hast, daß du glücklich bist, eine Zeit, an die du noch zurückdenkst, wenn deine drei Minuten schon längst vorbei sind. Ich brauchte nicht zurückzusehen. Ich brauchte mich nur in Hatties aseptischem, leerem kleinem Zimmer in Purple Hills umzusehen. Es hätte ohne weiteres Doc Phelps' letztes kleines Zimmer im Landeskrankenhaus von

New Mexico sein können. Hier gab es nichts als Hattie und ihre Erinnerungen. Und Hattie gab kein Wort von sich.

Zum Teufel, ich würde wohl auch kaum sprechen, wenn man mir einen dieser Sauerstoffschläuche in die Nase stecken würde, wenn alle tot wären, die ich kannte, und ein komisch aussehender Cowboy an meinem Bett säße, der sich aufführt, als würde er sich jeden Augenblick seine Zigarre anstecken.

»Hattie«, sagte ich sanft.

Nichts.

»Hattie«, sagte ich und drehte das Gesangsmikro etwas auf, »ich brauche dringend Ihre Hilfe. Ich habe gerade ein wunderschönes Bild von Ihnen und Ihren Freundinnen beim 1938er Kotillonball der Töchter der Republik Texas gesehen. Sie sahen hinreißend aus.«

Hattie sagte nichts, aber ihre Augen leuchteten. Ich zog meinen Stuhl etwas näher ans Bett.

»Hattie, es geht um eine sehr ernste Sache. Ich würde Ihnen nicht einmal davon erzählen, aber wir brauchen Ihre Hilfe, um einen Verbrecher zu überführen. Er hat schon sieben Debütantinnen jenes Kotillons umgebracht, Hattie.«

Ich spulte die Liste ab, als läse ich aus dem tibetanischen Buch der Toten vor, und merkte, daß Hattie etwas zitterte. Eine entsetzliche Art des Broterwerbs.

»Virginia ... Myrtle ... Amaryllis ... Prudence ... Octavia ... Nellie ... Gertrude ...«

Hattie Blocker sagte nichts.

Ich erhob mich vom Stuhl und ging zum kleinen Fenster hinüber. Hoffnungslos. Hoffnungslos und unfaßbar grausam. Von allen Gelegenheiten meines Lebens, wo ich andere Menschen und Situationen ausgenutzt hatte, mußte das hier die niedrigste sein. Eine alte Dame in Angst und Schrecken zu versetzen, die sowieso schon auf dem Gartenpfad zur Himmelspforte wandelte. Ich war nicht besonders stolz, Amerikaner zu sein.

Ich blickte dahin zurück, wo Hattie aufgerichtet in ihren Kissen lag. Immer noch bewegungslos. Augen starr. Sie sah aus wie ein kleines Reisigbündel. Ich sah wieder aus dem Fenster.

Dann brach in meinem Kopf ein kleiner Zweig. Ich mußte mit diesem Verhör fortfahren. Es war zu spät, den kleinen Jesus in seiner Krippe zu fragen, welche Geschmacksrichtungen er sonst noch anzubieten hatte. Dossie Tolson war vielleicht in noch schlechterer Verfassung als Hattie Blocker, falls sie überhaupt noch lebte. Das Mädchen ohne Gesicht und ohne Namen versuchte zu mir durchzukommen, aber ich hatte Schwierigkeiten, meinen Apparat auf sie einzustellen. Ich mußte weiter die Yesterday Street hinablaufen und konnte nur hoffen, daß ich da ankam, wo zum Teufel ich hinwollte, bevor heute zum Gestern wurde und das Gestern sich für alle Zeit in eine Beerdigung auf dem Land auflöste, einen Hotelbrand oder eine Katze, die auf eine Telephonnummer pißte.

»Sehen Sie, Hattie«, sagte ich aufgeregt. »Sehen Sie, wer da die Straße entlangkommt. Da ist Earl Buckelew in seinem blauen Model-A-Zweisitzer. Und Sie sitzen direkt neben ihm. Meine Güte, Sie sehen toll aus. Und hinten hat er diesen niedlichen kleinen Klappsitz dran. Warten Sie. Ich höre sein Autoradio. Welches Lied ist das bloß. Jetzt kann man's hören. *›Don't sit under the apple tree with anyone else but me, anyone else but me, anyone else but me . . .‹«*

Ich stand mucksmäuschenstill und starrte weiter aus dem Fenster. Ein Augenblick verstrich, nehme ich an. Was die Drehbuchschreiber in Hollywood so gern einen »Beat« nennen. In Wirklichkeit bloß ein kleiner Schritt den Gartenpfad hinab, den wir alle unbewußt Tag für Tag entlangschreiten. Hattie war uns auf diesem Weg bloß ein Stück voraus.

»Sie war ein niedliches kleines Ding«, sagte sie mit überraschend klarer Stimme. »Ein frecher kleiner Rotschopf. Alle

Jungen mochten sie. Und manche Mädchen waren eifersüchtig.«

Ich sah aus dem Fenster und hielt den Atem an.

»Ich hab's Octavia gesagt. Ich hab gesagt: ›Octavia, du hast ein loses Mundwerk, Schatz. Mach bloß keinen Skandal daraus. Du könntest das arme Kind ruinieren.‹«

Octavia, dachte ich. Octavia. O Gottverdammt noch mal. Octavia mit den zusammengenähten Lippen.

Ich wartete. Eine Zeitlang kam gar nichts.

Dann sagte sie: »Ihren Nachnamen weiß ich nicht mehr. Der kleine Rotschopf. Aber ihr Vorname war Susannah. Wie in *›O Susannah, o don't you cry for me‹*.«

»Denken Sie nach, Hattie«, sagte ich. »Können Sie sich an Susannahs Nachnamen erinnern?«

Sie versuchte es, aber ich merkte, daß es keinen Sinn hatte.

»Ich möchte jetzt schlafen«, sagte sie schließlich.

Ihr Gesicht sah aus wie eine sehr geliebte, sehr abgenutzte menschliche Landkarte, und ich bekam den Eindruck, Robert Frost hatte recht. *She had miles to go before she slept.*

»Sie haben mir sehr geholfen, Hattie«, sagte ich. »Gott segne Sie.«

Ich drückte ihr die Hand und ging zur Tür. Dort sah ich mich nach der alten Frau und dem kleinen Zimmer um.

»Sie waren wunderschön in jenem Model A«, sagte ich.

Als ich ging, war ihr Gesicht immer noch dem Fenster zugekehrt.

43

Dusty wartete genau da auf mich, wo ich sie unter einer riesigen Roteiche vor der runden Hauptauffahrt nach Purple Hills abgestellt hatte. Ich war gerade eingestiegen und hatte den

Schlüssel ins Zündschloß gesteckt, als am Nebeneingang ein Blumenwagen vorfuhr. Boyd Elder stieg aus, öffnete die Hecktür des Lieferwagens und betrat wenige Augenblicke später den Nebeneingang des Gebäudes mit einem Strauß gelber Rosen.

Vielleicht hatte Hattie Blocker mir etwas verraten, vielleicht hatte ich mir aber auch wegen irgend etwas schon die ganze Zeit Sorgen gemacht, die Schlinge jedenfalls, die sich anscheinend zu säuberlich um Willis Hoovers Hals zusammengezogen hatte, schien jetzt wild und böse wie das außer Kontrolle geratene Lasso in der Hand eines fast wahnsinnigen Cowboys herumzuzappeln. Ich sprang aus dem Wagen und flitzte über die Auffahrt.

»Vergiß den Schlüssel nicht«, sagte Dusty.

Der friedliche grüne Rasen des Pflegeheims schien die finsteren Gedanken Lügen zu strafen, die mir durch den Kopf schossen, als ich wie ein Krebs auf Autopilot zum Nebeneingang hetzte. Hatten wir möglicherweise alle so vollkommen den Anschluß verpaßt? Würde ich vielleicht gleich sprachlos auf die Überreste von Hattie Blocker starren?

Der Nebeneingang war abgeschlossen.

Ich raste ums Haus herum zum Haupteingang, und meine Gedanken rasten mit. Natürlich war Willis Hoover der Falsche. Mit seiner zittrigen Feinmotorik wäre es so gut wie unmöglich gewesen, Octavia die Lippen zusammenzunähen. Und wenn er gelbe Rosen züchtete, warum sollte er sie dann im Laden bestellen? Und was war mit Boyd Elder? Zuletzt gesehen im Besitz eines kleinen Blumenladens. Kommt problemlos an alle möglichen Blumen ran. Zuletzt gesehen bei der Unterstützung der Ermittlungsarbeit. Hatte uns auf die Fährte von Willis Hoover gesetzt. Zuletzt gesehen, wie er gelbe Rosen ins Purple Hills brachte. Zuletzt gesehen, wie er die gottverfluchte Tür hinter sich abschloß.

Ich stürzte durch den Haupteingang und schoß wie eine

Bowlingkugel auf Abwegen den nahezu verlassenen Korridor entlang, vorbei an einem Opa im Rollstuhl, der eine Houston-Oilers-Mütze trug. Die Oilers hatten auch ihre Probleme, genau wie ich.

»Wo brennt's denn?« fragte er.

Am Ende des Foyers schlug ich einen Haken nach links und wurde auf halber Strecke in dem kleinen Flur langsamer. Der Laden war insgesamt sehr ruhig und friedlich, wie eine alte Bibliothek, wo jemand alle Bücher ausgeliehen und nie zurückgebracht hat. Auf Zehenspitzen näherte ich mich Hatties Zimmer. Ich lauschte voller Angst und war erleichtert, als ich das Gespräch der beiden hörte.

». . . schon der zweite Gentleman, der mich heute besucht«, sagte Hattie. Das fand ich ja nun leicht übertrieben.

»Wer war der andere?« fragte Elder.

»Na na, nicht eifersüchtig werden«, neckte sie ihn. Ganz die Unschuld vom Lande.

»Ich bin nicht eifersüchtig«, sagte Elder geduldig. »Wie sieht er denn aus?«

»Er war *sehr* jung«, sagte sie. »Hatte einen schwarzen Cowboyhut auf. Raucht Zigarre. Natürlich hat er hier im Zimmer nicht geraucht, mit meiner Sauerstoffflasche und so.«

Langsam wurde *ich* eifersüchtig, weil Hattie bei ihrem zweiten Herrenbesuch so aufgeräumt redete.

»Natürlich nicht«, sagte Elder. »Was wollte er?«

»Wer?« fragte Hattie.

So gefällst du mir, Mädchen.

»Der Cowboy mit der Zigarre«, sagte Elder hilfsbereit.

»Er hat sich nach den Mädchen erkundigt. Den Mädchen vom Kotillon 1938«, sagte sie leicht verträumt.

»Na, so ein Zufall. Genau deswegen hab ich dir die hier mitgebracht.«

»O mein Gott, die sind ja prachtvoll. Sind die alle für mich?«

»Die sind alle für dich, Hattie.«

»Vielen, vielen Dank. Das ist sehr freundlich von Ihnen.«

»Ich stell sie dir hier auf den Tisch, damit du sie sehen kannst.«

Der Typ war ein echt kranker Hahn.

»So nett, daß Sie an mich gedacht haben.«

»Oh, die sind nicht von mir, Hattie. Die sind von einer Freundin von dir.«

Eine kurze, unheilvolle Pause entstand, in der Hattie womöglich aufging, daß sie nur noch verdammt wenige Freundinnen auf dieser Welt hatte.

»Kommst nicht drauf?« fragte er. »Die sind von Susannah. Susannah Elder. Du und deine arroganten kleinen Freundinnen haben ihr vor all den Jahren das Leben zerstört. Und jetzt zahlt sie es euch heim. Du jämmerliche, kaputte, elende alte Kröte, ich mach dich kalt.«

Ich stürmte durch die Tür, als Boyd Elder gerade die Sauerstoffschläuche zerschnitt und dann mit der Gartenschere auf Hattie Blockers Kehle losging.

44

»Das Tal war unserem hier sehr ähnlich«, erzählte Onkel Tom den Kindern, »aber es war Tausende von Meilen weit weg, und das war vor Tausenden von Jahren.«

Alle Rancher saßen auf Bänken an den Tennisplätzen und drängten sich um Onkel Tom, als der seine Geschichte begann.

»Zwei Brüder lebten an den beiden Enden des Tals, sie bestellten ihre Felder gemeinsam und ernteten viel Getreide. Der eine Bruder hatte eine Frau und fünf Kinder, und der andere Bruder war unverheiratet und lebte allein. Jedes Jahr zur Erntezeit fuhren die Brüder das Getreide gemeinsam von den Feldern in die Scheuer und teilten die Ernte in zwei Hälften auf.«

Marcie und ich saßen auf einer Bank hinter den anderen, und ich versuchte, den dumpf pochenden Schmerz in meinem linken Arm zu ignorieren. Er war am frühen Abend im Sid-Peterson-Hospital in Kerrville genäht und nach einer Mode verbunden worden, die der der Mumie von Pharao Esophagus gar nicht so unähnlich war. Aber das war eine andere Geschichte von Onkel Tom.

»In der Nacht nach dem ersten Erntetag«, sagte Onkel Tom, »konnte der ledige Bruder nicht schlafen. Er lag im Bett, warf sich unruhig hin und her und dachte, ›wenn Gott in seiner Güte mir all dies Getreide schenkt, dann sollte ich meinem Bruder etwas davon abgeben, schließlich muß er eine Frau und fünf Kinder ernähren‹. Und so stand der ledige Bruder mitten in der Nacht auf, ging in seine Scheune, füllte seine Schubkarre mit Getreide und fuhr sie ans andere Ende des Tals, wo er das Getreide in die Scheune seines Bruders schüttete. Das tat er in dieser Nacht noch fünfmal, und dann ging er wieder zu Bett und schlief friedlich ein.«

»Das wär mir nix«, sagte ich.

»Jetzt erzähl endlich, was los war«, sagte Marcie.

»Willst du damit sagen, du kennst Toms Geschichte schon?«

»Sagen wir, achtzigmal gehört.«

»Gut. Dann kommt's auf einmal mehr ja auch nicht an.«

»Als der ledige Bruder eingeschlafen war«, fuhr Onkel Tom fort, »warf der verheiratete Bruder sich im Bett hin und her und sagte schließlich zu seiner Frau: ›Weißt du, Gott hat uns so reich beschenkt, daß wir meinem Bruder etwas abgeben sollten. Wenn wir einmal alt sind, können die Kinder uns helfen. Er aber hat niemanden.‹ Und der verheiratete Bruder ging in seine Scheune, füllte in der Dunkelheit seine Schubkarre, schob sie einige Male durchs Tal und schüttete die Ladungen seinem Bruder in die Scheune. Dann ging er wieder nach Hause und fiel in einen tiefen, ruhigen Schlaf.

Am Morgen gingen beide Brüder in ihre Scheunen, und jeder sah, daß das Korn, das er seinem Bruder geschenkt hatte, zur Gänze wieder aufgefüllt worden war. Beide glaubten, hier sei ein Wunder geschehen, aber als sie den Tag über auf dem Felde arbeiteten, traute sich keiner so recht, es zur Sprache zu bringen.

In der folgenden Nacht konnte der ledige Bruder nicht schlafen. Er hatte das Gefühl, wenn der Herr so gut zu ihm gewesen war, dann konnte er seinem Bruder auch die Hälfte des Getreides schenken, das in seiner Scheune lag. Also stand er auf, und wie in der vorangegangenen Nacht fuhr er das Getreide zur Scheune seines verheirateten Bruders hinüber, und dann ging er zu Hause wieder schlafen. Ungefähr zur gleichen Zeit dachte der verheiratete Bruder dasselbe. Er ging zu seiner Scheune, machte sich im Dunkel an die Arbeit und brachte nach und nach drei oder vier Karrenvoll durch das Tal zur Scheune seines Bruders. Dann ging auch er wieder schlafen.«

»Man sollte denken«, sagte ich, »daß bei dem ganzen Videoscheiß, den die sich heutzutage reinziehen, diese Geschichte die Kinder in Tiefschlaf versetzen sollte.«

»Nicht die Bohne«, sagte Marcie. »Sie sind hingerissen.«

»Am nächsten Morgen gingen beide Brüder zu ihren Scheunen, und siehe da, wieder war ein Wunder geschehen. Beide Scheunen waren genauso voll, wie sie es gewesen waren, bevor die Brüder ihre Schubkarren beladen hatten. An jenem Tag arbeiteten sie nebeneinander auf dem Felde etwas beklommen wegen der ganzen Angelegenheit, aber keiner erwähnte es dem anderen gegenüber auch nur mit einer Silbe.

In der dritten Nacht herrschte Vollmond. Wieder konnte der ledige Bruder nicht schlafen. Er ging zu seiner Scheune und dachte sich, wenn der Herr ihm auch dieses zweite Wunder beschert hatte, so konnte er auch erneut seinem verheirateten Bruder, der so viele hungrige Mäuler zu stopfen hatte, die Hälfte seiner Ernte schenken. Er füllte seine Schubkarre und machte sich wieder auf den Weg durchs Tal zur Scheune seines Bruders.

Zur selben Zeit begann sein Bruder sich unruhig hin und her zu werfen und entschied sich schließlich, da der Herr ihm dieses zweite Wunder beschert hatte, würde er erneut die Hälfte seines Getreides seinem Bruder schenken, für den im Alter niemand sorgen würde. Also ging der verheiratete Bruder in seine Scheune, belud seine Schubkarre und machte sich in Richtung Tal auf.

Und dann trafen sich die beiden Brüder im Mondschein mitten im Tal. Jeder schob seine Schubkarre voll Getreide zur Scheune des anderen. Und als sie beide da so im hellen Mondlicht standen, wurde ihnen klar, was geschehen war. Es war wirklich ein Wunder. Das Wunder brüderlicher Liebe.«

Ich dachte an meinen eigenen Bruder Roger in Maryland. Verheiratet, mit drei Kindern. Wir mochten uns, hatten uns aber im Laufe der Jahre in etlichen Kleinigkeiten voneinander entfernt. Wir wollten in engerem Kontakt bleiben und hatten beide geschworen, etwas dafür zu unternehmen, aber es kommt einem ja immer was dazwischen. Es wäre toll, wenn wir einfach unsere Schubkarren beladen und uns auf den Weg durchs Tal machen könnten.

»Ein Berg überblickte das kleine Tal, in dem die Brüder lebten«, beendete Tom seine Geschichte. »Es war nicht der größte Berg der Gegend, und der schönste war er auch nicht gerade. Aber man erzählt sich, die Brüder seien nicht unbemerkt geblieben. Man sagt, was drunten in dem kleinen Tal geschah, war der Grund, daß Gott den Berg Sinai wählte, auf dem Moses von ihm die Zehn Gebote in Empfang nahm.«

Ich gestehe, daß ich am Schluß von Toms Geschichte Tränen in den Augen hatte. Ich weiß nicht, ob es an der Geschichte lag oder daran, wie Tom sie erzählt hatte. Vielleicht lag es an meinem Bruder und vielleicht an all meinen Brüdern. Oder vielleicht war es auch nur der Schmerz in meinem gottverdammten Arm.

45

Am späteren Abend, als die Kinder schon in ihren Baracken waren und sich aufs Zubettgehen vorbereiteten, saßen Tom, Marcie, Sambo und ich auf den weißen Bänken an den Tennisplätzen unterm Sternenhimmel. Ich gab ihnen eine kurze Zusammenfassung meines Nachmittags in Purple Hills.

». . . ich renne also durch die Korridore und kreische Zeter und Mordio wie eine verwundete Tunte – das Blut aus meinem Arm spritzt an die Wand und gibt dem Laden diese nette, familienfreundliche Note wie bei den Mansons – und dieser völlig durchgeknallte Amokläufer mit Pferdeschwanz und Gartenschere jagt zehn Schritt hinter mir her und schreit, daß er mich kaltmachen will.«

»Klingt unangenehm«, sagte Marcie.

»Klingt, als wäre es der beste Augenblick, ihn zu fragen, ›warum verfolgst du mich?‹« sagte Tom.

Sambo, der Toms Humor schon gewohnt war, grinste wie ein Pferdehalfter.

»Nun ja, das wußte ich schon«, sagte ich und lachte trotz der ziemlich scheußlichen Erinnerung. »Susannah Elder war das Mädchen ohne Gesicht auf der alten Photographie. Boyd war ihr Sohn, ihr *unehelicher* Sohn, wie Sheriff Frances inzwischen in Erfahrung gebracht hat. Außerdem wissen wir jetzt, daß Susannah wegen des Skandals, den das damals gab, bei den *Töchtern* rausgeflogen ist.«

»Wie du beim Friedenskorps rausgeflogen bist«, sagte Marcie.

»›De-selektiert‹ nennen wir das vorzugsweise. Außerdem bin ich wieder aufgenommen worden, hab mich bei allen lieb Kind gemacht und zwei Jahre in den Dschungeln von Borneo verbracht, bevor sie mich letztlich wieder in meinen eigenen Kulturkreis zurückgeschickt haben.«

»Leiten wir die Konversation doch wieder zurück zu Susannah«, sagte Marcie.

»Je nun, sie hat es nie bis nach Borneo geschafft. Wenn du aus irgendeinem Club der oberen Zehntausend einmal rausgeflogen bist, dann lassen sie dich nie wieder rein. Du kannst dich glücklich schätzen, wenn sie überhaupt je wieder mit dir sprechen. Und Boyd Elder behauptet, genau das sei seiner Mutter zugestoßen. Sie wurde depressiv, trank und war lebensmüde. Er erinnert sich, daß in seiner Kindheit fremde Männer zu allen möglichen Tageszeiten ihr Haus aufsuchten. Bei solchen Anlässen schloß sie ihn manchmal stundenlang im Schrank ein, aber er konnte hören, was da vor sich ging. Das alles hat er Sheriff Frances erzählt.«

»Mama sang Bass, Daddy sang Tenor«, sagte Marcie. *»We had a very dysfunctional family.«*

»Sheriff Frances zerfloß auch nicht gerade vor Mitleid«, sagte ich. »Schließlich hat der Typ, ohne mit der Wimper zu zucken, sieben kleine alte Damen kaltgemacht.«

»Aber warum«, fragte Tom, »hat Elder über fünfzig Jahre gewartet, bis er Rache geübt hat?«

»Ja, das ist allerdings komisch«, sagte ich. »Sheriff Frances hat heut nachmittag etwas recherchiert, gleich nachdem wir Elder geschnappt hatten. Am Ende ihrer lebenslangen Wendeltreppe abwärts, die mit ihrem unehrenhaften Ausschluß von den *Töchtern* begonnen hatte, kam seine Mutter schließlich ganz unten an. Vor etwas über neun Monaten hat sie sich endgültig zu Tode gesoffen. Ganz kurz danach machte Boyd Elder sich auf den Kreuzzug zur Rettung ihrer Ehre.«

»Und warum hat er damit gewartet, bis seine Mutter tot war?« fragte Marcie. »Wenn er dieses Gefühl schon immer hatte, warum hat er dann nicht früher angefangen?«

»Ich kann nur wiederholen, was er Sheriff Frances erzählt hat: ›Mutter sollte nicht denken, daß ich nicht artig bin.‹«

»Das zeigt einen gewissen Grad an Rücksicht«, sagte Marcie und erhob sich von der Bank. »Ich muß mal nachsehen, wie weit die Sunflowers beim Rösten ihrer Marshmallows sind. Aber ich gratuliere, großer Bruder. Ich bin froh, daß du den bösen Buben geschnappt hast.«

Nachdem Marcie gegangen war, wandte ich mich an Tom und erzählte den Schluß meiner Abenteuer in Purple Hills.

». . . der Typ kommt mir im Flur also immer näher, und ich hör ihn brüllen, und dann hör ich das Schnippschnapp seiner Gartenschere, und als wir so vorbeidonnern, seh ich da zwei alte Damen stehen und hör, wie die eine zur anderen sagt: ›Oh, schau nur! Die Seniorenolympiade!‹«

Tom lachte, nahm meine Wangen in seine Hände und schüttelte meinen Kopf sacht in einer Geste der Zuneigung, die ich ihn nur gelegentlich an Earl, Roger, Marcie, Sambo (in seinem Fall an den Ohren) oder sonst jemandem hatte vollführen sehen, der das Glück gehabt hatte, Empfänger seines Segens zu sein.

»Das hast du gut gemacht, Sonnyboy«, sagte er. »Aber jetzt muß ich zum Treffen mit den Helferlehrlingen unten im Speisesaal.«

»Moment«, sagte ich. »Ich erzähl dir nur noch kurz, was passierte, als Elder mich schließlich einholte.«

»Ich kann die Lehrlinge nicht warten lassen«, sagte Tom, als er den Tennisplatz verließ. »Erzähl mir den Rest morgen früh.«

». . . also jedenfalls«, sagte ich zu Sambo, »ich lieg am Ende des Flurs auf dem Rücken, und Elder kniet mit dem Bein in meinem Bauch und macht so sausende Bewegungen mit den Händen, um mir die Nase abzuschnippeln, und ich kann ihn nur ganz knapp davon abhalten. Plötzlich sehe ich in der Ecke einen alten Mann und ruf ihm zu: ›Rufen Sie die Polizei! Rufen Sie eine Schwester! Holen Sie Hilfe! Der Kerl will mich umbringen!‹

Das Blut sprudelt mir aus dem Arm, und Elder verdreht die Augen, und die Gartenschere schnippschnappt drauflos, immer ein paar Zentimeter vor meiner Nase, und der alte Mann – er hatte einen schönen, trällernden irischen Tenor, hab ich noch gemerkt – fängt an zu singen:

I'm a Yankee Doodle Dandy
A Yankee Doodle do or die
A real live nephew of my Uncle Sam
Born on the Fourth of July!

Dann hör ich eine energische Frauenstimme rufen: ›Keine Bewegung, Elder, oder ich blas dir den gottverdammten Schädel weg!‹

Elder erstarrte. Ich auch.

Kurz darauf, nachdem Elder in Handschellen abgeführt worden war, sprach ich Sheriff Frances an.

›Danke‹, sagte ich erleichtert. ›Aber wie zum Teufel haben Sie mich hier denn bloß gefunden?‹

›Das war nicht schwer‹, sagte sie. ›Ich hab Sie beschatten lassen, seit Sie heute morgen mein Büro verlassen haben.‹

Der alte Mann grölte immer noch:

Yankee Doodle went to London
Just to ride the Pony
I am that Yankee Doodle Boy!!
I am that Yankee Doodle Bo-y-y-y!!!

›Können Sie den nicht abstellen?‹ fragte Sheriff Frances eine Krankenschwester.

Die Schwester schüttelte den Kopf.

›Das hat noch nie einer geschafft‹, sagte sie.«

Ich hielt inne, meine Geschichte war vorbei. Genau in diesem Augenblick lief ein Gürteltier am Tennisplatz vorbei, und Sam zischte wie ein Expreßzug hinterher. Ich ging eine Weile auf dem leeren Tennisplatz auf und ab und rauchte eine Zigarre. Niemand war mehr da, aber das Tal schien – vielleicht wegen Toms Geschichte – fast lebendig zu sein. Und dieses Leben sprach ich schließlich an.

»Warum werd ich bloß das Gefühl nicht los«, sagte ich, »daß wir nach all den Jahren immer noch in der Negerliga spielen?«

Epilog

New York City

»Vier Männer in einem indischen Restaurant«, sagte ich zwei Wochen später, als ich mich am Tisch umsah. »Wie stehen die Chancen, daß jeder von uns ein glückliches, erfülltes Leben vor sich hat?«

»Verdammt schlecht«, sagte Ratso, »wenn wir die Vergangenheit als Maßstab nehmen.«

»Oder die Gegenwart«, sagte McGovern.

»Ach, eine Chance gibt es immer«, sagte Jim Bessman. Jim war ein begabter freiberuflicher Autor und vielleicht der einzige optimistische Vegetarier, dem ich je begegnet bin.

»Eine Chance gibt es immer«, sagte ich, »daß Ratso mal die Rechnung zahlt.«

»Darauf trinke ich«, sagte McGovern. »Ich glaube, ich nehme wirklich noch einen Vodka McGovern.« Er gab dem großen Barkeeper mit dem Turban ein Zeichen, der sich daraufhin verneigte und an unseren Tisch trat. Es war ein ziemliches super-duper-etepetete indisches Restaurant.

»Ich hätte gern einen Vodka McGovern«, sagte McGovern.

»Einen Vodka McGovern, sehr wohl«, sagte der Barkeeper geschmeidig, als höre er diese Bestellung allabendlich. »Und wie hätten Sie diesen Vodka McGovern gern?«

»Zu gleichen Teilen«, sagte McGovern, »Ihren besten Wodka, frischgepreßten Orangensaft – vorzugsweise aus israelischen oder kalifornischen Orangen. Israelische Orangen sind die besten der Welt –«

»Aber sowieso«, sagten Ratso und ich wie aus einem Munde. Der Barkeeper murmelte dem Ober etwas in seinem Heimatdialekt zu.

»– und frischgezapftes Sodawasser mit einem Spritzer Limone. Nur einen Spritzer, keine zerquetschte Limone.«

Der Barkeeper entfernte sich unter Verneigungen vom Tisch, aber McGovern war noch nicht fertig.

»In einem Longdrinkglas«, rief er ihm nach. »Und geschüttelt, nicht gerührt.«

Der Barkeeper nickte bedächtig. Wenn man einen Turban trägt, kann man auch kaum anders nicken.

»Geschüttelt, nicht gerührt«, sagte Ratso. »So bestellt James Bond immer seine Drinks.«

»Mr. Bond hat sich mir noch nicht vorgestellt«, sagte McGovern.

»Apropos James Bond«, sagte Jim Bessman. »Zu schade, daß Rambam heute abend nicht dabeisein kann.«

»Ja«, sagte Ratso und sah kurz von seinem Tandoorihuhn auf. »Ich hatte irgendwie gehofft, auch Heinrich Himmler würde noch vorbeischauen.«

»Gestern hab ich n Typen getroffen«, sagte McGovern, als sein Vodka McGovern ankam. »Einen alten Mann. Sah genau wie Heinrich Himmler aus. Also sag ich zu ihm: ›Ich will Sie ja nicht beleidigen, aber Sie sehen Heinrich Himmler verdammt ähnlich.‹ Da sagt er: ›Ich *bin* Heinrich Himmler. Ich habe vierzig Jahre in Westchester gelebt, und jetzt bin ich wieder da und will noch sechs Millionen Juden und drei NFL-Spieler umbringen.‹ – ›Wer sind die drei NFL-Spieler?‹ frag ich ihn. Er sagt: ›Sehen Sie! Der Führer hatte recht! Für die Juden interessiert sich keiner!‹«

»Für die Iren interessiert sich auch keiner«, sagte Ratso.

»Nachdem das jetzt klar wäre«, sagte Bessman, »wo *steckt* Rambam denn nun?«

»Der ist in Lopbouri, Thailand«, sagte ich. »Springen.«

»Springen?« fragte McGovern. »Warum kann der nicht hier in New York springen?«

»Mir fallen da einige Plätze ein, wo er *runter*springen kann«, sagte Ratso, »und mindestens einer, wo er *hoch*springen kann.«

»Aber nicht mit den Königlich Thailändischen Fallschirmspringern«, sagte ich.

In vielen indischen Restaurants gibt es eine leckere Pistazieneiscreme. Sie heißt *Kulfi.* Dummerweise sprechen die meisten Inder auch »Kaffee« wie »Kulfi« aus. Das kann so manchen Abend lang, um nicht zu sagen öde werden lassen.

»Ich möchte einen *Kulfi«,* sagte Ratso zum Ober.

»Einmal *Kulfi«,* sagte der.

»Ich möchte bloß einen Kaffee«, sagte ich.

»Einmal Kulfi«, sagte er.

»Möchtest du Kaffee?« fragte ich Bessman.

»Ich trinke keinen Kaffee«, sagte Bessman, »aber ich werde diesen *Kulfi* probieren.«

»Zwei *Kulfi*, einen Kulfi«, sagte der Ober.

»Ich möchte *Kulfi«,* sagte McGovern mit einem vollen irischen Lachen, das die unterschwellige Sitarmusik kurz übertönte.

»Sie möchten Kulfi?«

»Ja. Zum *Kulfi.*«

»Gut«, sagte der Ober, »also drei *Kulfi* und zwei Kulfi.«

»Vielleicht nehm ich doch keinen *Kulfi«,* sagte Ratso. »Ich bin auf Diät. Aber einen Kaffee nehm ich trotzdem.«

»Gut«, sagte der Ober, »dann also zwei *Kulfi* und drei Kulfi.«

»Wißt ihr«, sagte Ratso, nachdem der Ober verschwunden war, »vielleicht hätte ich koffeinfreien bestellen sollen.«

Am späteren Abend schnorrte Ratso im Nieselregen eine Zigarre, und wir spazierten zusammen durchs Village. Als wir darauf warteten, die Sixth Avenue zu überqueren, zog ich einen Brief aus der Manteltasche, den der Imker mir geschrieben hatte, und zeigte ihn Ratso, wobei ich ihn mit dem Cowboyhut vor dem Regen schützte. Er las ihn sorgfältig, paffte die Zigarre und schüttelte aus einem Gefühl ohne Namen heraus mehrmals den Kopf.

»Ergreifend, Kinkstah«, sagte er. »Ehrlich. Der Typ lebt von vornherein schon so ein zerbrechliches und isoliertes Leben, und dann verliert er auch noch seine Bienen und ist ganz allein. Es ist kaum zu glauben, daß solche Menschen wirklich auf der Welt überleben.« Er gab mir den Brief zurück. Ich faltete ihn zusammen und steckte ihn wieder in die Tasche. Gegen den Verkehr und gegen den Regen überquerten wir die Straße.

»Was sagst du dann erst zu vier Männern in einem indischen Restaurant?« fragte ich.

»Schieß los«, sagte ich, als ich den Hörer zur Linken abhob. Es war noch später am Abend, irgendwann als Cinderella längst nicht mehr rausdurfte, und ich hatte in *Cowpokes* geblättert, einer Sammlung von Zeichnungen des besten Cowboycartoonisten der Welt, Ace Reid.

»Der neuste Stand im Hill Country«, sagte eine vertraute Stimme. Es war Marcie, die aus Texas anrief.

»Spuck's aus«, sagte ich und ließ meinen Geist vage auf die Ranch zurückschweifen. Ich rauchte eine Zigarre, und etwas Rauch trieb saumselig zur Katze hinüber, die unter der Tischlampe schlief. Es schien ihr nichts auszumachen.

»Den Zeitungen von Kerrville zufolge«, sagte Marcie, »hat Boyd Elder lebenslänglich vor sich.«

»Ich auch«, sagte ich.

»Es ist echt pervers«, fuhr Marcie fort. »Er bekommt Heirats- und Filmangebote.«

»Das kann ich von mir nun weniger behaupten.«

»Dann gibt's Neues von Pam und Sam.«

»Erzähl mir nicht, die beiden sind zusammen durchgebrannt.«

»Nein. Pam hat sich mit Wayne dem Cowboy verlobt.«

»Mensch, wenn ich jede Nacht aufbleiben und getöpferten Aschenbechern im Brennofen zusehen müßte, würde selbst *ich* mich wahrscheinlich mit Wayne dem Cowboy verloben.« Ich dachte flüchtig daran, wie Pam Stoner im Mondlicht vor dem grünen Caravan gestanden hatte. Und allzufrüh ist Sommers Flirt perdu.

»Und was ist mit Sam passiert?« fragte ich.

»Na ja, *passiert* ist ihm eigentlich nichts«, sagte Marcie. »Er legt nur neuerdings eine etwas unangenehme Gewohnheit an den Tag. Er hat angefangen, sich andauernd in Pferdekot zu wälzen.«

»Wann ist euch dieses Betragen erstmals aufgefallen?« fragte ich.

»Vor rund einer Woche, als Sam reingekommen ist, und seitdem stinkt das ganze Haus nach Pferdescheiße.«

»Verstehe.«

»Du verstehst es vielleicht«, sagte Marcie, »aber du riechst es nicht.«

»Also, es ist bloß ein Vorschlag«, sagte ich, »aber wie wär's damit: Sam bleibt im Sommerhaus und übernimmt von dort aus die Verantwortung für den ganzen Ranchbetrieb. Du weißt schon, macht den Laden winterfest und schickt den Eltern die Rechnungen. Währenddessen zieht Tom in deinen weißen Caravan runter und du in meinen grünen Caravan. Wie wär's? Ist eben nur n Vorschlag.«

»Wir werden es im Auge behalten«, sagte Marcie. »Aber bis dahin: *Warum*, glaubst du, macht Sam das? Kommt in solch primitivem Verhalten das Kind in ihm zum Vorschein, bringt Wut und Zorn über die traumatisierenden, zerrütteten Familienverhältnisse seiner frühen Kindheit zum Ausdruck? Meinst du, es könnte *daran* liegen?«

»Kaum«, sagte ich, genau wie Doc Phelps geantwortet hatte, als ich meinte, daß man höchstens bis zur kalifornischen Küste laufen könne. »Kaum.«

»Du fragst mich, warum Sam sich in Pferdedung wälzt?« fuhr ich fort.

»Ja, o großer Häuptling Fuckbrain.«

»Die Antwort auf deine Frage lautet, um's mit den Worten des alten Slim zu sagen: ›Er will was von der Welt sehen.‹«

»Du hättest einen klasse Philosophen abgegeben, Brüderchen«, sagte Marcie. »Oder zumindest einen Dozenten an einer dieser großen Parteischulen im Süden. Ach, Pat Knox hat übrigens um deine Adresse gebeten. Sie sagt, sie will dir eine selbstgebackene Pflaumentorte schicken.«

»Was will sie mir damit bloß sagen?« fragte ich.

Ein paar Stunden später hatte ich auf dem Rücken von Dr. Doolittles großer rosa Seeschnecke gerade die Segel ins friedliche Traumland gesetzt. In den Traum drang das unerfreuliche Geräusch eines japanischen Gärtners mit einem von diesen Laubblasapparaten, und ich merkte, daß das Telephon am Bett klingelte. Ich hob den Hörer ab und hörte eine schrille, lächerliche, erregte Stimme.

»Hilfe!! Hilfe!!« kreischten irgendwoher bekannte Papageienlaute. »Hilfe!! Vor meinem Fenster ist ein riesiger Bienenschwarm!!«

»Ratso, du Schwachkopf –«, sagte ich, aber er hatte schon aufgelegt.

Die Katze gähnte ausgiebig und legte sich wieder schlafen. Ich stand auf, ging zum Küchenfenster und schaute auf die Vandam Street hinunter. Ich dachte daran, was George Christy, der Kolumnist des ›Hollywood Reporter‹, mir mal erzählt hatte. Vor vielen Jahren hatte Christy sich mit Truman Capote ein Taxi zu einem Konzert von Peggy Lee geteilt. Gelangweilt sah Capote zu, wie die Straßen vorbeizogen, dann drehte er sich zu Christy und sagte: »Wissen Sie, George, je mehr ich vom Leben sehe, desto sicherer bin ich, daß es auf der ganzen Welt nur 150 von uns gibt.«

Ich sah in den Himmel, und da waren rund eine Million Sterne. Eine Million Sterne für 150 Menschen. Gute Chancen, dachte ich, aber schwer dranzukommen.

Plötzlich ist wieder Hoedown-Abend in Echo Hill, und dieselben Sterne schauen auf Musik und Tanz und Heuballen und Sättel herab, die sich über den alten Tennisplatz verteilen; und es gibt Affenschaukeln und Pferdeschwänze und Helfer, die Schachteln mit filterlosen Zigaretten unter ihre T-Shirt-Ärmel geklemmt haben; und Onkel Tom und Tante Min tragen ihren Westerndreß und lächeln, Onkel Floyd raucht seine Zigarre, und Slim Dodson serviert Donuts mit Zuckerguß und Apfelsaft; Doc und Hilda Phelps stehen in der Nähe im vollen Navajo-Ornat; Doc klatscht im Takt zur Musik und ermuntert die Tänzer aus dem Schatten heraus; Earl Buckelew kommt hoch zu Roß vorbei, und unser Nachbar Cab sieht von seinem alten Jeep aus zu, zusammen mit seinem alten Hund Rip; und Tante Joan bringt den kleinsten Mädchen einen Tanz bei.

Sie stehen in einer Reihe vor Tante Joan, haben einander die Arme um die Hüften gelegt, von tragischer Zerbrechlichkeit und unmöglicher Jugend. Und es blitzen die Sterne, und sie tanzen unter den Sternbildern meiner Kindheit.

There were ten pretty girls
in the village school
There were ten pretty girls
in the village school
Some were short, some were tall
And the boy loved them all
But you can't marry ten pretty girls.

Five were blondes and four brunettes
and one was a saucy little redhead
The girls grew up, the boy left school
And in '39 he married –
the saucy little redhead.

Als die Morgendämmerung die Sterne vom Himmel über Manhattan verscheuchte, saß ich immer noch mit dem Brief des Imkers in der Hand an meinem Tisch.

Lieber Kinky,

wie Sie sich wahrscheinlich schon gedacht haben, bin ich kein großer Briefeschreiber. Ich wollte Ihnen bloß sagen, daß es mir leid tut, daß ich Sie damals zum Trocknen rausgehängt habe. Außerdem wollte ich mich bei Ihnen bedanken. Ich habe gehört, daß Sheriff Frances Ihnen das Leben gerettet hat, aber ich glaube, Sie haben es mir gerettet. Es gibt nur sehr wenige Menschen, denen mein Leben nicht egal ist. Ich bin ein Mensch, den die meisten Leute als Kauz oder Einzelgänger oder schlimmer bezeichnen. Aber eigentlich bin ich ein Mann, der etwas von der Welt gesehen hat und weiß, daß er niemals dazugehören will.

Ich bin traurig, weil meine Bienen nicht zurückgekehrt sind. Sie kann mir niemand ersetzen. Für die meisten Leute klingt es vielleicht komisch, aber ich habe mein ganzes Leben allein gelebt, und die Bienen waren meine Freunde und meine Familie. Jetzt bin ich hier wirklich allein. Ich spiele mit dem Gedanken, als Söldner nach Afrika zu gehen oder auf

Hawaii Orchideen zu züchten. Sollte es Sie je dorthin verschlagen, schauen Sie hoffentlich mal vorbei. Falls Sie mich finden.

Ihr Freund,
Willis Hoover

PS: Abteilung »Die Welt ist ein Dorf« – Hattie Blocker ist letzte Nacht eingeschlafen. Jetzt ist meine Mutter die letzte überlebende Debütantin.

Danksagungen

Der Verfasser möchte sich bei den folgenden Amerikanern bedanken: Don Imus, langjähriger Phantasie-Freund meiner Kindheit und Rodelgefährte, für beständige Ermutigung und Unterstützung, bis hin zu und einschließlich der Abnabelung von *Elvis, Jesus & Coca-Cola* von der Intensivstation des New York Hospital; Mike McGovern, meinem irischen Lieblingsdichter, dem eines Morgens beim Dim Sum in Chinatown der Titel *Armadillos & Old Lace* einfiel; Chuck Adams, meinem kritischen und treuen Lektor, und Joann DiGenarro, Maya Rutherford und der ganzen Blase bei Simon & Schuster, die an mich geglaubt und daran mitgearbeitet hat, meine selbstgesteckten Ziele zu erreichen: mit fünfzig fett, fabelhaft und finanziell fersorgt zu sein; Esther »Lobster« Newburg, meiner literarischen Agentin, die Leuten, von denen mich viele schon vorher intensiv verabscheuten, wiederholt erzählte, was für ein Genie ich sei; Elisa Petrini, die es überlebte, einmal meine Lektorin gewesen zu sein, und, Gott schütze sie, bei der Taschenbuchausgabe von *Elvis, Jesus & Coca-Cola* (Bantam) erneut meine Lektorin sein wird; und Jim Landis, Jane Meare und Lori Ames, mit der ich nicht mehr »zusammen« bin, wie man so sagt, der ich aber ewig dankbar sein werde, daß sie mich auf den Weg gebracht hat.

Außerdem einen Wink mit dem ollen Cowboyhut für Steve Rambam, den technischen Berater, der so viel erdulden mußte; Jay Wise; Max Swafford; die sensationell überwältigende Stephanie DuPont, die das hier störrisch ausgesessen hat; Dennis Laviage, der den Jesuswitz auf Seite 9 beigesteuert hat; und nicht zuletzt Rudyard Kipling, der die drei außerordentlich treffenden Vergleiche für die drei Gelegenheiten bereithielt, wo Sambo der Hund grinst. Moge Rudyard weiter inspirieren und Sambo weiterhin grinsen.

PS: Ich möchte zwei großartigen Frauen danken, beide gute Amerikanerinnen, mit denen man Pferde stehlen kann und die bei diesem offenkundig fiktionalen Werk Hilfe und Nachsicht gezeigt haben: Frances A. Kaiser, Sheriff, Kerr County; und der Ehrenwerten Patricia E. Knox, Friedensrichterin, Bezirk 1, Kerrville, Texas.